COLLECTION FOLIO

Antoine Bello

Mateo

Gallimard

Né à Boston en 1970, Antoine Bello vit à New York. Il a déjà publié aux Éditions Gallimard un recueil de nouvelles, *Les funambules*, récompensé par le prix littéraire de la Vocation Marcel Bleustein-Blanchet 1996, et cinq romans, *Éloge de la pièce manquante*, *Les falsificateurs*, *Les éclaireurs*, qui a reçu le prix France Culture-Télérama 2009, *Enquête sur la disparition d'Émilie Brunet* et *Mateo*.

À mes parents

Première partie

1

C'est Mateo qui avait proposé de s'en faire un petit en attendant l'affichage des résultats. Djamal, toujours partant pour un match au débotté, avait battu les couloirs à la recherche de volontaires. Il en avait trouvé sept, qui ne s'étaient pas fait prier pour quitter la cohue massée devant le bureau du directeur. Un nombre pair eût été préférable mais Mateo ne s'arrêtait pas à ce genre de détails. En laissant Djamal choisir le premier, il s'était infligé un double handicap : non seulement il renonçait aux jumeaux Deléglise – une règle non écrite interdisant de séparer les deux frères – mais son équipe évoluerait de surcroît en infériorité numérique.

On jouait depuis vingt minutes quand le surveillant général, un colosse à la patte folle à moitié aveugle qui s'appelait Hambourg mais que tout le monde surnommait Boubourg, tonitrua depuis le perron que les résultats étaient arrivés. Les joueurs se ruèrent vers le bâtiment des études, abandonnant à son sort Mateo qui s'apprêtait à donner un corner. Pestant contre la désinvolture de ses coéquipiers, il armait déjà, pour se consoler, une frappe brossée synonyme de corner rentrant quand la vue de la cage opposée lui souffla l'idée d'un autre défi.

— Si je touche la barre transversale, je suis reçu, pensa-t-il. Et si je la manque, j'aurai gagné un voyage à Perpète-les-Alouettes.

Il avait usé assez de paires de chaussures sur ce terrain pour en avoir totalement intégré les dimensions. Tout de même, à cette distance – plus de quarante mètres –, la section carrée de huit centimètres de la barre paraissait bien fine. Il eût sans doute opté, en l'absence de vent, pour une large cloche mais la légère brise qui soufflait en cette fin d'après-midi imposait une trajectoire tendue qui ne laissât aucune place à l'erreur. Il prit quelques pas d'élan, inspira et expira longuement pour maîtriser le rythme de sa respiration et essaya de se rappeler ce qu'il avait ressenti quand il avait tiré d'aussi loin. Ses yeux allèrent du ballon au but et du but au ballon plusieurs fois. Il visualisa le vol du cuir, la déformation initiale que lui imprimerait la frappe, l'ovale de son ombre glissant sur le goudron et fendant le terrain en un clin d'œil.

Il s'élança et frappa du pied droit. La balle partit comme un boulet de canon. Une seconde et demie plus tard, elle s'écrasa dans un fracas assourdissant sur la barre transversale et atterrit comme par magie au creux des bras repliés de son maître, qui avait anticipé sa course.

Le sourire aux lèvres, Mateo se dirigea d'un pas tranquille vers les salles de classe. Il apercevait de loin les pages qui couvraient la fenêtre du bureau du directeur. Sur l'un de ces rectangles de papier blanc figuraient son nom et en face de ce nom la mention « reçu » ou « recalé ». Il était confiant, tout en sachant qu'il ne disposait pas d'une marge considérable. De toute façon, les notes importaient peu. Seul comptait le diplôme, passage obligé dans le parcours qu'il s'était tracé.

Les flots de la foule s'ouvrirent avec déférence pour lui livrer accès aux feuillets fatidiques. Un camarade bien intentionné s'écria dans son dos : « Relax, Lemoine, tu l'as ton bachot. » Tais-toi, andouille ! pensa Mateo, qui se sentit volé du plaisir de découvrir lui-même son succès. Il avait appris avec le temps à savourer ces moments de vérité où l'on récolte enfin ce qu'on a semé. Parce qu'il ne se serait pas dérobé devant l'échec, il estimait avoir le droit de jouir seul de sa réussite.

Il trouva son nom au bas de la troisième page. Reçu sans mention. Dommage, il aurait aimé faire ce cadeau à sa mère. Il parcourut la liste. Elle ne comportait guère de surprises. Mention « bien » pour Djamal, « assez bien » pour les jumeaux.

Il en avait assez vu pour aujourd'hui. Dans la cour, ses condisciples commentaient bruyamment les résultats. L'un d'eux lui fit signe de les rejoindre. Il passa son chemin sans tourner la tête. Consoler les battus l'intéressait aussi peu que congratuler les lauréats. S'il avait été collé, il aurait détesté qu'on le plaigne et, s'il avait décroché une mention, les compliments n'auraient rien ajouté à son plaisir.

Il enfourchait son vélo quand Boubourg se dressa soudain devant lui, une enveloppe à la main. Il avait couru pour rattraper Mateo et haletait comme un phoque.

— Tes notes, Lemoine. Et bonne chance pour l'année prochaine. Tu as choisi un club ?

Mateo réalisa qu'il ne reverrait peut-être jamais le surveillant et qu'il allait partir sans le saluer. Il était de bon ton au bahut de se gausser de l'infirme mais Mateo n'était jamais tombé dans ce travers. Derrière les consignes bourrues et les coups de gueule légendaires de Boubourg, il devinait une sensibilité d'écorché vif qui le touchait. On ne connaissait à l'hercule, dont l'histoire se confondait avec celle du lycée, ni femme ni enfants. Il avait voué son existence à deux générations de garnements ingrats dont la principale distraction consistait à le faire tourner en bourrique.

— Oui, vous le saurez bientôt, répondit-il en empochant l'enveloppe.

Il ajouta maladroitement :

— Merci, monsieur Hambourg, de tout ce que vous avez fait pour moi. Et pardonnez-moi si je vous ai parfois manqué de respect.

— Oh, tu n'es pas le pire, grommela Boubourg dans ce qui constituait sans doute le plus grand compliment qu'il eût fait de toute sa carrière.

— Je dois y aller. Ma mère m'attend.

— Tu la salueras pour moi.

Mateo s'élança. Il habitait à 2 kilomètres de l'école. Il ne pouvait effectuer ce trajet sans le pimenter d'une épreuve. Tantôt il s'agissait de doubler le plus grand nombre possible de voitures, tantôt de repérer une plaque d'immatriculation contenant les quatre chiffres de son année de naissance. Ou encore il s'interdisait de tenir son guidon, orientant sa monture en penchant hardiment son corps dans les virages. Il décida ce jour-là qu'il ne poserait pas une seule fois le pied à terre. Toute la difficulté consistait à ajuster sa vitesse en fonction de la cadence des feux rouges qui balisaient le parcours, sans négliger le risque d'un embouteillage ou d'un piéton imprudent.

Il négocia parfaitement le premier tronçon, un faux plat jalonné de dos-d'âne, à la vitesse constante de 28 km/h. Il obéissait scrupuleusement aux indications de son compteur car derrière le sommet se cachait une longue descente ponctuée de cinq feux synchronisés sur la vitesse des voitures. Il s'en faudrait de quelques secondes, dans un sens ou dans l'autre. Qu'il passe au sommet en avance et il buterait au rouge, en retard et il perdait toute chance d'atteindre le cinquième feu.

Le carrefour se dévoila enfin. Mateo évalua la situation en se laissant glisser entre deux files de voitures à l'arrêt. Sur le passage protégé quelques dizaines de mètres en contrebas, une jeune femme poussant un landau pressait le pas comme si elle craignait d'être piétinée par un déferlement imminent de vachettes. Les conducteurs arrivant de la droite commençaient à ralentir, signe qu'ils s'attendaient à voir le feu virer à l'orange d'une seconde à l'autre. Si Mateo ne s'était pas trompé – et si la gendarmerie n'avait pas reprogrammé le contrôleur –, il était juste dans les temps. Il poussa résolument sur ses pédales. « Trois, deux, un, zéro », rugit-il, lancé comme un obus, en franchissant le feu à l'instant précis où celui-ci passait au vert.

Il se paya le luxe de se relever dans la descente avant d'aborder la dernière difficulté du parcours, le carrefour de la poste. Le feu était rouge et, d'après son expérience, risquait de le rester pendant encore une ou deux minutes. Il n'avait qu'une chose à faire. Il freina en douceur, ralentit jusqu'à être presque immobile, puis, répartissant de façon optimale le poids de son corps le long du cadre, il tourna lentement sa roue avant en travers et s'arrêta sous les yeux médusés d'un gamin qui promenait son chien.

Cela devenait trop facile. Il passa la fin du trajet à imaginer des complications.

Les Lemoine habitaient un petit pavillon dans le quartier des Loges, sur la commune de Vernet. Ce n'était pas, tant s'en fallait, la plus belle maison de la rue mais c'était sûrement la mieux entretenue. Le lundi, Françoise occupait son jour de repos à briquer son intérieur. Tous les trois ans au printemps, elle repeignait les volets et les huisseries. Elle avait son petit potager et ses parterres de fleurs faisaient l'admiration du voisinage. Mateo était pour sa part chargé de cet engin capricieux qu'est une chaudière, taillait les haies deux fois par an, cueillait les pommes et tondait la pelouse chaque dimanche de mars à novembre.

Un délicieux fumet flatta les narines de Mateo quand il poussa la porte. Françoise arrangeait des roses dans un vase.

— Alors ? s'écria-t-elle.

— Tu as devant toi le premier bachelier de la famille.

— Ah Mateo, comme je suis fière de toi, dit Françoise en serrant son fils contre son cœur. Une mention ?

— Hélas non...

— Ce n'est pas grave, c'est le résultat qui compte.

Françoise Lemoine approchait la cinquantaine. C'était un infatigable bout de femme, aux traits énergiques et aux yeux pétillants, toujours prête à rendre service. Elle avait élevé Mateo seule. Depuis la mort de son mari, Michel, elle traversait la ville en bus cinq jours par semaine pour travailler comme caissière au supermarché Disco. Elle avait fini de payer les traites du pavillon, ne partait jamais en vacances et réussissait, bon an mal an, à mettre quelques sous de côté « en prévision d'un coup dur ».

— Tout de même, revint-elle à la charge. On y croyait à cette mention. Tu sais où tu as perdu des points ?

— Non, je n'ai pas encore regardé mes notes.

Il sortit l'enveloppe de sa poche et la décacheta.

— 13 en français, 8 en philo, 11 en éco, aïe, 6 en anglais...

— Tu vois, tu aurais dû faire ce voyage en Irlande l'été dernier.

— 8 en espagnol, 7 en histoire-géo, les vaches, j'ai eu la moyenne toute l'année.

— Dis donc, ce n'est pas brillant, ne put s'empêcher de remarquer Françoise.

— C'est parce que j'ai gardé le meilleur pour la fin. 14 en maths...

— À la bonne heure !

— Et 20 en sport.

— Il ne manquerait plus que ça ! Allons, ce n'est pas trop mal. Cela mérite célébration.

Elle disparut dans la cuisine et en revint avec un candélabre, un sachet en plastique et une boîte d'allumettes qu'elle tendit à Mateo.

— Tiens, allume les bougies, mon grand.

Elle saupoudra le contenu du sachet – des confettis en forme d'étoiles d'argent – au centre de la table. Le couvert était déjà dressé pour quatre personnes. Françoise avait sorti son service de mariage et les verres en cristal.

— Tu ne crois pas que tu en fais un peu trop ? plaisanta Mateo en notant que sa mère avait attendu d'être fixée sur son résultat pour décorer la table.

— Il faut savoir faire la fête, répondit Françoise. C'est une grande qualité. Ton père en était totalement dépourvu.

On sonna. Mateo alla ouvrir. C'était Valentine.

— Alors ? dit-elle sur le pas de la porte.

— Reçu. Sans gloire, mais reçu.

— Mon héros, murmura-t-elle en lui passant les bras autour du cou.

Elle l'embrassa tendrement.

— C'est ta maman qui doit être contente.

— Maman est aux anges, dit Françoise en sortant de la cuisine. Bonsoir, Valentine.

— Bonsoir, Françoise. Vous avez mis les petits plats dans les grands, on dirait.

Les deux femmes se firent la bise.

Valentine avait deux ans de plus que Mateo. Contrairement à lui, elle avait obtenu son bac avec les honneurs. Elle s'était lancée dans des études de psychologie à l'université de Vernet, avec l'espoir d'ouvrir un jour un cabinet de conseil pour les sportifs de haut niveau. Ceux qui la connaissaient ne doutaient pas que le succès viendrait couronner ses efforts, comme il avait couronné toutes ses précédentes entreprises. Sous des dehors mutins, Valentine était en effet une bûcheuse invétérée dotée d'une détermination implacable. Elle savait ce qu'elle voulait et se donnait les moyens de l'obtenir.

Elle sortait avec Mateo depuis presque trois ans. C'était leur première relation sérieuse à tous les deux. Ils s'étaient rencontrés au lycée, un jour où Valentine était venue soutenir l'équipe de l'école. Mateo avait marqué deux buts mais s'était surtout distingué aux yeux de la jeune femme en restant à l'écart du pugilat qui avait éclaté quand l'arbitre avait refusé un but apparemment valable aux visiteurs. Elle était allée le trouver après le match pour lui dire qu'elle admirait son flegme. Ils ne s'étaient plus quittés.

Le dernier convive arriva peu après. Patrick Peltier avait été le meilleur ami de Michel Lemoine et son témoin le jour de son mariage. Les deux hommes avaient joué ensemble trois ans à Sochaux et un an à Montceau-les-Mines. Quand avait sonné pour eux l'heure de raccrocher les crampons, ils avaient choisi des voies différentes. Michel avait passé ses diplômes d'entraîneur et pris la direction sportive de l'équipe de division d'honneur de Châteaudun, tandis que Patrick avait embrassé le métier d'agent qui n'avait pas à l'époque l'infamante réputation qu'il traîne aujourd'hui.

Pendant quelques années, ses affaires avaient prospéré. Il allait chercher derrière le Rideau de fer des joueurs tchèques et polonais de premier plan qui triplaient leur salaire en passant à l'Ouest. Avec la chute du mur de Berlin, ce filon s'était progressivement tari et il s'était retrouvé en concurrence avec des confrères sans scrupules, prêts à toutes les bassesses pour extorquer une signature en bas d'un contrat. Patrick avait de nombreux défauts mais pas celui d'être malhonnête. Il s'était replié sur le milieu dont il était issu et qu'il connaissait comme sa poche, les clubs de deuxième et troisième division qui ne cassent jamais leur tirelire mais sont constamment à l'affût de la bonne affaire, l'ancien international disposé à réduire son salaire pour jouer dans sa région natale ou l'attaquant qui, revenant de blessure, n'ose pas réclamer de bonus à la signature. Il n'avait pas son pareil pour échafauder des montages compliqués combinant la vente, l'échange ou le prêt de quatre ou cinq joueurs, dont le principal mérite était d'engendrer plusieurs couches de commission pour leur instigateur. Ces opérations alambiquées s'appelaient dans son jargon « passer par la case départ », en référence au jeu de Monopoly qui récompense le mouvement, pour ne pas dire l'agitation.

À défaut d'un véritable savoir-faire, Patrick n'avait qu'une chose à offrir à ses joueurs : son temps. Il se montrait avec eux d'un dévouement qui confinait à la servilité, gérant leurs placements, remplissant leurs déclarations de revenus ou inscrivant leurs enfants à l'école. Un jeune gardien belge, dont il espérait devenir le représentant exclusif et qu'il avait installé dans son immeuble, s'était amusé à tester les limites de sa docilité. Pendant trois mois, Patrick avait procuré au coquin ses croissants quotidiens, porté son linge chez le teinturier et rempli le réservoir de sa voiture, en pure perte naturellement. Il n'éteignait jamais son portable et voyait jobardement dans le fait d'être réveillé à 5 heures du matin par un de ses poulains éméché qui rentrait de boîte de nuit le signe de son irremplaçabilité. Il avait d'ailleurs le téléphone collé à l'oreille quand Françoise lui ouvrit la porte.

— Bonjour Françoise. Une seconde, s'il te plaît. Oui Romain, je t'envoie le contrat dès que je le reçois. À ta place, je n'y compterai pas trop ce soir. Demain matin plutôt. C'est ça, allez, bonsoir.

Françoise lui posa une bise sur la joue.

— Tu ne t'arrêtes donc jamais ?

— Ne m'en parle pas, c'est infernal, ronchonna Patrick. Les joueurs en veulent toujours plus. À les entendre, je devrais couvrir sur ma part les frais d'avocat, d'interprète, de déménageur et que sais-je encore ! Non mais ils me prennent pour Crésus ? Avant, je percevais 10 % de tous leurs revenus. Aujourd'hui, je m'estime heureux quand ils me laissent 7 %. Tiens, pas plus tard que la semaine dernière, un petit morveux m'a offert 4 %, sous prétexte qu'un collègue était prêt à travailler pour ce prix. La fripouille...

Ce que Patrick ne disait pas, c'est que la fripouille comptait désormais au rang de ses clients. Il ne savait pas dire non, si bien que lui qui avait peur de manquer de travail en avait toujours trop et s'occupait au final fort mal de ses protégés.

— Mais je bavasse et j'en oublie de prendre des nouvelles de mon filleul. Alors, tu l'as ?

— Je l'ai, répondit Mateo.

— Formidable. Non pas que ton diplôme te servira beaucoup où tu vas aller...

— Attention, Patrick Peltier, je t'entends, cria Françoise de sa cuisine. Tu sais que je tenais à ce que Mateo réussisse son bac avant de passer professionnel.

— Tu penses si je le sais, répondit Patrick en adressant un clin d'œil à Mateo. Si tu m'avais écouté, ton fils jouerait déjà en Ligue des champions.

— Je suis content d'avoir fini le lycée, dit Mateo en passant son bras autour de la taille de Valentine.

— Bien sûr, c'est important les diplômes, dit Patrick qui n'en pensait pas un mot.

Françoise réapparut avec un plateau, sur lequel étaient posées quatre flûtes et une bouteille de champagne.

— Maman, s'écria Mateo, tu n'aurais pas dû !

— Mais si mon grand. En plus, il était en promotion. Avec la ristourne employés, il m'a coûté à peine plus cher qu'un mousseux. Tu nous sers, Peltier ?

Patrick déboucha la bouteille en expert et remplit les verres. On sentait l'habitué des séances de signature, rompu à l'art de porter les toasts. C'est d'ailleurs lui qui leva son verre le premier.

— À toi, Mateo, dit-il d'un ton comiquement solennel. À ton succès.

— À ton avenir, corrigea Valentine.

— À ton bonheur, conclut Françoise.

Ils trinquèrent. Mateo vida son verre à petits traits. Il se sentait bien, entouré des gens qu'il aimait. Les deux femmes de sa vie le dévoraient des yeux, rayonnantes de fierté. Le futur lui appartenait.

Patrick multipliait les calembours mais sa gaieté semblait un peu factice. Il se resservait périodiquement de champagne et riait un peu trop fort à ses propres plaisanteries. Sitôt passé à table, il aborda le sujet qui le préoccupait.

— Alors fiston, tu as décidé où tu jouerais la saison prochaine ?

Valentine devança la réponse de Mateo d'une voix douce mais ferme.

— Avec votre permission, Patrick, je propose que nous remettions cette discussion à la fin du repas, quand nous aurons fait honneur au festin que nous a préparé Françoise.

— Merci Valentine, dit la maîtresse de maison, touchée par cette marque de respect.

Patrick bredouilla quelques mots d'excuses et piqua du nez dans son assiette. On ne l'entendit plus jusqu'au dessert. Les deux femmes firent l'essentiel des frais de la conversation, évoquant tour à tour le programme de licence de Valentine, les ennuis de santé de ses parents et la énième réorganisation en cours au supermarché. Mateo, qui se délectait des escalopes à la crème et aux champignons de Françoise, ne disait pas grand-chose. Il connaissait par cœur la position de sa mère sur l'introduction de nouvelles caisses automatiques chez Disco et admirait Valentine de feindre si bien de partager son indignation. Ce n'était pas la première fois qu'il remarquait que la jeune femme excellait à valoriser ses interlocuteurs.

Patrick émergea de sa torpeur quand Françoise déposa sur la table une somptueuse charlotte aux fraises, le dessert préféré de Mateo. Il la goûta, s'extasia à grands cris et, profitant de ce que ses voisins avaient la bouche pleine, se lança dans une tirade à l'évidence mûrement préparée.

— Sache que pendant que tu révisais ton bachot, je ne suis pas resté les deux pieds dans le même sabot. J'ai prévenu tous les grands clubs que tu arrivais sur le marché cet été. Tu en as rencontré certains, d'autres sont venus te voir jouer incognito. J'ai aussi pris la liberté de réaliser sur mes deniers un montage vidéo de tes meilleures actions.

— Vraiment? dit Mateo. J'aurais bien aimé le voir.

— Ça ne m'a pas semblé nécessaire. À chacun son métier, mon garçon : joue au ballon, je m'occupe du reste. C'est un film d'un quart d'heure qui montre tout l'éventail de ton talent. On t'y voit marquer du droit, du gauche, de la tête, de près, de loin, sur coup franc, et même rentrer un corner direct...

— Tu as mis ma passe aveugle à Djamal dans le dos de la défense à Thonon-les-Bains? C'est ma plus belle action de l'année.

— Euh non, pas celle-là. Je voulais insister sur ta technique, tu comprends, te montrer tirant ou dribblant. Il y a presque cinq minutes de petits ponts, de roulettes, de doubles contacts ou de frappes enroulées au ralenti.

Mateo grimaça. Il avait horreur d'être exhibé comme une bête de foire et tout particulièrement qu'on se pâme devant sa virtuosité. Son aisance balle au pied était un outil, pas une fin en soi.

Patrick poursuivit :

— J'ai reçu quatorze offres, de l'Europe entière, et mis en concurrence les trois plus intéressantes. Je ne dis pas qu'il n'y a pas moyen de gratter encore un petit quelque chose mais on approche du point de rupture.

— L'argent ne sera jamais un critère, affirma Françoise d'un ton catégorique.

— Je ne suis pas d'accord. C'est le signe le plus tangible de l'intérêt que ces clubs portent à Mateo. Plus ils miseront sur lui, plus ils se sentiront obligés de développer ses qualités et de lui offrir du temps de jeu.

L'argument semblait indiscutable. La carrière de Michel avait cependant appris à Françoise que le monde du football n'est que rarement gouverné par les règles de la logique.

— Mateo ne serait pas le premier joueur qu'on recrute à prix d'or pour le laisser sur le banc.

Valentine opina du chef. Pour elle aussi, l'assurance d'une place de titulaire valait tous les bonus du monde.

— Évidemment, admit Patrick, mais c'est tout

de même une indication. Écoutez, laissez-moi vous présenter les trois offres. Nous en discuterons après. La première émane de Manchester United, pour être précis de Sir Alex Ferguson en personne.

Valentine émit un sifflement appréciateur. Elle avait entendu parler de l'Écossais anobli par la reine, l'entraîneur aux quinze titres nationaux et aux quatre coupes d'Europe qui clamait haut et fort qu'aucun joueur n'est plus grand que son club. Patrick se rengorgea. Il chérirait jusqu'à la fin de ses jours le souvenir de sa brève conversation avec Ferguson, même si l'accent à couper au couteau de ce dernier l'avait empêché d'en saisir un traître mot.

— Il propose un contrat de cinq ans. Mateo toucherait un peu moins de 5 millions d'euros par an, plus des primes en cas de victoire en championnat ou en coupe d'Europe.

— À quel poste me voit-il ? demanda Mateo qui avait repoussé son assiette et écoutait attentivement son parrain.

— À droite ou au centre, ça reste à discuter. Il pense que tu as le potentiel de devenir le nouveau Cantona.

— Numéro 10 ?

— C'est possible. Il ne s'engagera pas avant de sentir que tu es son premier choix.

Mateo esquissa un geste vague que Patrick interpréta comme une invitation à continuer.

— Tu as aussi une offre du Real Madrid. Trois ans plus une option pour deux saisons supplémentaires. Seulement quatre millions d'euros par an...

— Seulement ? sursauta Françoise.

— Je sais, dit Patrick en se méprenant sur la réaction de Françoise, c'est moins d'argent mais les primes de match sont plus généreuses, et acquises, que Mateo joue ou non. Il devrait d'ailleurs s'attendre à passer du temps sur le banc. Sauf pépin, Kaka, l'actuel meneur, a encore une ou deux belles saisons devant lui. D'ici là, tu pourrais faire des piges sur le flanc droit pour développer ta polyvalence. Enfin, nous avons une offre du Bayern Munich. Ils suivent Mateo depuis longtemps...

— Je m'en souviens, coupa Françoise. Ils étaient prêts à lui payer un tuteur privé afin qu'il poursuive ses études en Allemagne.

— Tu ne me l'avais jamais dit, s'étonna Valentine.

— Ce n'était pas le moment, répondit Mateo.

— Ils sont disposés à t'offrir le poste de meneur, en tandem avec Schweinsteiger. C'est un gros risque pour eux. Ça fait une paye qu'ils n'ont pas gagné la Ligue des champions mais ils ont remporté la Bundesliga à plus de vingt reprises et ils se maintiennent en haut des palmarès européens depuis deux générations. Tu gagnerais moins qu'au Real ou à Manchester – environ trois millions et demi la première saison – mais on s'y occuperait mieux de toi. Bien que l'Allemagne attire peu de joueurs étrangers, ceux qui sautent le pas le regrettent rarement. Ils apprécient la vision à long terme des dirigeants et la retenue des supporters. Pour peu que tu apprennes la langue, on te remettra les clés de la ville.

— En somme, c'est là qu'il aura la meilleure qualité de vie, résuma Françoise.

— Il aura la paix, c'est déjà énorme. Maintenant, je préférerais passer l'hiver en Espagne plutôt qu'en Bavière. Dans tous les cas, je ne m'inquiéterais pas trop pour nos tourtereaux. Les trois clubs que j'ai cités sont prêts à vous montrer des maisons de rêve, à payer des billets d'avion à Françoise et à mettre à votre disposition un assistant personnel.

— Un assistant personnel ? s'exclama Valentine. Pour quoi faire ?

— Pour vous faire découvrir la ville, vous donner des cours de langue, que sais-je encore ?

Valentine allait répondre qu'ils n'avaient nul besoin d'un cicérone quand Mateo lui fit signe que Françoise avait une question.

— Où Mateo apprendra-t-il le plus ?

— Tu veux savoir où il aura le meilleur entraîneur ?

— Le meilleur entraîneur, les meilleurs coéquipiers... Il n'a que dix-huit ans. C'est encore le début du voyage pour lui.

— À froid, je dirais Manchester pour l'entraîneur, le Real pour l'effectif et le Bayern pour l'encadrement.

— Ça ne m'avance pas beaucoup. Enfin Patrick, en un mot comme en cent, que ferais-tu à la place de Mateo ?

Bien qu'il fût évident qu'il avait arrêté son opinion depuis longtemps, l'agent prit son temps avant de répondre. Il ne lui déplaisait pas d'être, pour une fois, au centre de l'attention générale.

— La décision d'aujourd'hui ne doit pas nous faire perdre de vue que l'objectif ultime consiste à installer la marque Lemoine dans le cœur du public. Nous voulons rendre Mateo indispensable sur le terrain, mais aussi dans les plans média des annonceurs.

— Je t'arrête tout de suite, Peltier, s'insurgea Françoise. Mon fils n'est pas un homme-sandwich.

Patrick comprit qu'on ne parlait pas à une maman comme à un étudiant en marketing.

— Naturellement. Mais garde en tête que, de nos jours, les grands champions triplent leur salaire avec les contrats publicitaires. Quand ils réclament une augmentation à leur club, ils se fichent pas mal des quelques dizaines de milliers d'euros supplémentaires qui tomberont chaque mois. Ils cherchent surtout à s'élever dans le classement mondial des joueurs les mieux payés, sur la base duquel les multinationales engagent des budgets promotionnels qui se chiffrent en dizaines de millions. Pour moi, la stratégie est claire : Mateo doit signer dans un grand club, où il jouera tous les week-ends et où il disputera la Ligue des champions. S'il n'est pas titulaire, il n'intéressera pas les sponsors et il pourra dire adieu à l'équipe de France. Tu veux gagner la Coupe du monde, bonhomme ?

— Un jour, dit Mateo.

— Alors, ne signe pas au Real. Pas tout de suite en tout cas. On te transférera dans deux ou trois ans moyennant une énorme indemnité. Ça nous laisse Man U et le Bayern. Le championnat anglais est à la fois plus relevé et plus médiatique. Signer à Manchester t'assurerait une exposition phénoménale. Et Ferguson, même s'il a allègrement dépassé l'âge de la retraite, a sûrement quelques bricoles à t'apprendre. Maintenant c'est vrai, le jeu anglais n'est pas très sophistiqué...

— Trop brutal, le coupa Mateo. J'aurais peur de me blesser.

— Michel disait que si l'on voulait se casser une jambe, il suffisait d'aller à Calais et de prendre une place de ferry, renchérit Françoise.

Comme tous les courtiers, Patrick était maître dans l'art de retomber sur ses pieds.

— C'est bien pourquoi j'ai inclus les Allemands dans la liste, alors même qu'ils offrent moins d'argent que les deux autres. L'intérêt de Mateo passe avant tout.

Seule la crainte d'ennuyer son auditoire avec les détails de ses finances personnelles empêchait Patrick de révéler qu'il empocherait à la conclusion de n'importe quel accord une commission égale à ses gains cumulés des dix dernières années.

— Merci Patrick, dit Françoise, tu as fait du bon travail.

Elle se tourna vers son fils.

— L'heure de choisir est venue, Mateo. Ce sont trois magnifiques propositions. Je crois que tu pourrais être heureux dans chacun de ces clubs. La météo, on s'en fiche. Oublie aussi les chiffres, ils représentent de toute façon plus d'argent que tu ne pourras en dépenser dans ta vie.

Patrick était sur le point d'intervenir mais il se ravisa.

— Selon moi, les deux critères qui doivent guider ta décision sont le défi sportif et le temps de jeu.

Où as-tu le plus de chances de disputer des grands matches, de te battre sur le terrain – et pas dans les tribunes – pour remporter des titres ?

— Ta mère a raison, déclara Patrick, subitement pris d'un regain d'intérêt pour sa charlotte.

Mateo garda le silence pendant de longues secondes. Il regardait par-dessus l'épaule de Patrick, et semblait perdu dans ses pensées. Valentine posa sa main sur la sienne.

— Je suis content, dit-il enfin, que vous vous accordiez sur ces deux principes car c'est sur eux que j'ai basé ma décision. Je vous annonce que je vais m'inscrire à la fac. Je veux gagner le championnat universitaire. Le FCV court toujours après son premier titre et, sauf imprévu, je devrais jouer tous les samedis.

À ces mots, Patrick, qui s'apprêtait à enfourner un énorme morceau de charlotte, laissa tomber sa fourchette. Elle rebondit bruyamment dans son assiette, ricocha sur ses genoux et finit sa course sous la table dans un grand éclaboussement de crème fraîche.

— Tu n'es pas sérieux ! s'exclama-t-il sans un regard pour le désastre qu'il avait causé.

— Mais si.

Patrick bondit de sa chaise et se mit à arpenter la pièce en trépignant de colère. À quatre pattes, Françoise le suivait tant bien que mal pour ramasser les éclats de fraise qui se décollaient de son pantalon à chaque pas.

— C'est la plus grosse bêtise que j'ai entendue de toute mon existence, excuse-moi de te le dire.

— Il n'y a pas de mal, répondit tranquillement Mateo.

— Voyons, explique-nous ton raisonnement, dit Françoise.

Elle essayait à présent d'éponger la crème avant que celle-ci ne pénètre dans les fibres du tapis.

— Oh, je le connais son raisonnement ! fulmina Patrick. Il veut finir le travail commencé par Michel. Mais je vais te dire, mon bonhomme, quand on a ton talent, on vise un peu plus haut qu'un titre universitaire.

Mateo, étrangement calme, paraissait insensible à la provocation.

— Patrick a raison. J'aimerais gagner ce titre pour papa. Cela fait longtemps que j'y pense.

Michel Lemoine commençait tout juste à trouver ses marques à Châteaudun quand on lui avait proposé la direction de l'équipe universitaire de Vernet, un poste qui, par bien des aspects, s'apparentait à un suicide professionnel. Mais Michel n'en avait cure. Il aspirait à entraîner des amateurs. La plupart des joueurs qu'il côtoyait avaient perdu le feu sacré ; pour eux, le ballon ne représentait plus qu'un gagne-pain comme les autres. À bientôt quarante ans, Michel aimait passionnément son sport. La formation d'entraîneur qu'il avait suivie avait renouvelé en profondeur son intérêt pour le foot, en lui en révélant une nouvelle dimension, à la fois plus abstraite et plus collective. Il brûlait de partager son savoir, d'enseigner ce qu'il avait mis trois décennies à comprendre à des jeunes qui boiraient ses paroles comme de l'eau. De son côté, Françoise, qui avait accompagné Michel à ses entretiens d'embauche, avait été séduite par la gentillesse des futurs collègues de son mari. Elle était aussi tombée amoureuse de Vernet, une petite bourgade perpétuellement fleurie nichée au creux du massif des Samorins. Elle qui voulait des enfants s'était surprise à penser qu'il ferait bon les élever au grand air, à proximité de la montagne, loin de la pollution et des dangers de la ville. Quand l'offre officielle de Vernet était arrivée, le couple avait débattu tout un week-end, mis dans la balance les primes de match de Châteaudun et l'attrait d'un nouveau projet familial. Ils avaient choisi l'aventure et s'étaient dépêchés d'acheter une maisonnette grâce à un prêt de l'université. Ils n'avaient jamais regretté leur décision.

Le Football Club de Vernet, ou FCV, évoluait depuis la nuit des temps dans les profondeurs du classement du championnat universitaire. Ayant réussi juste après la guerre à se hisser en première division, il se reposait depuis cet exploit, ne sortant de sa léthargie que lorsqu'il tutoyait le précipice de la relégation. En l'espace d'une saison, Michel remit tout à plat. Il poussa les tire-au-flanc vers la sortie, recruta de nouveaux joueurs plus motivés dans les autres sections sportives et muscla le programme d'entraînement. Ainsi qu'il l'avait prévu, les résultats commencèrent par se dégrader avant de s'améliorer. La première saison, le FCV frôla la catastrophe, n'échappant à l'avant-dernière place synonyme de descente en division inférieure qu'à la faveur d'une meilleure différence de buts. Il termina la deuxième saison à la cinquième place et la suivante à un point des champions. La quatrième année s'annonçait sous les meilleurs auspices. L'équipe n'avait perdu que deux éléments subalternes pendant l'été ; plusieurs joueurs arrivaient au zénith de leur carrière ; Michel pouvait s'appuyer sur un capitaine exemplaire et charismatique. Même les observateurs extérieurs faisaient de Vernet leur favori pour le titre.

Le sort en avait décidé autrement. Le car qui ramenait l'équipe après le premier match à l'extérieur de la saison versa dans un ravin, faisant huit victimes dont Michel. Le lendemain, Françoise réalisa qu'elle était enceinte.

Par chance, Michel avait souscrit une assurance-décès qui apura le solde du crédit immobilier. Françoise, qui n'avait ni parents ni beaux-parents pour l'aider, était seule, avec un enfant à naître, mais au moins elle avait un toit. Sans diplôme ni qualification particulière, elle ne put trouver mieux qu'une place de caissière chez Disco. Son sens du contact et son intégrité la rendirent vite indispensable. À la naissance de Mateo, elle négocia des horaires aménagés et obtint de se faire rembourser les congés qu'elle ne prenait pas. Cinq ans plus tard, une promotion au rang de superviseuse de caisse lui apporta un début d'aisance.

Au regard de l'ampleur de la tragédie, la Fédération universitaire annula tous les matches du FCV jusqu'à la fin de la saison tout en lui garantissant son maintien en première division. En septembre, Vernet reprit sa place dans le ventre mou du classement. Plusieurs tentatives pour raviver la flamme allumée par Michel échouèrent les unes après les autres et le FCV retomba, lentement mais sûrement, dans l'indifférence.

— Je suis moins fou que vous ne croyez, expliqua Mateo. En m'y mettant à fond, j'espère remporter le championnat dès la première saison. Dans un an, j'en aurai dix-neuf. Ce n'est pas trop tard pour passer professionnel, que je sache.

La placidité du jeune homme devait être contagieuse car Patrick, au bord de l'explosion, respira un grand coup et se rassit à table.

— Je comprends ton point de vue, mon garçon. Laisse-moi maintenant t'expliquer pourquoi tu commettrais l'erreur de ta vie.

— C'est inutile. Ma décision est prise.

— Écoute ton parrain, Mateo, dit Françoise sur un ton qui ne souffrait aucune discussion.

Valentine approuva d'un hochement de tête et rapprocha sa chaise de celle de Mateo en signe de solidarité.

— Si tu crois que le Real va te garder ta place au chaud, tu te fourres le doigt dans l'œil, mon petit père. Tu es la coqueluche des médias aujourd'hui parce que le monde entier est suspendu à ton choix. J'en parlais avec *L'Équipe* tout à l'heure. Ils sont prêts à te consacrer leur une ce week-end en échange d'une interview exclusive. À la minute où tu annonceras que tu restes à Vernet, tu ne vaudras même plus un entrefilet. Sans compter que nous devrons tout reprendre de zéro l'an prochain.

— Pourquoi ? Je serai toujours le même joueur.

— Le même joueur qu'aujourd'hui peut-être,

pas celui que tu pourrais devenir à Manchester ou à Madrid. Tu ne crois pas que tu apprendrais un peu plus au contact d'Alex Ferguson qu'à celui de... ? Comment s'appelle le gugusse qu'ils ont nommé après Jean-Pierre ?

— Olivier Fischer, souffla Françoise.

— C'est ça, Fischer, un joueur raté qui n'a aucune expérience du haut niveau. Et quel message tu envoies à tous les recruteurs d'Europe ? « On me réclame au Bayern et à la Juve mais je préfère m'enterrer à Vernet. » Ils vont penser que tu n'as aucune ambition.

— J'ai de l'ambition, affirma Mateo.

— C'est vrai, j'oubliais, tu veux remporter le titre universitaire ! Au secours, on frise la mégalomanie !

— Attention, Peltier ! le coupa Françoise. Tu passes les bornes.

— Pardon, je m'emporte, mais ça me fout par terre de voir ton fils tourner le dos à la gloire et à la fortune.

— Il ne leur tourne pas le dos, il se donne le temps de réfléchir.

— Tu en parles comme si son choix ne présentait aucun risque. Mais tant de choses peuvent arriver en un an. Une jambe cassée par exemple. Tout le monde sait que le championnat universitaire est un ramassis de brutes. Avec sa technique de dentellière, Mateo va les rendre cinglés. Pour peu que vous jouiez sous la pluie, ça risque de tourner à la boucherie.

— Je ferai attention, dit Mateo. Ça ne sera pas pire qu'en cadets.

— Et qu'est-ce qui se passera si tu te loupes ? On leur dira quoi aux recruteurs ? Lemoine n'a pas été fichu de décrocher le titre universitaire mais il va vous aider à gagner la Ligue des champions ?

— Je remporterai le titre, tu peux me faire confiance.

— Et quand bien même ? Tu es conscient que je vais passer pour un guignol ? Que tu vas ruiner en un jour la crédibilité que j'ai mis des années à construire ?

— Je ne t'ai rien demandé, dit Mateo.

Il était embêté pour son parrain, pas au point toutefois de le laisser décider de sa carrière. Il était convenu depuis toujours que Patrick gérerait ses intérêts. Il n'avait jamais été question en revanche qu'il décide où et quand Mateo ferait ses débuts professionnels.

Patrick, comprenant qu'il ne tirerait rien de Mateo, reporta ses efforts sur Françoise.

— S'il te plaît, dis à ton fils qu'il n'a pas le droit d'insulter l'avenir.

Françoise haussa les épaules.

— C'est sa vie, Patrick. Il en fait ce qu'il veut.

— Tu réalises qu'il tire un trait sur l'équipe de France ?

— Provisoirement.

— Qu'il ne décrochera jamais un sponsor ?

— Ça reste à voir. On a connu pire ambassadeur pour une marque qu'un gamin qui refuse des millions pour jouer avec ses copains, répondit Françoise non sans un certain bon sens.

— Pas des millions, des dizaines de millions !

25 minimum à Manchester, 20 au Real et 19 au Bayern, sans compter les primes !

Dans son émotion, Patrick semblait oublier que Mateo ne pourrait pas jouer pour les trois clubs à la fois.

— Et je ne vous ai pas parlé du bonus de bienvenue ! 2 millions à la signature, peut-être même davantage si j'arrive à les faire grimper au cocotier...

— Ce n'est pas une affaire d'argent, parrain, tu devrais le comprendre, dit Mateo.

— Et toi, tu devrais comprendre qu'on n'a pas le droit de refuser un tel pactole. Pas quand on vient d'où tu viens. Pense à ce que tu pourrais faire avec 2 millions d'euros. Tu n'as pas envie d'acheter une belle maison à ta mère ou de lui offrir une croisière ? Tu crois que ça l'amuse de travailler chez Disco ?

— Dis donc, Peltier, c'est fini ce chantage ? se fâcha Françoise. Et laisse Disco en dehors de tout ça, tu veux.

Patrick comprit qu'il était allé trop loin et se renfonça dans sa chaise. Groggy, les yeux perdus dans le lointain, il regardait son chèque de commission s'éloigner à tire-d'aile. Il finit par se lever.

— Je vais rentrer. J'ai promis à Marlène de l'appeler ce soir.

— Tu repars à Montpellier demain ? interrogea poliment Françoise.

Patrick haussa les épaules, comme si désormais plus rien n'avait d'importance.

— C'est ce qui était prévu. Je peux encore changer mon billet. Tu ne veux pas que je repasse demain matin pour reprendre cette discussion ?

— Je crois qu'on a fait le tour de la question. Mateo va réfléchir.

— C'est tout réfléchi, ne put s'empêcher de lancer Mateo. Je jouerai au FCV la saison prochaine.

— Il va réfléchir, je te le promets, dit Françoise en poussant son hôte vers la porte. Nous t'appellerons ce week-end. Bonsoir, Patrick. Embrasse Marlène de ma part.

Elle se posta à la fenêtre pour assister au départ de Patrick. Celui-ci monta dans sa voiture, mit la clé dans le contact et resta un long moment à contempler le pare-brise. Enfin, parce qu'il fallait bien continuer à vivre, il tourna la clé et s'éloigna dans la nuit.

Françoise se rassit à table.

— Eh bien, tu peux te vanter de nous avoir fait une sacrée surprise ! Tu étais au courant, Valentine ?

— Depuis un mois, sourit l'intéressée.

— Et tu approuves ?

— Sans réserve. Je respecte les arguments de Patrick mais la décision appartient à Mateo.

— C'est aussi ce que je pense. Alors mon grand, dit Françoise en se penchant pour caresser les cheveux de son fils, tu vas rester chez ta mère un an de plus ? Dommage, il me faisait rêver, Patrick, avec ses billets d'avion...

— Tu ne m'en veux pas, dis ? demanda Mateo.

Après avoir défendu sa position avec tant de conviction, il paraissait inquiet à l'idée d'avoir pu contrarier sa mère.

— Mais non, je plaisante ! Tu as raison. Si tu veux gagner ce championnat, c'est l'année ou jamais.

Elle ajouta pensivement :

— J'aurais dû m'en douter... C'est le genre de choses qu'aurait fait ton père. Non pas qu'il ait eu le dixième de ton talent, mais il adorait prendre son monde à contre-pied.

— Je n'essaie pas de faire mon intéressant, tenta de se justifier Mateo. C'est juste un truc que j'ai envie d'accomplir avant de démarrer ma carrière. J'ai du mal à l'expliquer.

— Il n'y a rien à expliquer. Tu raccompagnes Valentine ?

— Je vais d'abord vous aider à débarrasser, dit la jeune fille en joignant le geste à la parole.

— Pas question. Il est tard. Et puis j'ai envie de rester avec mes pensées.

Mateo déposa un baiser sur le front de sa mère. Valentine, qui habitait un studio en centre-ville, était venue en scooter. Mateo avait pris l'habitude de pédaler à ses côtés jusqu'à sa porte et de se chronométrer sur le trajet du retour.

Françoise débarrassa la table et fit la vaisselle avant d'aller se coucher. Elle s'endormit le sourire aux lèvres.

2

Article paru dans le quotidien local Le Messager, *samedi 16 juillet 2011*

LEMOINE AU FCV :
Une chance pour Vernet et sa région

« Une chance pour Vernet », « une récompense pour le travail des éducateurs de la région », « une opportunité pour le sport amateur dans notre pays », les réactions continuent à pleuvoir une semaine après l'annonce par Mateo Lemoine de sa décision de jouer à Vernet la saison prochaine. Son bac en poche, Lemoine, tout juste dix-huit ans, a décliné les offres des plus grands clubs européens pour réaliser un rêve d'enfance : remporter le championnat universitaire avec le FCV, l'équipe qu'entraînait son père au moment de sa mort.

Le communiqué tombé sur les téléscripteurs vendredi dernier en début d'après-midi a fait l'effet d'une bombe dans les salles de rédaction du monde entier. Il faut dire que les médias spéculaient depuis plusieurs mois sur la future destination de

Lemoine. Alors que les observateurs voyaient l'Élu – un surnom que lui donna son entraîneur en minimes et qui lui est resté – signer à Manchester United, le tabloïd anglais *Daily Star* titrait le lendemain de l'annonce : « Newbie shuns Ferguson » (« Un novice dédaigne Ferguson »). Zinédine Zidane, tout juste installé dans ses nouvelles fonctions de directeur sportif du Real Madrid, avait fait lui aussi du jeune prodige français la priorité de son recrutement. « Guarda tus millones » (« Garde tes millions ») lui répond Lemoine à la une du quotidien *Marca*.

À Vernet, la décision de l'enfant du pays a été accueillie avec surprise et ravissement. « Nous ne nous y attendions absolument pas », a déclaré Daniel Aguettaz, président de l'université. « Bien sûr, nous savions qu'un lien spécial unissait Mateo et le FCV, mais de là à imaginer qu'il puisse porter un jour le maillot cobalt, il y a un pas qu'aucun de nous n'avait osé franchir. » Aguettaz en profite pour tordre le cou à la rumeur selon laquelle Lemoine aurait négocié un traitement de faveur. « Pure sottise ! Il s'est inscrit en première année de licence d'éducation physique et sportive. Il a jugé que c'était le curriculum qui lui correspondait le mieux, celui qui lui laissera le plus de temps pour s'entraîner tout en tirant le meilleur parti de ses aptitudes. Je peux vous assurer qu'il sera traité comme n'importe quel étudiant, il assistera aux cours et il passera les examens. » Olivier Fischer, l'entraîneur bourru du FCV connu pour sa rudesse, va même plus loin : « Évidemment que je me félicite de l'arrivée de Lemoine, mais écrivez bien que je ne lui ai fait aucune promesse, même pas celle qu'il serait titulaire. »

Les milieux économiques ne sont pas les derniers à se réjouir. Selon un porte-parole de la chambre de commerce et d'industrie, les hôteliers et restaurateurs s'attendent à une aug-mentation substantielle de l'activité les week-ends de match. Marylise Berthier, maire sans étiquette de Vernet, a d'ailleurs réuni son équipe hier pour un conseil municipal exceptionnel. À l'ordre du jour : la construction de nouveaux gradins au stade Léo-Lagrange portant la capacité à deux mille cinq cents places, la conversion de l'espace réservé aux caravanes des gens du voyage en parc de stationnement d'appoint et l'installation d'un feu clignotant sur la route de Longoyais les jours de championnat. « Nous n'avions pas prévu ces dépenses, a déclaré Mme Berthier à la sortie de la réunion, mais elles sont négligeables au regard du coût d'une campagne de relations publiques traditionnelle. Les amateurs de football du monde entier savent désormais placer Vernet sur la carte. Qu'ils sachent que nous sommes prêts à les accueillir ! »

Mais c'est sans doute du côté des fans que la nouvelle a fait le plus d'heureux. Le jour de l'annonce, plusieurs dizaines de personnes se sont massées devant le pavillon des Lemoine dans le quartier des Loges, dans l'espoir d'apercevoir Mateo et de lui exprimer leur gratitude. Malgré les chants et les acclamations, la porte de la maison est restée désespérément close. Et pour cause, l'Élu est en vacances dans le Vercors, où il fait du camping avec sa petite amie. Il n'empêche, pour Bernard Ribeyrolles, conducteur de poids lourd et supporter invétéré du FCV, l'espoir est à la mesure de la tragédie de ce jour de 1992 où l'autocar qui ramenait l'équipe après un match à l'extérieur versa dans un ravin, tuant Michel Lemoine et sept titulaires. « On allait être champions cette année-là, ça ne faisait pas un pli. Je ne m'en suis jamais remis. Si le gamin nous ramène la coupe, je me rase la moustache, aussi sûr que je m'appelle Nanard ! » Annick Chabanon, elle, a fait le déplacement pour rendre hommage au caractère de Mateo. « Je connais Françoise, sa mère. Elle travaille chez Disco, à la caisse. Elle a toujours été rien fière de son garçon. À présent, je comprends pourquoi. »

Selon différents chiffres avancés par la presse, Lemoine renonce à un salaire de plusieurs millions d'euros et se prive – au moins provisoirement – de la chance d'être sélectionné en équipe de France. Patrick Peltier, son agent, n'a pas l'air de s'en émouvoir. « Le bonheur de Mateo passe avant tout. De l'argent, il en gagnera un jour. Pour l'instant, ce qui l'intéresse, c'est de remporter le championnat avec Vernet. » Comme je lui demande s'il n'a pas peur que son protégé n'ait compromis son image auprès des sponsors, Peltier rétorque : « Au contraire. Je ne conçois pas de meilleur ambassadeur pour une marque qu'un gamin qui refuse des millions pour jouer avec ses copains. » Les faits semblent lui donner raison, puisque des négociations seraient déjà en cours. L'équipementier américain Olympic, voyant en Mateo l'occasion d'accroître sa pénétration dans les milieux du sport amateur, lui offrirait un contrat de sponsoring sur plusieurs années.

Les amoureux du ballon rond devront donc patienter pour découvrir le prodigieux talent de Lemoine. Que les lecteurs du *Messager*, eux, se rassurent : ils pourront lire tous les lundis matin le récit de ses exploits dans les colonnes de leur journal préféré. Nous avons en effet décidé de renforcer notre dispositif à partir de la rentrée afin de couvrir les vingt-six matches et les principales séances d'entraînement du FCV. Allez Vernet ! Allez le FCV ! Allez Lemoine !

JACQUES NOGUERA

3

Les pourparlers entre Patrick et Olympic se poursuivirent tout au long du mois de juillet. Les deux parties étaient pressées de conclure, Patrick pour empocher une commission qui lui permettrait de faire face aux traites de la puissante Mercedes qu'il avait imprudemment commandée au printemps et l'équipementier pour capitaliser sur la sympathie désormais associée au nom de Mateo.

L'argent n'était pas un problème. Olympic était prêt à investir plusieurs millions d'euros sur une durée comprise entre trois et cinq ans en échange du droit de dessiner les maillots du FCV et d'habiller Mateo en dehors du terrain. Patrick, qui n'était pas mandaté par le club, se faisait fort d'obtenir l'accord de celui-ci contre la promesse d'une rétrocession de quelques dizaines de milliers d'euros par an.

L'avocat d'Olympic souleva cependant vite plusieurs problèmes juridiques. Le règlement du championnat universitaire stipulait que les maillots des joueurs devaient rester vierges de tout message à caractère publicitaire. Plusieurs demandes de dérogation avaient été rejetées par le passé. Il était de même impossible de rétribuer Mateo pour qu'il porte les vêtements de la marque à la ville. Du jour où il tirerait la majorité de ses revenus du sponsoring, il perdrait son statut d'amateur et verrait sa licence universitaire révoquée. Le problème paraissait inextricable.

Mateo suggéra une solution depuis son camping dans le Vercors. Il était prêt à s'effacer au profit du FCV, à condition que le club utilise la manne d'Olympic pour moderniser ses infrastructures et embaucher un préparateur physique. Lui ne percevrait personnellement pas un centime, sa seule récompense consistant à jouer avec un ballon neuf et à se faire masser deux fois par semaine. Après avoir fait signer un mandat au président de l'université, Patrick déclara qu'il n'y voyait aucun inconvénient. Malheureusement pour lui, une lecture attentive des statuts de la fédération révéla qu'une équipe ne pouvait recevoir plus de 50 000 euros par an du secteur privé sous peine d'être exclue du championnat universitaire. Comprenant que sa commission risquait de lui échapper à nouveau, Patrick passa un week-end à élaborer une usine à gaz visant à transformer les versements de l'équipementier en subventions publiques en les faisant transiter par des associations bidon. L'avocat d'Olympic balaya le montage d'un revers de main.

Mateo, encore lui, proposa qu'Olympic fasse une donation aux instances organisatrices du championnat universitaire, qui répartiraient ensuite la manne à parts égales entre les différentes équipes. Patrick manqua s'étrangler : non seulement cet argent profiterait aux rivaux de Mateo mais lui ne toucherait pas un kopeck. C'était une folie, il était encore temps pour son filleul de changer d'avis et de rejoindre une équipe professionnelle. Mais Mateo resta inflexible.

En désespoir de cause, Patrick offrit ses services à la fédération universitaire, qui les refusa. L'accord fut signé début août. Chaque club reçut un premier paiement de 100 000 euros. Son contrat en main, Patrick réussit à extorquer 7 000 euros de commission au FCV en le menaçant d'un procès. Comme le fit remarquer le président Aguettaz, Vernet toucha au bout du compte moins que tous les autres clubs.

Ces péripéties laissaient Mateo de marbre. Il était impatient de démarrer la saison et de rencontrer ses coéquipiers.

Deuxième partie

1

Mateo avait effectué toute sa scolarité dans le même établissement, le centre pédagogique Charles-Péguy. Ses camarades de classe avaient vu son talent s'affirmer au fil des ans mais il était resté d'abord et avant tout pour eux un copain, le garçon qui à dix ans avait réalisé une série de 513 jongles dans le préau avant que Boubourg ne confisque son ballon. En arrivant à la fac, Mateo se trouva propulsé dans la peau d'une bête de foire. Des professeurs à ses condisciples en passant par les cuisiniers de la cafétéria et les femmes de ménage, tout le monde voulait l'approcher, le toucher, être photographié à ses côtés. D'un naturel accommodant, il se prêta d'abord à ces enfantillages, avant de réaliser qu'il n'y prenait nul plaisir et n'en retirait aucun bénéfice. Un jour, il déclara qu'il aimerait bien se mettre au travail. Il avait promis à Françoise décrocher la moyenne dans toutes les matières. On respecta à peu près son désir de solitude. Valentine, qui était en troisième année et connaissait le campus comme sa poche, lui montra où se retrancher quand il souhaitait avoir la paix.

Un soir après les cours, Mateo prit la direction du terrain de foot pour participer à son premier entraînement. Il avait déjà reconnu les lieux. Le terrain tenait davantage du champ de patates que du green de golf. De larges plaques de terre trouaient çà et là la pelouse, surtout dans le rond central et les surfaces de réparation. Les lignes, à moitié effacées, avaient besoin d'être repeintes. Les montants des cages étaient carrés, quand la Fédération internationale préconisait les poteaux ronds depuis trente ans. Les filets, mangés aux mites, flottaient au vent.

Lorsqu'il arriva en vue du terrain, une nuée de journalistes fondit sur lui et l'escorta jusqu'à sa destination. À peine eut-il posé son sac sur le banc qu'ils l'assaillirent de questions en français et en anglais, tendant vers lui des micros, des enregistreurs et même une caméra de télévision. Il n'avait pas prévu pareil accueil et bredouilla quelques platitudes. Il était ravi d'être là, avait bien l'intention de passer professionnel un jour mais se concentrait pour l'instant sur le championnat universitaire. Il admirait Platini, Cantona et Messi, raffolait des frites de McDonald's, écoutait de la musique comme tous les jeunes de son âge et n'aimait pas trop les jeux vidéo. Il éluda les questions auxquelles il n'avait pas la réponse (« Que pensez-vous de vos coéquipiers ? ») ainsi que celles auxquelles il s'interdisait de réfléchir (« Que ferez-vous si vous ne remportez pas le titre cette année ? ») et déclina plusieurs offres d'interviews, dont une de la chaîne télé du Real Madrid qui n'avait de toute évidence pas renoncé à le faire signer.

Jacques Noguera, le correspondant du *Messager*, prit Mateo à part pour se présenter. Âgé d'une soixantaine d'années, Noguera s'exprimait avec un accent chantant qui trahissait ses origines méridionales. Après avoir enchaîné les petits boulots sur la Côte d'Azur, il avait posé ses valises à Vernet dans les années quatre-vingt et appris sur le tas le métier de journaliste. Il dit avoir bien connu Michel Lemoine, du temps où celui-ci entraînait le FCV. Il avait beaucoup entendu parler de Mateo mais ne l'avait jamais vu jouer. Si ce qu'on racontait sur lui était seulement à moitié vrai, il devrait mener Vernet à la victoire sans trop de peine.

L'arrivée au compte-gouttes des autres joueurs fournit à Mateo le prétexte dont il avait besoin pour prendre la tangente. Il tenait à les aborder le premier, de peur qu'ils ne se figurent qu'il attendait d'eux un traitement spécial. Il embrassa Djamal et les jumeaux Deléglise, serra des mains, enregistra des prénoms, signa des autographes dans une ambiance cordiale et décontractée. Plusieurs joueurs lui dirent admirer sa décision. L'un d'eux, un certain Quentin, étudiant en médecine, semblait très ému à la perspective de jouer à ses côtés. Jean-Philippe, le gardien de but, lui offrit spontanément le brassard de capitaine qu'il portait depuis deux ans. Mateo refusa, alléguant qu'il n'avait pas encore fait ses preuves. Il n'avait en vérité jamais attaché une grande importance au capitanat, y voyant une source de responsabilités supplémentaires sans réelle contrepartie.

À 5 heures précises, un homme trapu parut à l'horizon. Il portait à l'épaule un sac de sport bourré à craquer et traînait derrière lui un filet rempli de ballons. Il était vêtu d'un pantalon de survêtement noir, d'une casquette de chasse de la même couleur et d'un sweat-shirt informe au col ouvert sur lequel se balançait un sifflet. Quand il posa son barda, Mateo nota qu'Olivier Fischer avait enroulé les lacets de ses crampons autour de la chaussure, comme son père jadis sur les photos que conservait Françoise dans sa boîte à trésors.

Fischer interpella les journalistes en termes à peine polis. Libre à eux d'assister à l'entraînement depuis la touche mais le premier qui perturberait la séance aurait affaire à lui. Quant au cameraman du Real, il dut remballer son appareil.

Fischer rassembla ses joueurs dans le rond central. Il se présenta pour les cinq ou six nouveaux. Il avait trente-sept ans. Il était alsacien. Il n'aimait pas les jean-foutre. Il avait joué en universitaire au poste de stoppeur, avant qu'une blessure à la jambe ne mette un coup d'arrêt à sa carrière. C'était sa quatrième saison à la tête du FCV. Les entraînements avaient lieu le mardi et le jeudi de 17 à 19 heures, les matches le samedi après-midi. La salle de muscu était toujours ouverte, de même que son bureau au deuxième étage du bâtiment des sports. Bas, shorts et maillots étaient fournis. Il les lavait lui-même.

Fischer demanda à chacun de se présenter. Il désigna René, qui se curait méthodiquement le nez.

— Toi, au lieu de te ramoner le blaze, comment tu t'appelles ?

— René Deléglise.

— Qu'est-ce que tu étudies ?

— Le droit.

— Et à quel poste tu joues ?

— Arrière gauche.

Fischer hocha la tête et passa au suivant. Quand arriva le tour de Mateo, il avait préparé sa réplique.

— Je m'appelle Mateo Lemoine. Je suis en première année d'éducation physique et je joue milieu de terrain dans l'axe.

Il avait fait attention à ne pas dire « meneur de jeu » ou « numéro 10 », ne voulant surtout pas donner l'impression qu'il s'attendait à ce que le poste lui revienne automatiquement. Son voisin avait moins de scrupules. Il était péruvien, s'appelait Enrique Restrepo, suivait un mastère de physique et jouait meneur. Il mâchait un chewing-gum et exsudait la confiance. S'il avait entendu parler de Mateo, il le cachait bien.

Fischer souhaita la bienvenue aux recrues et inaugura la séance par un jogging en forêt. Mateo, qui avait couru presque chaque jour durant l'été, s'installa avec Djamal en tête du peloton, où les risques d'être pris dans une chute collective étaient moindres. Il faisait attention où il posait les pieds, repérant plusieurs mètres à l'avance les racines ou les bancs de mousse sur lesquels il était si facile de se tordre la cheville. Il avait une véritable hantise de la blessure et tout particulièrement de la fracture, qui avait ruiné tant de carrières. Quand Fischer avait raconté comment un accident avait du jour au lendemain anéanti ses ambitions, il n'avait pu retenir un frisson. Le sort l'avait jusqu'à présent épargné : il n'avait connu que des bobos inoffensifs, un ongle noir de temps à autre, un doigt retourné, un début de pubalgie. Il s'échauffait religieusement, ne cédant jamais à la tentation de décocher un tir lointain dans le but vide ou de frapper une reprise de volée avant de sentir que ses muscles et ses articulations lui répondaient au doigt et à l'œil. Une retenue instinctive l'empêchait de la même façon de s'engager à fond dans les duels, notamment contre les joueurs les plus faibles, souvent enclins à compenser une technique approximative par une rugosité explosive.

Après à peine un quart d'heure, Fischer cria depuis l'arrière de ralentir l'allure. Mateo se retourna. Le peloton s'étirait sur une centaine de mètres. Plusieurs joueurs cherchaient leur souffle. « Ce ne sera pas suffisant, pensa Mateo en sautant par-dessus une branche. Je ferai un autre footing le matin avant les cours. »

De retour au terrain, Fischer ordonna des assouplissements. Circulant entre les joueurs allongés sur la pelouse, il corrigeait patiemment une position ou faisait recommencer un étirement, en récitant ses instructions d'une voix de stentor. Il prononçait les *d* à l'allemande, « Un, teux, trois, un, teux, trois ». Personne n'osait en rire.

Plusieurs journalistes avaient levé le camp. Debout derrière les cages, Noguera surveillait le groupe avec des jumelles. À le voir noircir page sur page d'un calepin de poche, on eût pu croire qu'il couvrait un sommet de chefs d'État. Mateo, dont l'esprit vagabondait, se demandait ce qu'il pouvait bien noter. Il accomplissait les exercices machinalement, comme un pianiste effectue ses gammes. Il se sentait bien, prêt à donner sa mesure.

Puis Fischer composa deux équipes et organisa un match. Mateo fut un peu surpris de se trouver dans la formation d'Enrique et encore plus étonné quand l'Alsacien lui annonça qu'il jouerait milieu défensif. C'était un poste qu'il n'avait plus occupé depuis des années mais où son sens du placement et la qualité de ses relances faisaient merveille. Il n'eut pas grand-chose à faire tant son équipe qui jouait en bleu dominait outrageusement, mais il s'appliqua à très bien le faire. Il récupéra quantité de ballons, n'en perdit aucun, renversa plusieurs fois le jeu par de longues passes transversales et marqua un but sur un tir à ras de terre à 25 mètres. Le reste du temps, prudemment posté en retrait, il observait ses futurs coéquipiers. Ce n'était pas brillant. Le niveau technique était bien plus faible qu'il ne l'avait imaginé. Certains défenseurs rataient des contrôles élémentaires ou préféraient dégager à l'aveuglette sous la pression plutôt que de passer en retrait à leur gardien. L'avant-centre des rouges n'avait qu'une piteuse feinte de corps à son arsenal de dribbles, pas de pied gauche et un jeu de tête inexistant. Quant aux gardiens, le tiers de leurs dégagements finissait en touche.

Il y avait pour être honnête de bonnes choses, des automatismes, des passes en triangle qui montraient que d'aucuns avaient l'habitude de jouer ensemble. Saïd, le milieu droit, avait une pointe de vitesse qui lui permettait souvent de prendre le meilleur sur son défenseur et de centrer assez proprement au deuxième poteau. Florian, le libéro adverse, réussissait de jolis tacles glissés et lisait bien le jeu.

Enrique sortait du lot : il délivrait des passes précises dans presque toutes les positions, protégeait magnifiquement son ballon et frappait fort des deux pieds. Il était cependant manifeste qu'il rechignait au travail défensif et qu'il n'avait qu'une confiance limitée dans les capacités de ses partenaires. À deux reprises, il tenta de s'infiltrer balle au pied dans la surface alors même que son avant-centre démarqué lui faisait des appels.

Djamal et les jumeaux, réunis chez les rouges, se démenaient comme des diables pour éviter une déroute. Ils ne devraient pas avoir trop de mal à gagner leurs galons de titulaires.

Le match s'acheva sur le score de 4 à 0. Sans les interventions décisives du dénommé Florian, l'addition aurait pu être encore bien plus lourde. Fischer, qui avait suivi la partie sans mot dire, distribua des bidons d'eau et livra ses premières impressions.

— C'était du foot, ça ? Parce que moi j'ai vu des mômes courir après un ballon ! Zéro schéma tactique, zéro plan de jeu, le néant absolu. Les bleus, vous avez fait rigoler la chique mais vous n'êtes presque jamais entrés dans la boîte. Vos pions, vous les marquez sur trois frappes lointaines et un corner. En défense, ça va, vous ne vous êtes pas trop foulés. Mais il y en a qui vont devoir changer leurs habitudes. Le 3 là-bas, tu me prends pour une truffe ? Qu'est-ce que, cette manie de tirer les maillots ? Regarde tes mains, je parie que t'as de la laine sous les ongles. Et le 6, tu as avalé la trompette ? Je te préviens, tu vas bouffer des kilomètres avec Tonton Fischer.

Mateo, qui récupérait assis en tailleur, ne comprenait pas tout mais il était globalement d'accord avec l'Alsacien.

— Les rouges, je ne sais même pas quoi dire. Les bras m'en tombent. Il va falloir tout reprendre à zéro. On ne vous a jamais appris à offrir des options au porteur du ballon ? Avec vous, c'est : « Tiens, Toto, voilà le cuir, démerde-toi, moi je vais à la plage. » Résultat : un déchet pas croyable, des passes à la mords-moi-le-nœud et des virées en solo qui se terminent en eau de boudin. Le foot, c'est un jeu d'équipe, les gars, pas une série d'exploits personnels. Aucun joueur n'est capable d'emporter le morcif à lui tout seul. Vous m'entendez, aucun !

Plusieurs têtes se tournèrent vers Mateo. Pas un muscle de son visage ne bougea.

— Vous êtes vingt pour onze places, poursuivit Fischer. Le seul à peu près assuré de jouer tous les samedis, c'est Jean-Philippe, pas parce que c'est un as mais parce que nous n'avons pas de gardien remplaçant. Les autres, il va falloir me montrer ce que vous avez dans les tripes. Et ne venez pas pleurnicher dans mon bureau si vous commencez la saison sur le banc, j'ai horreur des jérémiades. De toute façon, je referai mon onze chaque semaine en fonction de votre attitude à l'entraînement et de vos performances en match. Ne vous faites pas de mouron, si vous mouillez le maillot, vous aurez votre chance. Par contre, ceux qui pensaient tirer au cul peuvent aller direct s'inscrire au club badminton, j'ai vérifié, il reste de la place.

La boutade tomba à plat. Fischer s'essayait rarement à l'humour et le regrettait presque toujours.

— Autre chose, j'attends de vous que vous donniez la priorité à vos bouquins. Aux dernières nouvelles, vous êtes étudiants, pas footballeurs. Ça fait trois ans que je dirige cette taule et je suis un peu fier qu'aucun de mes gars ne se soit encore gaufré à ses exams. J'ai accès à vos dossiers scolaires ; je ne me gênerai pas pour les consulter. Des questions ?

Ils n'en avaient pas. Les anciens avaient à l'évidence déjà entendu ce discours. Quant aux nouveaux, ils semblaient avoir compris qu'ils avaient, au moins pour l'instant, plus à perdre qu'à gagner à interrompre leur entraîneur.

— Bon, parlons un peu des objectifs. Le premier match est dans dix jours. L'an dernier, on s'est fait des vapeurs en moisissant dans la zone rouge jusqu'à Pâques. Cette année, j'aimerais qu'on se mette au chaud un peu plus tôt et qu'on s'accroche à la première moitié du classement comme une moule à son rocher.

Mateo sursauta. Effaré par ce qu'il venait d'entendre, il dévisagea ses coéquipiers. Ceux-ci continuaient à se masser les mollets et à téter leurs bidons comme si Fischer avait annoncé qu'ils joueraient avec des crampons de 18 millimètres ou que les baladeurs étaient interdits dans les vestiaires. Il leva la main.

— Pourquoi ne pas viser la victoire ?

Fischer toisa Mateo, comme s'il s'attendait depuis le début à ce que ce dernier lui donne du fil à retordre. Sa réponse arriva si vite qu'on eût pu la croire préparée d'avance. Il savait que certains dans cette équipe avaient de grandes ambitions. Qu'ils aimeraient bien ouvrir leur palmarès avec un titre universitaire avant de passer professionnels. Mais il fallait être réaliste. Le FCV n'avait ni les moyens ni les effectifs pour rivaliser avec les grandes universités. Vernet comptait à peine deux mille étudiants quand Lyon à elle seule avait trois établissements de plus de vingt mille élèves. Le budget des sports de Paris était supérieur à l'ensemble des dépenses de fonctionnement de Vernet ! La présence du FCV au sein de l'élite universitaire française tenait du miracle. Sa mission à lui, Fischer, consistait à perpétuer ce miracle, et ce n'était déjà pas une mince affaire. Alors, s'il ramenait en prime une cinquième ou une sixième place, il était d'avis qu'on devrait lui décerner une foutue médaille !

— En 92 aussi, le FCV était le Petit Poucet du championnat, répliqua Mateo. Et on a fini deuxièmes à un point.

— Tu y étais ? demanda narquoisement Fischer.

— Mon père. S'il l'a fait, je ne vois pas ce qui nous empêche de recommencer.

— C'était une autre époque.

— Et pourquoi ?

— C'était une autre époque, je te dis, assena Fischer d'un ton sans appel. Bon, plus de questions ? Vous pouvez rassembler les ballons.

Mateo n'en croyait pas ses oreilles. Sûrement, ses coéquipiers partageaient son avis, même s'ils n'osaient pas l'exprimer. Il allait les forcer à sortir du bois.

— Attendez, dit-il alors que certains se levaient déjà et enlevaient leurs maillots. Qui parmi nous pense que nous pouvons jouer le titre ?

Il leva la main pour donner l'exemple. Djamal et les jumeaux l'imitèrent sans hésiter. Deux ou trois mains se dressèrent plus mollement, dont celle de Florian, le libéro. Fischer, les bras croisés, ne perdait rien de la scène bien qu'ayant, semble-t-il, décidé de ne pas intervenir.

— Pourquoi ? dit Mateo en secouant la tête, incrédule. Pourquoi jouer si ce n'est pas pour gagner ?

Mal à l'aise, Jean-Philippe, le gardien et capitaine, fit signe à Enrique de répondre à sa place.

— Écoute, Lemoine, tu devrais faire confiance au coach. Il est plus compétent que nous pour juger de nos chances, tu ne crois pas ? Sans vouloir te vexer, tu n'as aucune idée du niveau du championnat. L'an dernier, Paris nous a passé six buts et ils avaient aligné leur équipe B. En plus, on a perdu trois titulaires à l'intersaison, et pas les plus mauvais. Alors bien sûr, ton arrivée constitue un renfort de taille, tu as l'air très motivé et on sait tous que tu es un crack mais tu ne gagneras pas les matches à toi seul.

— Je ne l'ai jamais pensé, se défendit Mateo.

— Et puis, comme l'a dit Coach Fischer, il y a les études. Pour ne parler que de moi, je suis en cinquième année de physique. Si je veux faire un doctorat, j'ai besoin d'une mention à mon mastère. J'adore le foot, tu ne me verras jamais rater un entraînement mais ma carrière passe avant tout.

Plusieurs joueurs, notamment les plus âgés, hochèrent la tête en signe d'approbation. Fischer demeurait impassible.

— Si encore on était sûrs de gagner..., poursuivit Enrique. J'avoue que ça me botterait bien d'être champion universitaire. Mais je ne vais pas risquer mon diplôme pour un titre hypothétique.

Mateo se leva. Il en avait assez entendu.

— Je reviendrai quand vous serez prêts à jouer pour la gagne, lâcha-t-il d'un ton dégoûté.

Il attrapa son sac sur le banc et tourna les talons, sans se préoccuper des remous suscités par sa sortie. Djamal lui criait de revenir. Seul Fischer aurait pu le rappeler, mais il s'en garda bien.

Mateo sentit qu'on courait dans son dos. C'était Noguera. Tous ses confrères était partis mais lui était resté jusqu'au bout. Sa patience avait été récompensée.

— Attends, Lemoine, haleta-t-il.

— Non, je n'attends pas, répondit Mateo en pressant le pas.

— Pourquoi as-tu fait ça ?

Mateo s'arrêta net et se retourna.

— Pourquoi j'ai fait ça ? Vous me posez sérieusement la question ? Vous croyez que j'ai refusé une offre du Real Madrid pour faire de la figuration en milieu de tableau universitaire ?

— Non, évidemment, tout le monde sait que tu es là pour jouer le titre. Mais quelle idée de défier Fischer dès le premier entraînement !

— Je ne l'ai pas défié ! J'ai juste dit que je ne me contenterais pas d'une sixième place ! C'est un crime de vouloir gagner maintenant ?

Il était énervé. Il avait envie de rebrousser chemin et d'aller dire son fait à Fischer devant toute l'équipe. Un autre que Noguera, en nourrissant la colère du jeune homme, lui aurait soutiré des déclarations incendiaires. Mais le journaliste n'était pas taillé de ce bois-là. Il posa une main paternelle sur l'épaule de Mateo et lui dit :

— Tu devrais rentrer chez toi, mon garçon. Sois tranquille, je n'écrirai rien sur ton coup de sang. Ça reste entre nous.

Noguera était déjà loin quand Mateo comprit que le journaliste venait de lui rendre un fier service. Quelle que soit l'opinion qu'il avait de Fischer, il n'avait aucun intérêt à la voir s'étaler à la une du *Messager*. Il n'aurait fait que braquer l'Alsacien, tout en embarrassant ses partenaires, sa mère et Valentine. Cela lui servirait de leçon.

2

Sur son vélo, Mateo réfléchit à ce qu'avait dit Noguera. Il récusait le terme de « coup de sang ». Il n'avait pas agi sous l'emprise de la colère ou d'une pulsion irrépressible. Il avait quitté le terrain car il ne se voyait pas passer une seconde de plus au sein d'une équipe si éloignée de ses valeurs.

Mateo s'enorgueillissait de son self-control. En dix ans de compétition, il n'avait jamais été expulsé du terrain, alors que sa supériorité technique le désignait naturellement aux brutalités de ses adversaires. Combien de fois s'était-il écroulé, séché par un défenseur pris de vitesse ? Combien de tacles par-derrière évités de justesse, qui eussent pu lui casser la jambe ? Combien d'insultes, de railleries, de provocations conçues pour le faire sortir de ses gonds ? Combien d'erreurs d'arbitrage, de hors-jeu imaginaires, qui le spoliaient d'un but quand ce n'était pas de la victoire ?

Comme tous les attaquants qui se sont retrouvés un jour le nez dans le gazon, il était sujet à ces brusques giclées d'adrénaline qui submergent sans crier gare le système nerveux. Il lui était arrivé de se relever d'un bond, de toiser son adversaire d'un air mauvais, de serrer les poings, de ruminer une riposte cinglante. Toujours il avait réussi à se dominer, à prendre la mesure de sa colère et à refuser qu'elle dicte sa réaction. Mieux, il se nourrissait du feu qu'il avait ravalé, s'enivrant de sa volonté implacable qu'il tenait pour la marque des vrais grands. Le spectacle de l'injustice et de la mesquinerie décuplait ses forces. Malheur à celui qui l'avait envoyé au sol. Il payait cher son imprudence, le carton jaune dont il avait écopé lui paraissant au final une punition bien douce en comparaison des avanies – crochets, roulettes et autres petits ponts – que lui faisait subir Mateo pendant le reste du match.

3

Mateo avait compté sur le soutien de sa mère, il en fut pour ses frais. Françoise prit résolument la défense de Fischer. C'était un bon entraîneur. Mateo lui demanda ce qu'elle en savait. Elle dit avoir pris ses renseignements. Que croyait-il ? Qu'elle aurait confié son fils à un inconnu ?

De fait, Françoise avait toujours apporté un soin extrême au choix des entraîneurs de Mateo. Si elle sous-traitait à Patrick l'évaluation technique des candidats, elle rencontrait systématiquement ces derniers afin de s'assurer de leur moralité. Elle ne transigeait pas avec ses principes. Du temps où Mateo jouait en benjamins, elle l'avait changé d'équipe en cours de saison après avoir appris que le coach enseignait aux enfants à plonger dans la surface de réparation pour obtenir un penalty. Le nouveau club était à une heure de bus de Vernet. Pendant six mois, tous ses week-ends y étaient passés.

Pour Françoise, la cause était entendue : Mateo avait manqué de respect à Fischer, il devait lui présenter ses excuses. De manière générale, elle donnait son avis sur tout, même – et de préférence – quand on ne lui avait rien demandé. À sa décharge, elle laissait Mateo libre de n'en tenir aucun compte. C'était sa vie, après tout.

Comme d'habitude, Valentine se montra à la fois plus compatissante et plus fine. Elle comprenait la déception de Mateo, sachant ce que cette saison représentait pour lui et ce qu'il lui avait sacrifié. En même temps, elle se mettait à la place de Fischer qui portait le club à bout de bras depuis trois ans et voyait soudain débarquer dans son effectif un gamin de dix-huit balais qui lui expliquait qu'il manquait d'audace. Quelle pression il devait ressentir ! Si le FCV était couronné, on encenserait Mateo ; qu'il échoue et l'on clouerait l'Alsacien au pilori.

Mateo n'avait pas vu les choses sous cet angle. De même qu'il n'avait jamais eu l'intention de tirer la couverture à lui en cas de victoire, il ne lui serait pas venu à l'idée de fuir ses responsabilités en cas d'échec. Il ne demandait qu'à travailler avec Fischer. Encore fallait-il que ce dernier croie en leurs chances.

Et donc, Mateo sécha les deux entraînements suivants. Ou plutôt il s'entraîna seul, en même temps que ses coéquipiers, sur le terrain d'à côté où il savait qu'on pouvait le voir. Sous une pluie battante, il s'imposa par bravade les séances les plus inhumaines de son existence, bouclant deux tours de piste quand ses partenaires en couvraient péniblement un, sprintant dans la ligne droite quand eux revenaient au trot. Il épiait Fischer du coin de l'œil. L'Alsacien ne regarda pas une seule fois dans sa direction.

À la fin du deuxième entraînement, Jean-Philippe

traversa le terrain. Il s'assit dans l'herbe à côté de Mateo, qui était encore en train de s'étirer, et lui dit que le reste de l'équipe ne comprenait pas son attitude. Lui-même s'était senti insulté par la sortie de l'Élu.

— Qu'est-ce que ça veut dire « jouer pour gagner » ? demanda-t-il. Tu crois qu'on joue pour perdre ?

— Non, évidemment, répondit Mateo en se penchant sur sa jambe tendue dans la position du passeur de haie. Mais la victoire revient à celui qui la veut le plus. Je n'ai pas eu l'impression que vous la désiriez vraiment.

— C'est là que tu te trompes. Moi, je joue de mon mieux. C'est la seule chose que je peux contrôler. Si ça suffit pour gagner, tant mieux. Sinon, tant pis, je n'ai rien à me reprocher.

Mateo ne voulait pas en démordre : si Jean-Philippe, Fischer et les autres ne prenaient pas confiance en eux, ils n'avaient aucune chance.

— Je vous ai vus jouer. Vous avez le niveau. Avec du travail, vous pouvez y arriver.

— Voilà ce que tu aurais dû nous dire, au lieu de nous jeter notre manque d'ambition à la figure. Montre-nous, Mateo. Conduis-nous à la victoire.

Le lendemain, Mateo ravala sa fierté et alla trouver Fischer dans son bureau au bâtiment des sports. L'Alsacien occupait une pièce étroite, pas plus grande qu'un cachot et d'aspect à peu près aussi accueillant. Sans un mot, il désigna du menton une vilaine chaise en plastique et se replongea dans sa tâche, l'annotation au crayon d'une fiche bristol couverte de pattes de mouches. Il en avait toute une pile qui l'attendait.

Mateo s'assit et regarda autour de lui. Deux bibliothèques métalliques grises tapissaient les murs latéraux du sol au plafond. L'une contenait des livres de toutes tailles, en français et en allemand, aux titres aussi ésotériques que *La communication du gardien avec sa charnière centrale* ou *Réinventer le 4-3-3*. L'autre était bourrée à craquer de cassettes vidéo de matches passés à la postérité, comme le France-Allemagne de Séville, ou moins mémorables, tel un certain Dijon-Vernet de 2010. Fischer les visionnait sur un moniteur fixé, à gauche de la porte, à une potence articulée semblable à celles qu'on trouve dans les chambres d'hôtel ou d'hôpital. La seule note personnelle de la pièce était un poster géant de Johan Cruyff, sur lequel le triple Ballon d'or, meneur de jeu de l'Ajax Amsterdam et de la sélection néerlandaise dans les années soixante-dix, exécutait son dribble le plus célèbre, cet enchaînement d'une feinte de passe dans un sens et d'un demi-tour dans la direction opposée auquel il avait donné son nom.

Sur un tableau en vinyle blanc, Fischer avait commencé à élaborer son équipe type. Certaines positions comportaient deux noms, d'autres au contraire un point d'interrogation. Enrique était seul inscrit au poste de meneur de jeu. Les noms de Djamal et des jumeaux figuraient sur le tableau. Pas celui de Mateo.

Fischer rangea posément ses fiches, releva la tête

et réussit à prendre un air étonné, comme s'il avait oublié qu'il avait un visiteur.

— Je m'excuse, dit Mateo.

— On ne s'excuse pas soi-même, répondit Fischer. On présente ses excuses, en espérant qu'elles seront acceptées.

— Vous avez raison, je vous présente mes excuses.

— Et que te reproches-tu au juste ?

Mateo soupira. Décidément, rien ne lui serait épargné.

— De vous avoir manqué de respect. D'avoir sous-entendu que vous n'aviez pas envie de remporter le championnat.

— Ce n'est pas le plus grave. Tu m'as fait passer pour une quiche en me débinant devant mes joueurs.

— Je vous demande pardon, dit Mateo d'un air aussi contrit que possible.

— J'accepte tes excuses. Tu es prêt à revenir t'entraîner avec nous ?

— Oui.

— À te plier à mes ordres sans moufter ? À te mettre au service de l'équipe ? À appliquer le plan de jeu que j'aurai conçu ?

— Oui.

— Bien, dit Fischer.

Il se renversa dans son fauteuil jusqu'à toucher le poster de Cruyff. Mateo remarqua alors que celui-ci était dédicacé dans le coin inférieur droit. Un gribouillis et une année, 1992.

— Naturellement, reprit Fischer, je dois t'infliger une sanction pour l'exemple. Tes camarades ne comprendraient pas que ton petit numéro reste sans conséquences.

— Bien sûr, dit Mateo qui s'était préparé à cette éventualité.

— Je n'ai pas encore décidé quelle serait ta punition. Nous verrons jeudi.

Il commença à ranger une pile de cassettes qui encombraient son bureau. L'audience était terminée.

4

Le jeudi suivant, Mateo se rendit à l'entraînement avec une boule au ventre. Après les remontrances de sa mère et de Fischer, il allait devoir essuyer celles de ses partenaires. Pourtant, à sa grande surprise, personne ne lui adressa de reproches. Il s'acquitta de son pensum avant l'échauffement. Il avait préparé une formule qui reflétait adéquatement le fond de sa pensée. « Si nous faisons tous de notre mieux, nous ne sommes pas à l'abri d'une bonne surprise », déclara-t-il en cherchant le regard de Fischer. Celui-ci hocha la tête et laissa tomber la sentence : Mateo assisterait au premier match de la saison depuis les tribunes. Mateo accusa le coup. Il avait espéré en être quitte pour laver les maillots pendant un mois. Il comprit cependant que protester ne servirait à rien. La saison comptait vingt-six matches. Une défaite d'entrée ne serait pas totalement catastrophique.

Un autre problème se présenta bientôt : il ne s'entraînait pas suffisamment. À Charles-Péguy, il jouait deux ou trois heures par jour. À la sortie des cours, été comme hiver, il filait sur le terrain municipal, souvent accompagné de Djamal et des jumeaux, et défiait quiconque s'y trouvait. S'ils n'étaient pas assez nombreux, ils jouaient sur un but, tiraient des coups francs et des penalties ou improvisaient des concours farfelus comme cette fois où ils avaient essayé depuis le rond central de doser leurs passes de façon à ce que le ballon meure juste sur la ligne de but. Le changement était brutal. À raison de deux entraînements et d'un match officiel par semaine, Mateo jouerait désormais moins d'un jour sur deux. C'était d'autant plus frustrant que son cursus académique se révélait très théorique. Pour un cours d'athlétisme, il devait en subir deux d'anatomie et de nutrition. Et bien qu'il courût tous les matins et soulevât des poids à l'heure du déjeuner, rien ne remplaçait le contact avec le ballon. Aussi demanda-t-il à Fischer la permission de venir s'entraîner seul quand l'envie lui en prendrait. Il avait remarqué que l'Alsacien rangeait ses ballons, plots et autres accessoires dans une resserre préfabriquée située en bordure du terrain. Verrait-il un inconvénient à lui en confier une clé ? Fischer ne montra pas l'enthousiasme qu'on aurait pu espérer. Il détacha cependant une clé de son trousseau et la tendit à Mateo en lui faisant jurer de ne la prêter à personne.

Mateo prit l'habitude de venir jouer quand il avait une heure devant lui. Il parvenait parfois à convaincre Djamal de se joindre à lui, mais le plus souvent il était seul. Il démarrait par un tour du terrain en petites foulées, suivi d'assouplissements. Puis il allait chercher dans la resserre le matériel dont il avait besoin et débutait la séance à proprement parler. Il y avait une méthode à tout ce qu'il faisait. En pareilles circonstances, livrés à eux-mêmes sans consignes, la plupart des joueurs bricolent. Ils jonglent quelques minutes, remontent le terrain balle au pied, tirent au but dans toutes les positions. Les plus organisés tournent autour de plots ou s'exercent à faire passer la balle au-dessus d'un mur de mannequins. Mateo, lui, savait toujours ce qu'il cherchait à accomplir et alternait les exercices enseignés par ses entraîneurs avec d'autres de sa composition. Si par exemple l'objectif du jour consistait à améliorer sa reprise d'appuis, il effectuait trente slaloms le long de la ligne médiane, raccourcissant tous les cinq parcours la distance entre les plots. Quand il avait fini, il recommençait en s'interdisant de toucher le ballon du pied gauche, puis du droit. Il se chronométrait avec sa montre-bracelet, les meilleurs temps finissant dans un petit carnet qui ne quittait jamais son sac. Il sortait de ces séances en lambeaux, pas tant harassé physiquement que lessivé par la concentration surhumaine qu'elles demandaient.

Un jour qu'il lisait à son bureau, Fischer posa sa revue et tendit l'oreille. Du terrain voisin montaient des sons sourds et rapprochés, semblables à une rafale d'arme automatique. Il se pencha à la fenêtre. Mateo avait disposé une vingtaine de ballons à intervalles réguliers sur le pourtour de la surface de réparation et les frappait l'un après l'autre, sans élan, en trouvant presque à tout coup la lucarne opposée. Il ne manqua qu'une fois le cadre. Fischer le regarda renouveler l'exercice à trois reprises puis rentra la tête.

5

Arriva le premier match. Vernet recevait Angoulême. Comme prévu, Mateo ne figurait pas dans l'effectif. Il assista à la rencontre depuis les gradins du stade Léo-Lagrange, assis entre Valentine et Françoise qui portait une écharpe aux couleurs du FCV. Plus de deux mille personnes avaient fait le déplacement pour assister aux débuts officiels de l'Élu, comme persistaient à l'appeler les médias. Une vague d'incompréhension parcourut les tribunes à l'annonce de la composition des équipes. On s'interrogeait. Comment Fischer pouvait-il se priver de son meilleur atout ? Lemoine était-il blessé ? Pourquoi *Le Messager* n'en avait-il rien dit dans son édition du jour ? La contrariété céda vite place à l'exultation quand Enrique, au terme d'une belle combinaison avec Willy Deléglise, ouvrit la marque d'une superbe frappe croisée. La foule explosa comme un seul homme. Mateo se leva avec les autres, tapa des pieds à tout rompre et siffla dans ses doigts. Il s'avoua plus tard qu'il avait ressenti un léger pincement au cœur en voyant Enrique recevoir les félicitations de ses partenaires.

La domination de Vernet s'intensifia au fil de la première période. Une règle non écrite du football veut que l'équipe qui reçoit prenne le jeu à son compte, tandis que les visiteurs se replient dans leur moitié de terrain et procèdent par contre-attaques. Angoulême, qui avait échappé par miracle à la relégation l'année précédente, se conformait bien volontiers à ce script. Ses attaquants ne tirèrent que deux fois au but en quarante-cinq minutes.

À la mi-temps, Françoise et Valentine allèrent chercher un cornet de frites à la buvette. Mateo resta seul. Il aurait voulu rejoindre ses coéquipiers mais Fischer lui avait refusé l'accès aux vestiaires, alors même que ceux-ci venaient d'être rénovés grâce à la quote-part du contrat publicitaire entre Olympic et la fédération universitaire.

Les Angoumoisins revinrent sur le terrain dans des dispositions plus offensives. Pendant une vingtaine de minutes, ils firent jeu égal dans les duels, avant qu'un deuxième but d'Enrique, de la tête celui-ci, n'annihile définitivement leurs velléités de révolte. L'arbitre siffla la fin de la rencontre sur un score de 2 à 0 qui lançait idéalement la saison du FCV.

Dans la cohue de la sortie, Mateo entendit plusieurs commentaires qui lui réchauffèrent le cœur : « On sent qu'ils en veulent cette année ! » ou encore « Qu'est-ce que ce sera avec Lemoine aux commandes ! ». Jacques Noguera, qui attendait Mateo devant la billetterie, se montra tout aussi élogieux.

Il ne se souvenait pas avoir vu le FCV si affûté dès le mois de septembre. Mais pourquoi diable Mateo ne figurait-il pas sur la feuille de match ? Le jeune homme éluda la question, parlant d'une décision prise en commun avec le coach. Puis, encore dans l'euphorie du bon résultat et de la ferveur des supporters, il donna rendez-vous au journaliste le samedi suivant. Cette fois, l'assura-t-il tandis que Valentine le tirait par le bras, il serait sur la pelouse.

6

Noguera rapporta la déclaration de Mateo dans son article du lundi. Fischer, y voyant une nouvelle ingérence dans ses fonctions, laissa éclater son courroux. Ainsi, Mateo connaissait la composition de l'équipe avant tout le monde. Ce n'était pas l'Élu qu'il aurait fallu le surnommer, mais l'Oracle. Pour la peine, il débuterait le prochain match sur le banc.

Mateo accepta la punition en silence mais, intérieurement, il bouillait de fureur. Contre Fischer d'abord, dont l'acharnement à son égard atteignait des proportions difficilement compréhensibles, mais avant tout contre lui-même, qui était assez bête pour fournir des munitions à son tortionnaire. Il se jura de prendre sa revanche quand l'occasion se présenterait.

Le deuxième match s'annonçait autrement périlleux que le premier. Le FCV, évoluant à l'extérieur, ne pourrait compter sur le soutien de son public. Surtout, il affronterait Rouen, une formation d'un tout autre calibre qu'Angoulême, qui comptait parmi les favoris du championnat.

Mateo se prépara pour cette rencontre – la deuxième d'une saison qui, rappelons-le, en compterait vingt-six – aussi sérieusement que pour une finale de Coupe du monde. Il surveilla son alimentation à partir du mercredi, se coucha chaque soir avec les poules et, pour la première fois de sa vie, cira ses chaussures à crampons. Dans le car, il s'assit à l'écart, son casque sur la tête, et regarda défiler le paysage sans desserrer les dents.

Le stade de cinq mille places était aux trois quarts vide. Mateo s'échauffa plus violemment que les titulaires, courant plus vite, sautant plus haut et frappant plus fort, comme s'il espérait encore faire revenir Fischer sur sa décision. Rien n'y fit. Il démarra la rencontre sur le banc, comme prévu.

Grâce à un collectif supérieur, les Normands exercèrent d'entrée une domination sans partage. Ils faisaient circuler le ballon avec une habileté consommée, guettant la faille qui, tôt ou tard, apparaissait dans la défense vernetoise. Quelques parades méritantes de Jean-Philippe ne suffirent qu'à retarder l'échéance ; à la demi-heure de jeu, Rouen ouvrit la marque sur un cafouillage dans les 6 mètres.

Mateo n'avait pas l'habitude d'assister aux matches de son club depuis la touche. Il y avait quelque chose de l'ordre du supplice à regarder ses coéquipiers s'empêtrer avec une telle constance, à voir Willy centrer à l'aveuglette quand il aurait dû attendre du renfort ou Saïd s'entêter à déborder un défenseur pourtant plus rapide que lui. Les décisions que prenaient ses partenaires lui paraissaient presque toutes mauvaises, soit qu'ils lisent incorrectement le jeu, soit, pis encore, qu'ils tentent des gestes au-dessus de leurs moyens. Seuls Enrique et, dans une moindre mesure, Djamal soutenaient la comparaison avec leurs vis-à-vis.

Régulièrement, Mateo se levait pour ne pas laisser refroidir ses muscles. Il trottinait le long de la ligne de touche ou piquait sous le nez de Fischer un sprint rageur dont il aurait fallu être stupide pour ne pas comprendre le sens : « Qu'attends-tu pour me faire rentrer, bougre d'andouille ? »

À la pause, l'andouille exhorta ses joueurs. Ils étaient loin d'être ridicules. Les Rouennais montraient des signes d'usure. Tout était encore possible. Mateo admira l'Alsacien de réussir à prodiguer quelques consignes personnalisées quand lui aurait résumé ses conseils en une injonction lapidaire : « Jouez mieux ! »

Il faut croire que Fischer avait su trouver les mots justes. Dès la reprise, les partenaires de Mateo s'installèrent dans le camp des Rouennais, encerclant le porteur du ballon pour le pousser à la faute. Cette stratégie ne tarda pas à porter ses fruits. Coup sur coup, une frappe lointaine d'Enrique frôla les montants et l'arbitre refusa un but à Willy pour une position de hors-jeu discutable. Sur l'action suivante, Saïd effaça deux défenseurs dans la surface grâce à une feinte de toute beauté. Le gardien rouennais plongea dans ses pieds et le déséquilibra. L'arbitre siffla penalty. Enrique se chargea de le transformer. Un partout.

Portés par leur public, les Rouennais repartirent à l'assaut. Du côté du FCV, l'énorme débauche d'énergie des dernières minutes avait laissé des traces. Toute l'équipe se replia devant le but de Jean-Philippe. Pendant un moment, les attaques normandes se brisèrent les unes après les autres sur un mur. Djamal et Florian coordonnaient la résistance, suppléant un Jean-Philippe dépassé par les événements, à l'image de ses sorties aériennes de plus en plus hasardeuses. Ce n'était guère beau à voir mais Vernet tenait.

Telle était la situation un quart d'heure avant la fin du temps réglementaire, quand Fischer fit signe à Mateo de se préparer à remplacer Thomas au poste de milieu défensif. Mateo se leva d'un bond. Il enleva son pantalon de survêtement, ajusta ses bas et effectua quelques étirements. Quand il entra sur le terrain, il lut le soulagement sur le visage de ses partenaires.

Il prit sa position dans l'axe central, entre Florian et Enrique, et toucha rapidement son premier ballon. Il se sentait bien, alerte et inspiré, quand les Rouennais, à bout de souffle, peinaient à aligner trois passes de rang. Il pensait à toutes ces fois où Ryan Giggs, Djibril Cissé ou Pippo Inzaghi, entrés dans les dernières minutes d'une rencontre, en avaient fait basculer l'issue sur un coup de patte grâce à un supplément de lucidité et de fraîcheur physique. La victoire était à portée, Mateo en était convaincu.

Alors qu'on entrait dans les arrêts de jeu, il subtilisa le ballon dans les pieds du meneur rouennais et se retourna juste à temps pour esquiver un méchant tacle. Il leva la tête. Lionel et Saïd avaient démarré sur les ailes, entraînant chacun un Rouennais dans son sillage. Mateo piqua droit devant lui, surveillant du coin de l'œil les deux derniers défenseurs. Il effaça le premier qui accourait à sa rencontre d'un élégant passement de jambes et obliqua sur la droite, calculant qu'en voulant lui bloquer la route le libéro créerait un espace dans lequel Lionel pourrait s'engouffrer.

Mateo avait pour habitude de porter son ballon très près de lui en faisant des enjambées assez courtes. Ce jour-là cependant, grisé par l'occasion et la vitesse, il poussa sa balle un tout petit peu trop loin. Le libéro, qui se tenait à l'affût, très bas sur ses appuis, s'en aperçut et bondit vers l'avant. Mateo comprit qu'ils arriveraient à peu près en même temps sur le cuir. Il n'était plus question pour lui de dribbler et encore moins de lancer Lionel. Il arma une frappe terrible, en voulant croire qu'elle serait déviée et prendrait le gardien à contre-pied. Le libéro, qui avait lu dans ses intentions, se jeta en travers dans un tacle désespéré. La balle rebondit sur son tibia et roula vers la ligne médiane où un Rouennais l'intercepta. Il lança aussitôt son avant-centre dans le dos de Florian, à l'endroit exact où se trouvait Mateo quelques secondes plus tôt. Djamal regarda en direction du juge de touche en espérant que celui-ci avait levé son drapeau mais même d'où il se trouvait, Mateo aurait pu lui dire que l'attaquant rouennais n'était pas hors jeu. Sans contrôle, ce dernier glissa le ballon sous le ventre de Jean-Philippe sorti à sa rencontre. L'arbitre accorda le but, consulta son chronomètre et siffla la fin du match.

Mateo resta étendu au sol. Il s'était rarement senti aussi minable. Avec le recul, sa faute lui apparaissait gigantesque, impardonnable. Parce qu'il n'avait joué ni le premier match ni le début du deuxième, il avait voulu prouver qu'il était indispensable. Au lieu de quoi, il avait abandonné sa position et trahi ses coéquipiers. Il sut avec certitude que cette défaite le hanterait jusqu'à sa mort.

Il se releva enfin et prit la direction des vestiaires, la tête basse, en se préparant à affronter la colère de Fischer. Pour une fois, elle serait méritée. Car Mateo, aussi loin qu'il cherchât, ne se trouvait aucune circonstance atténuante. Il avait péché par orgueil, point à la ligne.

Il s'arrêta devant la porte entrebâillée. Fischer rendait hommage à ses joueurs. Ils avaient rivalisé jusqu'au bout avec une équipe qui leur était supérieure, puisant dans leurs ressources physiques et psychologiques de quoi renverser une situation qui semblait compromise. Ils pouvaient être fiers d'eux car ils s'étaient grandis dans l'épreuve. Puis l'Alsacien passa chacun en revue, énumérant les satisfactions qu'il lui avait apportées. Jean-Philippe avait effectué plusieurs parades de grande classe ; Djamal s'était montré intraitable sur le flanc droit ; Enrique avait neutralisé son homologue ; Saïd avait été un poison pour la défense rouennaise, etc. Même les remplaçants, en ne ménageant jamais leurs encouragements, avaient apporté leur pierre à l'édifice. Mateo, toujours debout devant la porte, attendait anxieusement son tour. Il ne vint jamais. Fischer n'avait pas eu un mot sur lui car il n'y avait rien à dire, ou, plus exactement, il n'y avait rien à dire que tout le monde ne sût déjà. L'Alsacien ne l'avait du reste pas attendu pour prononcer son speech. Mateo n'était même pas digne de remontrances.

Il poussa la porte et entra. Fischer, accroupi dans un coin, était occupé à rassembler les maillots sales. Il ne leva pas la tête. Plusieurs joueurs avaient déjà filé sous la douche. Les autres, torse nu, délaçaient leurs chaussures d'un air accablé.

— Je vous demande pardon, lança Mateo à la cantonade.

— Qu'est-ce que c'est que cette manie de toujours t'excuser ? répliqua Jean-Philippe. Tu ne nous dois rien. Et puis tu as fait de ton mieux. On a manqué de chance, c'est tout. Si ton tir n'avait pas été contré, on serait peut-être en train de célébrer la victoire à l'heure qu'il est.

En bon capitaine, il s'efforçait de rester positif mais on le sentait énervé malgré tout.

— N'empêche, lâcha Enrique dans le silence de mort qui suivit, un nul contre Rouen, l'an dernier on s'en serait contentés.

Mateo eut le temps, dans le car qui les ramenait à Vernet, de réfléchir aux propos de ses partenaires. Avant la rencontre, Fischer avait déclaré qu'il se satisferait de partager les points. L'Alsacien pouvait en effet être fier de ses joueurs ; ils avaient appliqué ses consignes à la lettre, se ruant à l'attaque à la suite du premier but rouennais, puis se regroupant en défense après l'égalisation d'Enrique. Seul Mateo avait joué la victoire, au mépris de toute discipline. C'était d'autant plus stupide qu'un match nul à l'extérieur contre l'un des ténors du championnat aurait constitué un excellent résultat. La victoire, pour savoureuse qu'elle eût été, n'était nullement nécessaire. À trop vouloir le titre, Mateo l'avait peut-être perdu alors que ses coéquipiers, qui ne croyaient pas en leurs chances, réalisaient, avant qu'il n'entre sur la pelouse, un parcours de champion. Il y avait là un paradoxe qui donnait à réfléchir.

« Tu ne nous dois rien », avait dit Jean-Philippe dans un souci louable d'apaiser les scrupules de Mateo. Il n'aurait pu tomber plus mal. Depuis ses débuts en compétition, Mateo se sentait personnellement comptable des résultats de son équipe. Il était né pour faire gagner les clubs dans lesquels il jouait. Vaincre ne lui apportait pas d'autre satisfaction que celle du devoir accompli. Pour la même raison, il s'attribuait invariablement la responsabilité de la défaite. Il ne s'attendait pas à être félicité en cas de victoire mais, quand il perdait, battait sa coulpe avec une sévérité difficilement supportable pour ses proches. Françoise n'avait jamais réussi à le raisonner. Valentine, elle, y avait renoncé après avoir lu que cette contradiction caractérise les très grands champions et les distingue des simples joueurs de haut niveau.

7

Mateo n'aurait évidemment pas dû abandonner son poste. Cela n'expliquait cependant pas la facilité avec laquelle les Rouennais avaient remonté le terrain et trompé la vigilance de Florian. Mateo avait besoin de comprendre ce qui s'était passé pour prendre les mesures correctives qui s'imposaient. Il demanda à Fischer de lui prêter la vidéo du match. L'Alsacien refusa : les cassettes ne quittaient pas son bureau. Il offrit toutefois à Mateo de passer le lendemain. C'était son jour de repos mais il laisserait la cassette dans le magnétoscope.

Le lendemain avant les cours, Mateo fit un crochet par le bâtiment des sports. Il s'assit dans le fauteuil de Fischer et lança la cassette. La qualité de l'enregistrement était épouvantable. N'ayant pas les moyens d'engager un professionnel, l'Université avait acheté une caméra bon marché avec laquelle Wilfried, un des cuisiniers de la cafétéria, Alsa-cien comme Fischer et passionné de foot, couvrait bénévolement l'ensemble des rencontres du FCV. La ferveur de Wilfried n'avait d'égal que son

ligne médiane, le Rouennais qui le récupérait et lançait lumineusement son avant-centre...

Soudain, il comprit ce qui leur avait coûté ce but, plus sûrement encore que son imprudence. Franck, le milieu droit, aurait dû prendre sa place dans l'axe quand il était monté. C'était un principe de base : quand un joueur quitte son poste, ses partenaires comblent, dans la mesure du possible, l'espace laissé vacant. Franck ne connaissait apparemment pas cette règle ou il l'avait oubliée. Il s'était élancé aux trousses de Mateo, abandonnant le milieu de terrain à des adversaires qui n'en demandaient pas tant. S'il était resté dans le rond central, il aurait pu disputer la balle contrée ou au moins empêcher le Rouennais de distiller un caviar à son attaquant.

Chacune des deux bévues aurait pu ne pas avoir de conséquences. Leur conjonction s'était révélée fatale. Mateo trouva la leçon qu'il était venue chercher dans le bureau de Fischer : il n'y arriverait pas seul ; toute l'équipe devait progresser.

À l'entraînement suivant, Mateo fit plus attention à la dynamique du groupe. Forcément, son regard s'arrêta sur Enrique. Le Péruvien possédait deux qualités indispensables au poste de numéro 10 : il connaissait à tout moment la position de chaque joueur sur le terrain et ses options n'étaient pas limitées par son niveau technique. Mateo remarqua cependant qu'Enrique recourait un peu trop systématiquement au une-deux, une combinaison qui consiste à adresser une passe courte à un partenaire qui vous remet aussitôt la balle dans le sens de la marche. Permettant bien souvent de créer le décalage et le surnombre, c'est un procédé précieux – à condition de ne pas en abuser, comme le fit gentiment remarquer Mateo à Enrique à la fin de la séance.

— Qu'est-ce que tu racontes ? répondit le Péruvien d'un ton rogue. Je n'en fais pas tant que ça.

— Quatre rien qu'aujourd'hui, dont deux avec Willy.

— Parce que tu les comptes, en plus ? Et quand bien même ? Ça me réussit, non ?

— En effet. Tu n'en as raté aucun.

— Alors, où est le problème ?

— Il n'y a pas de problème. C'est juste que si quelqu'un le remarquait, il pourrait te prendre à ton propre piège.

Enrique était carrément énervé à présent.

— Dis donc, Lemoine, pour qui tu te prends à donner des conseils ? Tu aimerais, moi, que je te dise ce qui ne va pas dans ton jeu ?

— Bien sûr.

La réponse de Mateo prit Enrique de court. Il resta bouche bée un moment avant de se souvenir du match contre Rouen.

— Eh bien, tu pourrais commencer par tenir ton ballon en laisse...

— Je sais. Dis-moi quelque chose que je ne sais pas.

Enrique fouilla dans sa mémoire et, n'y trouvant rien, s'échauffa encore plus.

— Qu'est-ce que ça peut te foutre, d'abord, ce que je pense de ton style ?

— Ça peut m'aider à m'améliorer. Après tout, c'est pour ça qu'on vient à l'entraînement, non ?

— Tu sais quoi, Lemoine, tu me fatigues, éclata Enrique. Je retourne bosser. Je ne suis pas en première année d'éducation physique, moi !

Mateo regarda le Péruvien s'éloigner. Son plan n'allait pas être si facile à mettre à exécution.

Le jeudi suivant, Fischer sépara pour la première fois Enrique et Mateo. Celui-ci s'attendait à être désigné meneur de son équipe mais Fischer lui préféra Franck, qui jouait habituellement à droite. Mateo s'efforça de ne pas laisser paraître sa déception. À un moment, Enrique tenta un une-deux avec Willy. Mateo, en position de défenseur, anticipa la remise du jumeau et intercepta le ballon avant qu'il ne parvienne à Enrique. Le Péruvien jura qu'on ne l'y reprendrait plus.

Pour le troisième match de la saison, le FCV recevait Bordeaux, une autre pointure du championnat. Cette fois-ci, Mateo débuta la rencontre, toujours au poste contre nature pour lui de milieu récupérateur. S'appliquant à prouver à Fischer qu'il avait retenu la leçon, il dépassa rarement la ligne médiane et abattit un travail défensif considérable. Quand le jeu se portait dans la moitié bordelaise, il en profitait pour observer ses coéquipiers. Ils occupaient mal le terrain. Saïd et Lionel ne tenaient pas leurs ailes ; dès qu'ils étaient privés de ballon pendant plus d'une minute ou deux, ils désertaient leur poste pour aller se mêler au jeu. Sur les centres, Alex, le numéro 9, plongeait systématiquement au premier poteau, même quand Enrique ou Lionel s'y trouvaient déjà. Enfin, lorsque Saïd débordait sur la droite et que Franck le suivait pour lui porter soutien, Djamal, qui jouait arrière latéral, oubliait de monter d'un cran. Mateo avait déjà entendu Fischer faire toutes ces remarques mais pour la première fois, il se sentait aussi concerné que les intéressés. Car si Djamal ou Lionel ne corrigeaient pas leurs travers, c'est toute l'équipe qui en pâtirait.

Mateo, qui la semaine précédente était prêt à tout pour éviter le nul, ne fut pas mécontent quand la partie s'acheva sur un 0-0 relativement équitable. Il sentait l'équipe sur la bonne voie. Bien sûr, il aurait préféré jouer meneur ou pouvoir discuter tactique avec Fischer mais, au moins, il commençait à cerner les données du problème. Un épisode le conforta dans son optimisme : sous la douche, Enrique lui adressa la parole pour la première fois depuis leur altercation.

— Je t'ai regardé pendant le match et je pense que tu pourrais mieux couvrir ton ballon. Au Pérou, où j'ai grandi, on jouait dans la rue. C'était la foire d'empoigne, tu avais toujours deux ou trois gars dans les pattes qui cherchaient à te piquer la balle. À douze ans, j'ai commencé à jouer en salle à Lima. Le terrain est dix fois plus petit qu'un terrain normal, mais le nombre de joueurs seulement réduit de moitié. Tu vois où je veux en venir.

Mateo écoutait attentivement. Enrique n'avait ni sa vision du jeu ni son gauche, mais balle au pied, il était pratiquement son égal.

— Mon coach au Deportivo faisait une véritable fixation sur la couverture de balle. Il n'y avait d'après lui que des avantages à garder son ballon au bout du pied...

— Bien sûr, dit Mateo. Tu passes plus vite, tu dribbles plus vite...

— Exactement. Moins de chemin à parcourir, c'est mathématique. Si on l'avait laissé faire, je crois bien qu'il aurait badigeonné nos chaussures à la glu. Voilà-t-il pas qu'un jour, il sort de son sac des ficelles de 40 ou 50 centimètres de long et nous attache les chevilles comme des forçats. Tu nous aurais vus, on se dandinait comme des pingouins constipés ! Dès qu'un de nous poussait son ballon trop loin ou tentait un passement de jambe un peu large, il tombait sur le cul. Au début, on rigolait et puis on a commencé à faire sacrément gaffe. C'est que c'est dur un terrain de futsal... Les autres s'en sortaient à peu près correctement mais moi, qui débutais, je n'arrêtais pas de me casser la gueule. Ça m'a servi de leçon, tu peux me croire.

— J'aimerais bien essayer, dit Mateo qui entrevoyait déjà les bénéfices qu'il pourrait retirer de cet exercice.

— Quand tu veux.

— Demain 5 heures ?

— On n'a pas entraînement demain.

— Et alors ? Fischer m'a filé une clé de la resserre. On utilisera ses ballons.

Enrique parut moins surpris d'apprendre que Mateo s'entraînait l'après-midi que du fait que Fischer lui avait confié une clé de son repaire.

Le lendemain, Mateo se présenta en avance et commença par traverser deux fois le terrain, cordelette aux chevilles, pour s'imprégner de la longueur de la ficelle. Il se sentait tellement godiche qu'il envisagea un instant qu'Enrique avait imaginé toute cette histoire dans le seul but de se payer sa tête. De fait, le Péruvien, qui arriva peu après, s'esclaffa de la balourdise de Mateo mais prouva aussitôt sa bonne foi en s'attachant lui-même les chevilles. Il tendit un ballon à son coéquipier et le prévint qu'il allait essayer de le lui prendre dans les pieds. Mateo devait l'en empêcher par tous les moyens.

C'était extraordinairement difficile ; pendant un moment, Mateo douta même que ce fût possible. Ses procédés habituels – qu'il tourne autour du ballon, fasse écran avec son corps ou joue de sa grande taille pour tenir son adversaire à distance – le jetaient invariablement au sol. Raccourcir ses gestes afin de minimiser les risques de chute n'arrangeait pas ses affaires : Enrique lui subtilisait alors la balle en moins de deux avec une adresse démoniaque. L'exercice ne tolérait pas l'approximation. Mateo devait doser au millimètre près l'amplitude de ses mouvements. Trop courts et Enrique éventait sa manœuvre, trop longs et il se retrouvait le nez dans le gazon.

Au bout d'un quart d'heure, il contenait la plupart des assauts d'Enrique. Au bout d'une demiheure, le Péruvien arrêta la séance. Il ne touchait plus jamais la balle.

— Dis donc, tu percutes vite, s'émerveilla-t-il en se laissant tomber au sol.

— C'est un chouette exercice, dit Mateo. À la fin, je sentais que la balle me collait aux pieds. On recommencera ?

— Si tu veux. Mais la prochaine fois, je ne m'attacherai pas, blagua Enrique.

— J'allais te le demander, dit Mateo.

Il n'avait pas compris la plaisanterie. Il continua, plein d'entrain :

— Ou alors, on pourrait jouer sur la longueur de la ficelle. Si j'arrive à protéger le ballon une minute entière, tu rallonges ta cordelette de 5 centimètres et je raccourcis la mienne d'autant.

Enrique le regarda pensivement.

— Toi, tu te serais bien entendu avec mon coach du Deportivo.

Ils restèrent silencieux pendant un moment. Puis Mateo se releva sur un coude.

— On se fait une petite séance de coups francs avec les mannequins de Fischer ?

— Je ne sais pas. J'ai pas mal de boulot.

— Allez, juste une demi-heure. Tu positionnes le mur, je vais chercher les ballons.

Enrique se leva sans trop se faire prier. Il éprouvait une prédilection pour les coups de pied arrêtés. Quand un joueur du FCV s'écroulait à l'approche du but adverse, victime d'un croc-en-jambe, il déboulait séance tenante, arrachait à moitié le ballon des mains de l'arbitre puis, afin de dissiper toute ambiguïté sur l'identité de celui qui serait chargé de réparer la faute, le cachait sous son maillot, ce qui lui conférait momentanément la silhouette d'une femme enceinte.

Il disposa les cinq mannequins composant le mur à l'entrée de la surface de la réparation, sur la gauche par rapport à l'axe du but. Il compta ensuite neuf pas à partir du mur et posa son ballon au sol. C'était un coup de pied difficile car le mur était large. En admettant que le goal n'était pas totalement manchot, il n'y avait que deux possibilités. On pouvait contourner le mur par la droite d'une frappe brossée, tel Platini contre les Pays-Bas en 1981, ou viser la lucarne gauche en passant au-dessus du mur, une technique popularisée par le Brésilien Didi – la balle s'élève très haut et retombe brusquement, d'où le surnom de « feuille morte ».

Enrique choisit la première option. Son ballon décrivit une superbe trajectoire bombée et s'écrasa sur le poteau. Ses trois tirs suivants manquèrent le cadre d'un cheveu.

— Le mur est trop à droite, cria-t-il à Mateo qui récupérait les ballons derrière la cage. Tu peux le déplacer un chouïa ?

— Et en match, tu demanderas à tes adversaires de faire un pas de côté ? railla Mateo. Pas question. Tu continues.

Enrique manqua encore deux fois l'objectif. Au septième essai, la balle tapa l'intérieur du poteau et rentra dans le but. C'était une frappe que, masqué par son mur, même le meilleur goal du monde aurait eu du mal à arrêter.

— Encore ! cria Mateo.

— C'est bon, dit Enrique, j'essaie la feuille morte maintenant.

Mateo accourut vers le Péruvien et plaça son pied sur le ballon pour l'empêcher de tirer.

— Tu en réussis un sur sept et tu t'arrêtes ?

— Ben oui, j'ai prouvé que j'en étais capable.

— Non, tu as prouvé que tu en étais capable une fois, ça n'a rien à voir. Essaie encore.

Enrique tira deux fois à côté et marqua à sa troisième tentative.

— Là, tu es content ?

— Encore. J'en veux cinq à la suite.

— Cinq ? Tu es maboul ! Même Zidane en rate un de temps en temps.

— Essaie, je te dis.

Enrique exécuta une trentaine de frappes supplémentaires, enregistrant une série de trois buts et trois séries de deux buts.

— À ton tour, dit-il.

Mateo posa calmement le ballon puis recula de quatre pas. Il regarda la cage, devinant le montant droit derrière le mur, et tenta de visualiser la trajectoire idéale. Sa frappe manqua assez largement le cadre.

— Loupé ! s'exclama Enrique.

Mais Mateo n'avait que faire de ses commentaires. Marmonnant dans sa barbe, les sourcils froncés, il était absorbé dans ses pensées. Il raccourcit son élan, lança son bras gauche un peu plus vigoureusement vers l'avant pour accentuer l'effet du ballon et, cette fois, toucha le poteau. Il hocha la tête, procédant mentalement à des rectifications infimes tel l'artificier qui, à chaque obus, corrige sa hausse et sa mire. Il réussit la troisième frappe, vit la quatrième déviée par le mur et rentra les cinq suivantes sous les yeux éberlués d'Enrique.

— *Puta Madre !* s'écria le Péruvien. Comment tu fais ça ?

Mateo haussa les épaules tant la réponse lui paraissait évidente : il se contentait d'écouter son corps et de guetter ses sensations à chaque tentative afin d'améliorer son geste de façon incrémentale. Il croyait aux vertus de la répétition. Il était symptomatique que, sitôt marqué son premier coup franc, Enrique avait voulu passer à un autre exercice. Mateo, lui, ne recherchait pas l'exploit isolé. Il n'ajoutait un geste à son répertoire qu'à condition d'être certain de pouvoir le reproduire à la demande.

— On tire quelques feuilles mortes ? proposa Enrique.

— Pour quoi faire ? Tu les réussis à merveille.

Encore une habitude qui dépassait Mateo : ses coéquipiers préféraient toujours les exercices qu'ils maîtrisaient sur le bout des doigts à ceux qui leur donnaient du fil à retordre.

— On va plutôt changer de côté. Attends, je vais bouger le mur.

À mesure qu'il déplaçait les mannequins vers la droite, Enrique montrait des signes croissants d'inquiétude.

— Eh oh, pas trop loin tout de même !

— Pourquoi ? demanda Mateo en tirant encore le mur d'un bon mètre.

— Je ne sais pas brosser du gauche, avoua penaudement Enrique.

— Ça, c'est que tu dis. On va quand même essayer. C'est moi qui commence.

La première frappe de Mateo atterrit dans le mur, les deux suivantes sur le poteau. Puis il se mit à enquiller les buts comme un automate. L'observateur le plus attentif n'aurait pu deviner qu'il n'était pas gaucher.

— À toi de jouer.

Enrique se leva, aussi fringant qu'un condamné au bas de l'échafaud.

— À quoi bon ? maugréa-t-il. J'ai une bonne frappe du cou-de-pied mais je n'arrive pas à brosser.

— Montre toujours, dit Mateo de son ton le plus bienveillant.

Enrique prit son élan, se pencha... et effleura à peine le cuir qui roula au ralenti en direction du mur.

— Qu'est-ce que je t'avais dit ! C'est pathétique.

— En effet, ce n'est pas brillant, sourit Mateo. En même temps, ça ne paraît pas très difficile à corriger. Mime-moi ton geste quand tu brosses du droit. Tu vois l'angle que fait ton pied avec la jambe d'appui quand tu armes ta frappe ? C'est quasiment un angle droit. Bien. Maintenant, mime le même tir du gauche. Tu vois le problème ? Ton pied est presque parallèle à l'axe de la jambe. Résultat, tu brosses le ballon sans l'envelopper et tu ne lui transmets aucune puissance. Allez, recommence.

Tandis qu'accroupi à ses pieds Mateo rectifiait sa position, Enrique exécuta plusieurs fois le geste à blanc. Puis il attrapa une balle et l'expédia dans le mur.

— Tu entends l'impact ? dit Mateo. C'est bien meilleur. Pense à tourner ta cheville.

Quand le Péruvien eut tapé une dizaine de ballons, Mateo lui fit modifier sa course d'élan en traçant des croix à la craie à l'endroit où il devait poser ses pieds. Les résultats ne se firent pas attendre : au bout d'un quart d'heure, Enrique trouva le poteau.

— Ça alors, exulta-t-il, je n'aurais jamais cru que j'avais ce coup en moi.

— Tu l'as toujours eu côté droit. Ton corps reconnaît les sensations et il t'encourage. Pour lui aussi, c'est plus agréable de frapper franchement dans la balle que de la caresser comme une danseuse en risquant l'élongation.

— Et toi, qui t'a appris ?

— J'ai eu de bons coaches. Et j'ai beaucoup travaillé seul. C'est plus long mais quand ça rentre, ça ne ressort plus. Tu es partant pour quelques extérieurs ?

— Du gauche ?

— Mais oui !

— Je crois bien que je n'ai jamais tiré de l'extérieur du gauche de toute ma vie.

— Ça ne veut pas dire que tu n'en as jamais eu besoin. Si tu avais ce coup dans ta besace, tu l'emploierais plus souvent que tu ne crois.

Ils déplacèrent le mur dans l'axe et Mateo tenta de répliquer le fameux coup franc de Roberto Carlos en 1997 au Stade de France. Enrique s'y colla à son tour et ils s'amusèrent comme des petits fous. Quand vint l'heure de se quitter, Mateo proposa à Enrique de remettre ça le lendemain. À sa surprise, le Péruvien accepta.

8

Ils prirent l'habitude de se retrouver en fin d'après-midi. Entre les cours, les TP et ses expériences au laboratoire, Enrique avait un emploi du temps chargé. Il s'efforçait cependant de dégager au moins une demi-heure par jour. Les deux garçons travaillaient surtout leurs frappes, mais aussi les contrôles et le jeu de tête. Ils discutaient énormément. Friands de statistiques l'un et l'autre, ils comparaient les totaux de buts et de passes décisives des grands attaquants en activité. Ils parlaient aussi des matches qu'ils avaient gagnés et de ceux qu'ils avaient perdus. Bien qu'il eût moins joué qu'Enrique, Mateo avait accumulé beaucoup plus d'expérience que son aîné. On sentait qu'il réfléchissait davantage, qu'il analysait chaque situation de jeu et en tirait des leçons qu'il essayait d'appliquer aussitôt. Un jour, Enrique revint ainsi sur une action du match précédent. Mateo avait récupéré le ballon dans le rond central. Enrique – et à vrai dire toute l'équipe – s'était attendu à ce qu'il lance sur sa droite Saïd, qui comptait un bon mètre d'avance sur son défenseur. Au lieu de quoi, Mateo avait préféré porter le ballon, s'enfoncer sur la gauche et centrer en retrait pour Alex qui avait manqué sa reprise.

Mateo justifia sa décision. Le vent, qui soufflait en rafales de gauche à droite ce jour-là, risquait de pousser la balle en touche. C'eût été une tout autre affaire s'il s'était agi de lancer Lionel sur l'aile gauche. D'autres facteurs entraient en ligne de compte. Saïd, qui en temps normal aurait aisément pris le dessus sur son défenseur, revenait de deux longues courses. Or Mateo avait déjà remarqué que l'ailier manquait de jus passé l'heure de jeu. D'ailleurs, quand bien même il serait sorti vainqueur de son duel avec l'arrière latéral, il aurait rencontré sur sa route le stoppeur bordelais qui lisait dans ses dribbles comme dans un livre. En admettant cependant que Saïd parvînt à centrer – un scénario sur lequel, pour toutes ces raisons, Mateo plaçait une probabilité d'à peine 5 % –, Alex, seul dans la surface, n'aurait eu aucune chance dans un combat aérien contre trois gaillards dont le plus petit lui rendait 10 centimètres. Voilà pourquoi il avait choisi de feinter la passe à Saïd pour se créer de l'espace et repiquer à gauche.

Enrique en resta pantois. Non seulement Mateo collectait en permanence des dizaines d'informations auxquelles lui ne prêtait aucune attention, mais il était capable de reconstituer pas à pas le raisonnement qui s'était joué dans sa tête en l'espace d'une seconde.

Pour la première fois, Enrique s'avoua que Mateo lui était supérieur. Parce qu'il était un garçon intelligent, il en tira la conclusion qui s'imposait et conseilla à Fischer de laisser Mateo diriger l'attaque du FCV. L'Alsacien s'emporta.

— Il commence à me les briser menu, l'Élu ! C'est lui qui t'envoie ?

— Non.

— D'abord Noguera, ensuite ce clown d'Aguettaz, et maintenant ta pomme ! Mais qu'est-ce que vous lui trouvez, tous ?

— Je m'entraîne avec lui de temps en temps. Il fait des choses d'un autre monde.

— Eh bien, qu'il les fasse à l'entraînement ! Parce que pour l'instant, Mateo Lemoine, c'est cent minutes de jeu, zéro but, zéro passe décisive et une connerie contre Rouen qui nous coûte bonbon !

— Pour ça, il faudrait qu'il soit numéro 10, argumenta Enrique sans se laisser démonter. C'est du gâchis de le faire jouer derrière.

Fischer entreprit alors d'expliquer à Enrique pourquoi le poste de milieu récupérateur était le plus important du football moderne. Il était le poumon de l'équipe, son pourvoyeur de ballons et d'oxygène. La France n'aurait jamais gagné la Coupe du monde sans Didier Deschamps. Quant aux dirigeants du Barça, qui ne juraient que par Messi, ils feraient mieux de verrouiller le contrat de Xavi Hernandez car ce dernier était, encore plus que l'Argentin de poche, l'âme de l'équipe catalane.

Enrique endura stoïquement l'homélie. Il n'était pas un poste dont Fischer n'avait dit à un moment ou à un autre qu'il était le plus important du football. L'Alsacien convoquait à l'appui de ses démonstrations les autorités les plus éclectiques, déclamant de mémoire – en allemand de préférence – des passages de ses opuscules de chevet ou renvoyant son interlocuteur aux derniers travaux de l'université de Nottingham. Dans le feu de la discussion, il lui arrivait même de citer Thierry Roland.

— Samedi, on joue à Valenciennes, dit Enrique. On va se faire déchirer. Avec quatre points en quatre matches, on n'aura déjà presque plus aucune chance d'être champions.

— Parce que Monsieur vise le titre à présent? ironisa Fischer. Allons, soyons sérieux, on va déjà commencer par essayer de ramener un point de Valenciennes.

Enrique rapporta la conversation à Mateo.

— Je ne sais pas ce que tu lui as fait, conclut-il, mais il t'a drôlement dans le nez.

Mateo remercia le Péruvien pour sa démarche, même s'il soupçonnait qu'elle n'avait pas fait avancer sa cause. L'hostilité de Fischer à son égard continuait de le laisser perplexe. Il avait toujours entretenu d'excellentes relations avec ses coaches. Il s'entraînait dur, il pigeait vite et il ne discutait pas les ordres. Valentine ne comprenait pas davantage l'attitude de Fischer. Quant à Françoise, elle proposait d'aller trouver l'Alsacien pour crever l'abcès. Mateo le lui interdit expressément.

Vernet s'inclina contre Valenciennes, comme Enrique l'avait prédit. Les locaux inscrivirent le seul but de la rencontre, sur un penalty consécutif à une faute de Florian. Fischer n'avait pas grand-chose à reprocher à ses joueurs; ils avaient tout donné et fait jeu égal avec les Nordistes pendant plus d'une heure. Mateo, qui avait tiré sur le poteau en première mi-temps, portait un jugement plus sévère sur la performance du FCV. La défense avait bien tenu le choc mais les offensives conduites par Enrique lui avaient paru maladroites et peu inspirées.

Le Péruvien, justement, ne décolérait pas. Sans s'exonérer de ses propres responsabilités, il répétait à qui voulait l'entendre que les Valenciennois étaient prenables et qu'avec Mateo à la baguette le FCV aurait pu réaliser un coup. En privé, il allait jusqu'à insinuer que Vernet devrait peut-être se chercher un nouvel entraîneur. Ses incitations à la révolte ne rencontrèrent qu'un écho mitigé auprès des autres joueurs. La plupart d'entre eux avaient la plus grande estime pour Fischer et notaient – à juste titre d'ailleurs – que l'équipe n'avait pas joué aussi bien depuis de nombreuses années. Enrique enrageait : ses coéquipiers ne savaient pas ce dont Mateo était capable.

Pour le leur montrer, il conçut un plan dont il s'ouvrit à Mateo un soir après l'une de leurs séances. Le samedi suivant, il prétexterait une blessure quelconque et se ferait porter pâle à quelques heures du début du match. Fischer n'aurait d'autre recours que de confier la direction du jeu à Mateo.

Ce dernier désapprouva violemment la combine. Il souhaitait être choisi par envie et non par défaut. En outre, la méthode consistant à forcer la main de Fischer lui répugnait. Enrique balaya ces arguments.

— On n'est pas chez les boy-scouts ici. Tu dis

que tu veux gagner le championnat, c'est le moment de le prouver. Nous savons tous les deux que je ne t'arrive pas à la cheville et que l'équipe aura plus de chances de gagner samedi avec toi aux manettes qu'avec ma pomme. Fischer, on l'emmerde. Pense à toi, pense à nous, pense au public.

Mais Mateo n'arrivait pas à emmerder Fischer. L'Alsa-cien, malgré tous ses défauts, s'était toujours montré loyal avec lui. Mateo n'avait pas encore renoncé à gagner sa confiance. Le poignarder dans le dos ne semblait pas la meilleure façon d'entrer dans ses petits papiers.

Il éprouvait aussi des scrupules à l'égard d'Enrique, qui lui donnait une chance de lui piquer sa place. Mateo n'était pas certain qu'il eût fait preuve d'une telle abnégation dans les mêmes circonstances. Il demanda au Péruvien ce qu'à titre personnel il escomptait de sa manœuvre.

— La même chose que toi, répondit Enrique. Je veux jouer la gagne. C'est l'année ou jamais, non ? Et puis, je serai toujours titulaire. On devrait faire un sacré tandem, tu ne crois pas ?

— Si, et c'est bien ce qui m'inquiète. Tu es le meilleur joueur de l'équipe après moi. Tu imagines si on perd samedi parce que tu n'es pas là ? Je ne me le pardonnerais jamais.

— On a bien gagné notre premier match sans toi.

— Contre Angoulême. Si j'ai bien compris, Besançon, ce n'est pas la même cylindrée.

— Dis donc, rigola Enrique, tu ne serais pas en train de te défiler par hasard ? Parce que si tu ne te sens pas capable de battre Besançon à domicile, je vais prévenir Alex Fer-guson qu'il garde son oseille !

Mateo sourit.

— Laisse-moi y réfléchir. En attendant, motus.

Valentine, à qui il exposa son dilemme, reconnut l'une de ces situations où son petit ami lui demandait son avis pour découvrir quel était le sien. Mateo était un être instinctif, peu bavard et mû par une nécessité impérieuse. Il *devait* faire certaines choses, sans toujours bien savoir expliquer pourquoi. Au début de leur relation, Valentine avait essayé de lui apprendre à disséquer ses états d'âme et à étayer ses convictions. En pure perte. Ses tentatives s'étaient heurtées les unes après les autres à la résistance de Mateo, pour qui l'introspection psychologique constituait dans le meilleur des cas une perte de temps et au pire une fumisterie.

Valentine n'avait pas pour autant renoncé à amener Mateo à verbaliser ses émotions. Elle avait juste adapté son *modus operandi*. Les rares fois où Mateo sollicitait ses conseils, elle l'aidait à ordonner ses idées, convaincue qu'elle lui rendait davantage service en l'écoutant qu'en parlant, en posant des questions qu'en avançant des réponses.

Tard dans la nuit, Mateo réussit enfin à mettre des mots sur son malaise. Il affûtait son talent depuis des années. Il avait remporté des titres, soulevé des coupes sans l'aide de personne. S'il s'entraînait si dur, c'était justement pour s'élever au-dessus de la mêlée et échapper à toute contestation. Aucun de ses entraîneurs précédents n'avait discuté sa décision de jouer numéro 10, non parce qu'il était si supérieur aux autres, mais parce que son travail et son attitude exemplaire lui avaient gagné le droit de choisir son poste. Alors certes, il était têtu mais il estimait avoir les moyens de son intransigeance.

Le lendemain, il interdit à Enrique de mettre son projet à exécution.

9

Deux heures avant le début du match contre Besançon, Mateo reçut un coup de téléphone de Fischer. Enrique s'était bloqué le dos en déménageant une armoire. Il était coincé au lit. Mateo devait rappliquer dare-dare pour prendre ses instructions. Il jouerait 10.

— Je ne sais pas ce que vous mijotez tous les deux, mais je n'apprécie pas beaucoup vos méthodes, lâcha l'Alsacien avant de raccrocher.

Plusieurs émotions contradictoires envahirent Mateo : la colère contre Enrique qui l'avait roulé dans la farine, l'excitation d'être enfin maître de son destin mais aussi le trac de ne pas être à la hauteur de la situation.

Il pédala comme un dératé jusqu'au stade, où il se présenta avec une demi-heure d'avance sur ses coéquipiers. Il se changea dans les vestiaires flambant neufs pendant que Fischer lui transmettait ses consignes. Sa traditionnelle pile de fiches bristol entre les mains, l'Alsacien recensa les faiblesses et les atouts de l'équipe bisontine avant d'entrer dans le détail du dispositif tactique qu'il avait élaboré. Il distilla pour finir quelques remarques étonnamment crues sur les coéquipiers de Mateo, comme si ce dernier, à présent qu'il jouait numéro 10, méritait enfin de connaître la vérité sur le niveau de ses partenaires. Passé l'heure de jeu, Saïd haletait comme un soufflet à forge ; René n'avait qu'un pied droit et Lionel qu'un pied gauche ; Quentin n'était pas fichu d'enrhumer un défenseur ; Florian sautait trop tôt sur les corners ; Jean-Philippe ne savait pas placer son mur et se trouait comme un gruyère dans ses sorties aériennes. Mateo enregistra ces commentaires qui corroboraient certaines de ses observations et se prit à rêver du jour où Fischer et lui échangeraient leurs impressions d'égal à égal.

Les partenaires de Mateo arrivèrent en ordre dispersé. Ils firent semblant d'accepter l'explication que donna Fischer de l'absence d'Enrique. Jérémy, qui s'attendait à démarrer sur le banc, hérita du poste de milieu défensif laissé vacant par Mateo.

Ce dernier s'éclipsa des vestiaires et s'enferma dans la buanderie, où personne ne penserait à venir le chercher. Il éteignit la lumière, ferma les yeux puis se lança dans une série d'exercices respiratoires. À chaque expiration, il descendait un peu plus profondément en lui-même et sentait son rythme cardiaque ralentir, ses muscles se détendre, les tracas quotidiens se dissoudre. Il se remémora certains des grands moments de sa carrière, une ouverture lumineuse contre Chambéry en poussins, un enchaînement de dribbles étourdissant en finale des inter-écoles, une bicyclette dans un angle impossible en sélection régionale. Il visualisait d'abord l'action de l'extérieur, comme s'il en avait été le spectateur, se levant dans la tribune et applaudissant à tout rompre le génie, l'audace, la perfection du geste. Puis, soudain, la perspective changeait ; il habitait à nouveau son corps et retrouvait les sensations glorieuses qu'il avait éprouvées ce jour-là : le contact du ballon à travers la chaussure, la brise tiède qui gonflait les filets, les clameurs de la foule. L'évocation de ces exploits le plongeait immanquablement dans une douce béatitude. Alors seulement, il s'autorisait à imaginer des séquences du match à venir. Ce jour-là, il se vit combiner avec Jérémy dans le rond central, se faufiler balle au pied dans une forêt de jambes, lancer Saïd sur la droite, trouver Alex démarqué au point de penalty. Sa confiance s'affermit, ses doutes s'évanouirent. Il rouvrit les yeux.

Un tonnerre de hourras accueillit l'annonce de la composition des équipes. Mateo leva le bras et, saluant la foule, croisa le regard d'Enrique dans les gradins. Le Péruvien lui adressa un clin d'œil. N'ayant pu se résoudre à manquer les débuts de Mateo, il s'était prudemment installé dans le dos de Fischer, au sommet de la tribune nord.

Les visiteurs marquèrent sur la première attaque du match, à la faveur d'une mésentente entre Djamal et Jean-Philippe. Sans s'énerver, Mateo alla chercher lui-même le ballon au fond des filets. Sur l'engagement, il élimina deux adversaires d'un amour de roulette et lança Alex qui s'en alla battre le portier bisontin. Toute l'action avait duré moins de douze secondes. C'était le but le plus rapide de l'histoire du FCV.

Vernet l'emporta finalement par trois buts à un, grâce à deux autres réalisations signées Saïd et Willy. Mateo avait donné les trois passes décisives. Françoise lui prépara une charlotte aux fraises pour célébrer l'événement.

Le lundi suivant, il travaillait en solo un dribble qu'il avait vu faire à Cristiano Ronaldo quand Fischer s'annonça à l'horizon. Il venait du bois, d'un air faussement dégagé, comme si seul le hasard avait guidé ses pas. Il s'arrêta au bord du terrain et, les bras croisés, observa Mateo pendant quelques minutes avant de lui adresser la parole.

— Tu t'entraînes souvent seul comme ça ?

— Ça m'arrive.

— Viens avec moi, je voudrais te montrer un exercice.

Ils marchèrent jusqu'à la surface de réparation. Fischer posa un ballon à 7 ou 8 mètres de la cage, dans un angle fermé sur le côté droit. Il alla ensuite chercher un mannequin, qu'il plaça au tiers environ de la ligne de but.

— Comme tu vois, le gardien protège mal son angle. Tu crois que tu peux glisser le ballon entre lui et le poteau ?

Sans prendre la peine de répondre, Mateo décocha un boulet au ras du montant.

— Encore, dit Fischer en posant un deuxième ballon au même endroit.

Ils renouvelèrent l'expérience à plusieurs

reprises, sans que Mateo touchât une seule fois ni le poteau ni le man-nequin.

— Tu ne te demandes pas où je veux en venir ?

— Je crois que je le sais. C'est ici que je me trouvais quand j'ai donné le deuxième but à Willy samedi.

— Exactement. En lui glissant la balle dans un trou de souris entre trois défenseurs, un geste mille fois plus compliqué que ce tir au ras du poteau que tu réussirais les yeux bandés.

— C'est possible, dit Mateo.

— C'est certain. Idem sur le troisième but. Tu rentres dans la surface, le goal sort à ta rencontre, tu feintes le tir, il se couche. Et pan, voilà qu'au lieu de le lober d'une pichenette, tu sers Saïd sur la droite !

— Ça m'a paru plus sûr.

— Ne me prends pas pour un mickey, s'il te plaît. Tu sais très bien que Saïd était à la limite du hors-jeu. À 10 centimètres près, le juge levait son drapeau et tu l'avais dans l'os.

— À 10 centimètres près, comme vous dites.

Fischer s'approcha dangereusement près de Mateo. Il empestait l'eau de Cologne bon marché.

— Tu sais ce que je pense, Lemoine ? Je pense qu'après l'entourloupe de ton copain Enrique tu n'as pas voulu embarrasser Tonton Fischer en plantant deux buts dès ton premier match.

— Quelle importance ? dit Mateo en se dégageant.

— Quelle importance ? Laisse-moi t'expliquer. Il y a deux sortes de prétentiards au football : celui qui ne passe jamais le ballon parce qu'il se croit supérieur aux autres et celui qui le passe de trop parce qu'il trouve qu'une assiste a vachement plus de gueule qu'un but. Je ne sais pas lequel est le pire.

— Je m'en souviendrai, dit Mateo.

— J'y compte bien, répliqua Fischer en s'éloignant.

Il fit quelques pas et, sans se retourner, lança :

— Merci quand même.

10

Le samedi suivant, Vernet atomisa Toulouse II sur son terrain. Mateo marqua quatre des cinq buts de son équipe.

Avec trois victoires, un nul et deux défaites, le FCV occupait désormais la quatrième place du classement.

La saison était lancée.

11

Le lundi, Fischer s'arrangea pour être à la resserre avant Mateo. Il aida le jeune homme à sortir les ballons et les mannequins, et lui posa quelques questions sur ses cours d'éducation physique. Il était visible qu'il cherchait à engager la conversation. Enfin, il se lança. Il avait remarqué que Mateo n'avait pas pris part aux réjouissances qui avaient suivi la pile contre Toulouse. Il était resté assis à l'écart dans les vestiaires tandis que ses camarades faisaient les zouaves et se voyaient déjà champions. Que Mateo tire la tronche quand il perdait, il pouvait comprendre. Mais quand il gagnait en marquant quatre buts, alors là ça lui en bouchait un volume.

Mateo hésita à répondre franchement puis se jeta à l'eau. Malgré la victoire très large, il trouvait que Vernet avait livré un mauvais match. Fischer lui demanda ce qui n'avait pas fonctionné selon lui.

— Pour commencer, le score est trompeur, répondit Mateo. Toulouse tire deux fois sur la barre et l'arbitre leur refuse un but valable, tandis qu'on bénéficie d'un penalty pour une faute sur Lionel qui n'existait pas. Nos défenseurs paniquent. Quand ils récupèrent le ballon, ils le rendent à l'adversaire aussi sec. Je n'ai pas confiance en Jean-Philippe. Chaque fois que Florian ou Djamal lui passe la balle en retrait, j'en ai la chair de poule. De manière générale, on joue trop dans l'axe. Tous les ballons passent par Enrique ou moi, alors qu'on pourrait écarter vers Franck ou Quentin. Comme Saïd et Lionel sont limités techniquement, ils misent tout sur leur vitesse. Alex n'a pas le sens du but, ce qui est le comble pour un avant-centre ; il est assez adroit mais il n'est jamais placé où il devrait. Quant à Enrique, il presse le ballon très haut mais il ne défend pas suffisamment.

— Et toi ? demanda Fischer.

— Moi ? J'ai eu bien trop de déchet. Je me suis fait piéger en position de hors-jeu. J'ai gâché une frappe en or aux 20 mètres. J'ai mis une passe en touche et j'ai pris plusieurs risques inutiles en renversant le jeu alors que j'aurais pu m'appuyer sur des partenaires plus proches.

Fischer garda le silence pendant quelques secondes.

— Je suis d'accord avec tout ce que tu as dit. C'est vrai, tes coéquipiers ne sont pas des vedettes...

— Ils sont plus faibles que je ne m'y attendais, le coupa Mateo.

Les mots étaient sortis précipitamment de sa bouche, comme s'il n'avait pu les retenir plus longtemps.

— Ça fait un moment que je m'en suis rendu

compte, continua-t-il, mais je m'interdis d'en parler à cause de mon coup de gueule du premier jour.

— Tu ne les avais jamais vus jouer avant ?

— Non, les matches des juniors tombaient aussi le samedi après-midi.

Fischer réfléchit.

— À quoi ça t'avancerait de les moisir ? Ils sont comme ils sont, on ne va pas en faire une pendule. Mais bon, tu comprends maintenant pourquoi je la jouais modeste en début de saison.

Le soir, Mateo rapporta cette conversation à sa mère. Il avoua avoir ressenti pour la première fois un début de complicité avec Fischer.

— Ça ne m'étonne pas, dit Françoise. C'est un bon bougre. Ton père l'aimait bien.

— Il a connu Papa ? demanda Mateo, stupéfait.

— Mais oui, je ne te l'avais pas dit ? Il a joué une ou deux saisons au FCV. Il en était, tu sais.

Françoise classait les gens en deux catégories, selon qu'ils se trouvaient ou non à bord du car lors de l'accident qui avait coûté la vie à Michel. Elle connaissait le nom de tous les passagers et pouvait dire de chacun ce qu'il était devenu. Mateo comprenait désormais mieux pourquoi elle prenait si régulièrement la défense de Fischer.

— Et que pensait Papa de lui ?

— Qu'il avait un fichu caractère.

C'était le plus haut compliment possible dans la bouche de Françoise.

— Ça, je confirme. Rien d'autre ?

— Que s'il était seulement moitié aussi bon que ce qu'il croyait, il finirait Ballon d'or. Et que c'était dommage qu'il ne soit pas plus doué, car il avait vraiment le sens du jeu.

Mateo enregistra ces révélations et se promit d'amener Fischer à lui parler de son père, comme il le faisait avec tous ceux qui avaient côtoyé Michel.

Le samedi suivant, le FCV disposa facilement de Mar-seille. Mateo marqua un nouveau but de la tête et donna une passe décisive à Lionel. Vernet pointait désormais à la troisième place du classement, ex aequo avec l'équipe de Strasbourg, au budget dix fois supérieur.

Dans les vestiaires, c'était l'euphorie. En dépit des mises en garde répétées de Fischer, Jean-Philippe, Saïd et quelques autres parlaient de plus en plus ouvertement du titre. Enrique laissait dire. Mateo, lui, levait les yeux au ciel.

Le dimanche soir, alors qu'il déplorait une nouvelle fois les fanfaronnades de ses partenaires, Valentine lui fit remarquer qu'il n'était jamais content. Le FCV, qui venait d'aligner trois victoires de rang, était enfin sur la bonne voie. Après leur avoir reproché leur défaitisme, Mateo n'avait pas le droit de faire la tête à ses coéquipiers quand ils gagnaient.

Le problème, répondit Mateo, c'est qu'ils ne réalisaient aucun progrès. Dans certains domaines comme la relance ou la circulation du ballon, on aurait même pu argumenter qu'ils jouaient moins bien qu'en début de saison. La réalité finirait par les rattraper. Le mois suivant, ils se déplaçaient à Paris. Sans de profondes améliorations, ils prendraient une fessée.

12

Le lendemain après les cours, Mateo passa au bureau de Fischer pour consulter l'enregistrement du match contre Marseille. Fischer, qui était justement en train de le visionner, proposa à Mateo de se joindre à lui. Le jeune homme regarda sa montre. Il n'aurait pas le temps de s'entraîner. Tant pis. Approfondir sa relation avec Fischer valait bien quelques sacrifices. Il tira une chaise et s'assit à côté de l'Alsacien.

Fischer rembobina la bande. L'image était plus dégueulasse que jamais. Il fallait vraiment avoir assisté à la rencontre pour discerner un semblant d'ordre dans le ballet confus de ces minuscules silhouettes rouges et bleues rythmé par les vivats du public, les braillements des entraîneurs et, plus rarement, les commentaires exaltés de Wilfried.

C'était un spectacle infiniment déprimant. Comme tout le monde, il arrivait à Mateo de suivre des matches à la télévision. Il n'avait pas l'habitude en revanche de regarder des rencontres amateurs. Les erreurs techniques de ses partenaires lui sautaient aux yeux. Ils ne donnaient pas la balle, ils s'en débarrassaient. Ils croyaient marquer leurs adversaires quand ils se contentaient de les surveiller, bottaient en touche ou en corner plutôt que de tenter une passe de 15 mètres.

— C'est mochard, hein ? commenta Fischer.

— Affreux.

— Tu te souviens de cette action ? demanda-t-il en pausant l'image sur une passe de Djamal.

Mateo fouilla dans sa mémoire.

— Oui, je crois. Pour une fois, Florian ne relance pas dans l'axe. Il écarte sur Djamal, qui passe à Thomas. Tho-mas lance Saïd...

— Qui file comme un pet sur une toile cirée le long de la touche et adresse un magnifique centre au deuxième poteau que personne n'est là pour reprendre. Qu'est-ce qui cloche ?

— Tout est allé trop vite. Alex est seul à la réception du centre et, manque de bol, il plonge au premier poteau.

— Manque de bol, c'est vite dit. Alex plonge *toujours* au premier poteau. Non, le vrai problème, c'est que Saïd part à l'assaut de l'Everest sans sherpas. Thomas tire la langue 20 mètres derrière, Lionel suit l'action depuis son aile comme s'il était à Guignol et toi, tu peignes la girafe dans le rond central. Ce n'est pas ça l'attaque !

— Qu'est-ce qu'il aurait fallu faire ? demanda Mateo en s'abstenant de relever la pique de Fischer.

— Monter tous ensemble. Déferler sur la Canebière comme un putain de tsunami.

— Pour ça, il aurait fallu que Saïd temporise.

— Évidemment. S'il garde le ballon deux ou trois secondes au lieu de détaler comme un lièvre, vous êtes six dans le coup. Thomas pique dans l'axe pour épauler Saïd et éventuellement jouer le une-deux avec lui. Lionel fonce au deuxième poteau en attirant un, pas deux défenseurs. Pendant ce temps, Willy et toi vous planquez à l'entrée de la surface, des fois que Saïd centrerait en retrait. Tu me suis ?

Mateo soupira. Pour simple que parût le plan de Fischer, il savait combien de miracles simultanés il exigeait. Que Saïd apprenne à protéger son ballon, que Thomas améliore sa pointe de vitesse, que Lionel puisse modifier brutalement sa trajectoire pour emmener un deuxième défenseur dans son sillage et créer le surnombre...

Fischer interrompit le film à plusieurs reprises, faisant preuve à chaque fois d'une compréhension des schémas tactiques bien supérieure à celle que l'on eût attendue d'un entraîneur universitaire. Il étayait à l'occasion ses exposés théoriques d'exemples qu'il puisait dans les rencontres d'anthologie dont les enregistrements débordaient de ses étagères. L'Ajax de Cruyff et le Barça de Pep Guardiola étaient les deux formations dont le nom revenait le plus fréquemment dans sa bouche.

Mateo, qui s'était jusqu'alors beaucoup livré dans ses relations avec Fischer sans obtenir grand-chose en retour, écoutait plus qu'il ne parlait. Les observations de son entraîneur lui inspiraient des sentiments contrastés. À l'évidence, l'Alsacien connaissait son métier. Il portait sur ses joueurs un diagnostic sévère mais pénétrant, que Mateo partageait presque sans nuance. Il connaissait les atouts et les faiblesses de chacun séparément, ainsi que de l'équipe prise dans son ensemble. Il ne nourrissait cependant guère d'illusions sur ses chances de réformer le FCV en profondeur. Il ne décrivait ainsi jamais un exercice dont Quentin aurait pu tirer profit sans ajouter aussitôt que le jeune homme était en quatrième année de médecine et devait donner la priorité à ses études. En l'entendant expliquer pour la énième fois que ses poulains rechignaient à la besogne et n'accepteraient jamais des séances de préparation physique plus rudes, Mateo se demanda si, au fond, Fischer ne cherchait pas tout bonnement des excuses pour dissimuler son propre manque d'ambition.

Le lendemain, Mateo et Enrique parlèrent d'Alex. Mateo avait remarqué qu'à deux reprises Enrique aurait pu lancer l'avant-centre sur le côté gauche, mais qu'il ne l'avait pas fait. Le Péruvien répondit que n'ayant pas confiance dans le pied gauche d'Alex, il avait préféré passer par la droite. Mateo tenta de lui montrer l'absurdité de son raisonnement. Si Alex ne recevait pas de temps à autre un ballon sur l'aile gauche, il s'entêterait à jamais dans l'axe et priverait l'équipe d'une foule de combinaisons avantageuses.

— Donne-lui une chance de s'améliorer, plaida Mateo. Prends-le à part jeudi et lance-le cinquante fois d'affilée côté gauche. Tu verras, il te surprendra.

Mateo n'eut pas besoin d'ajouter qu'il avait rendu le même service à Enrique en lui montrant comment brosser ses coups francs. Le Péruvien avait compris. Mateo le formait et il formait à son tour Alex. Tout le monde y gagnait.

13

Enrique et Mateo entraînèrent progressivement l'équipe dans une spirale de progrès. Il n'y eut ni aggiornamento ni réunion solennelle dans les vestiaires pour proclamer l'avènement d'une ère nouvelle. Aucun des acteurs de cette période n'eut l'impression de vivre une révolution, tant les événements s'enchaînèrent naturellement et sans à-coups. Alex, dont quelques séances avec Enrique avaient suffi à métamorphoser le jeu côté gauche, s'était permis de souffler à Djamal deux ou trois conseils concernant son jeu de tête. Djamal et Florian avaient enseigné à Thomas l'art du tacle glissé, un geste qui, bien exécuté, dépasse la simple parade défensive et devient une arme de contre-attaque.

Mateo, de qui ils avaient tous à apprendre, se donnait sans compter. Bien qu'il ne refusât jamais son aide, il adressait à l'occasion tel ou tel de ses coéquipiers à Enrique ou Florian afin de se concentrer sur les demandes auxquelles il se sentait seul capable de répondre. En l'espace de quelques semaines, les attaquants accomplirent sous sa houlette des progrès considérables dans des domaines aussi divers que le dribble, les reprises de volée ou les frappes lointaines. Avec les milieux de terrain, Mateo fit porter les efforts sur le premier contrôle, les passes courtes et les longues transversales. Il montra aux arrières comment déjouer les dribbles usuels en se focalisant sur le ballon plutôt que sur les pieds de l'adversaire. Il n'est jusqu'à Jean-Philippe dont il accrut la précision des dégagements tout en les allongeant.

Ces sessions personnalisées prenaient du temps. Les entraînements, prévus à l'origine pour durer deux heures, débordaient régulièrement. Le jeu des emplois du temps faisait que certains arrivaient plus tôt et que d'autres partaient plus tard. Mateo et Fischer étaient toujours là pour accueillir les premiers et ranger après les seconds.

À la mi-novembre, Mateo suggéra à l'Alsacien d'organiser une séance supplémentaire le lundi. En discutant avec ses partenaires, il avait constaté qu'il n'était pas le seul à trouver trop longue la coupure entre le match du samedi après-midi et le premier entraînement de la semaine. Madré, Fischer posa comme condition la présence de dix joueurs au minimum. Ils ne furent jamais moins de seize. Les plus occupés n'étaient pas forcément les moins assidus. Quentin négocia auprès de condisciples accommodants qu'ils apposent son nom sur des projets de groupe dont il ne lisait même pas l'énoncé. Jean-Philippe, qui se piquait de n'avoir manqué aucune séance en quatre ans, laissa tomber un électif plutôt que de risquer de se voir dépossédé du seul record qu'il détiendrait jamais.

Entre ses études, ses séances de jogging et de musculation quotidiennes, les trois entraînements et le match du week-end, Mateo ne chômait pas. Sa nature le portait de toute façon à l'excès. Il avait toujours préféré le surmenage à l'oisiveté, le trop-plein à l'ennui. Chaque heure qui passait sans le rapprocher de son but était une heure perdue, une source de souffrances et de remords indicibles. Voir ses partenaires s'escrimer à corriger leurs défauts lui procurait un plaisir immense, bien qu'hélas de courte durée. Il y avait toujours une combinaison à répéter, un geste à améliorer, une brèche à colmater. L'objectif qu'il s'était fixé lui paraissait chaque jour un peu plus insensé, la tâche un peu plus cyclopéenne. Il ne pouvait résoudre un problème sans que de nouveaux obstacles ne surgissent aussitôt. À présent qu'Alex se sentait à l'aise sur le flanc gauche, il marchait sur les pieds de Lionel. Fort de ses trois dribbles, Saïd se prenait pour Garrincha et tricotait des heures en oubliant de centrer.

Valentine s'inquiétait de voir Mateo à ce point consumé par sa quête. Le caractère obsessif de son petit ami ne constituait pas à proprement parler une révélation, mais ces derniers temps il atteignait des proportions alarmantes. Au lycée, Mateo réussissait tant bien que mal à préserver un certain équilibre entre les différents compartiments de sa vie. Le foot, auquel il s'adonnait plusieurs heures par jour, primait sur ses études sans pour autant menacer sa relation avec Valentine. La jeune femme ne s'était jamais sentie en concurrence avec le ballon rond, même les week-ends où Vernet jouait à l'extérieur. Mateo était un soupirant fougueux et attentionné, dans la plus pure tradition chevaleresque. Il précédait Valentine dans l'escalier, lui glissait des poèmes sous sa porte et l'attendait souvent en bas de chez elle, un bouquet à la main. Les choses avaient bien changé. Mateo ne parvenait pas à couper avec le FCV. En rentrant de l'entraînement, il lui fallait souvent une heure entière pour chasser Fischer de son esprit et aborder des sujets plus légers. Enrique, Florian, Lionel les poursuivaient jusque dans leur lit.

Une autre femme eût semoncé Mateo. Pas Valentine. Elle exhortait son compagnon à profiter de la vie, à savourer l'instant présent en lui rappelant combien il avait lutté pour en arriver là, à cette année où il était enfin en situation de réaliser son rêve. Elle citait en vrac ses professeurs de psychologie, les guides spirituels orientaux, les philosophes et notamment Nietzsche dont la parabole du surhomme avait fait forte impression sur Mateo en terminale. Tous voulaient qu'il soit joyeux, insouciant et qu'il accomplisse son destin le cœur léger. Mateo convenait volontiers qu'ils avaient raison. Alors pourquoi s'amusait-il si peu ? Pourquoi les victoires qui s'accumulaient ne l'apaisaient-elles pas davantage ? Il y avait là un mystère qu'il aurait adoré éclaircir si l'étude de ses états d'âme ne lui avait semblé aussi vaine. Rendu à ce stade de la conversation, il essayait de changer de sujet.

Mais Valentine s'entêtait. Elle craignait que Mateo ne fût affligé d'une tare congénitale qui le rendrait fondamentalement et définitivement inapte au bonheur. Mateo récusait l'hypothèse biologique, brandissant en exemple Françoise et sa tranquille félicité. Il promettait, sans trop y croire, de s'accorder des vacances et de se la couler douce une fois le titre conquis. Valentine, qui avait horreur qu'on la prenne pour une pomme, rétorquait qu'un nouveau défi, sans doute encore plus improbable, succéderait à celui-ci et que si Mateo réussissait à se retourner les sangs pour un match contre La Rochelle, elle était prête à parier que, d'ici peu, il carburerait au Valium.

Mateo s'en voulait de faire souffrir Valentine. Il n'arrivait toutefois pas à comprendre ce qu'elle lui reprochait. Il ne choisissait pas d'être anxieux et tendu, il l'était un point c'est tout. Il était prêt à sucer des pastilles à la bergamote ou à se draper dans un rideau orange pour entrer en communication avec Bouddha mais il doutait fort d'y trouver la sérénité qui le fuyait. Valentine l'enjoignait de se contenter de ce qu'il avait – c'était déjà beaucoup, plus que la majorité des gens n'auraient jamais. La pauvre perdait son temps et sa salive. Mateo voyait dans cette apologie de l'humilité le premier pas sur une pente savonneuse qui menait droit à la complaisance et, à terme, à la médiocrité. La facilité l'ennuyait à mourir et il se désintéressait de son but sitôt qu'il l'avait atteint.

C'était ainsi, Mateo se sentait né pour conquérir les sommets réputés inviolables et traverser les océans que l'on disait infranchissables. Cet appétit sans limite, personne ne le lui avait inculqué. Il en avait hérité à la naissance. C'était son destin, sa feuille de route. Il ne pouvait d'ailleurs pas s'écarter de sa ligne sans que son corps le rappelle à l'ordre par des maux de ventre qui le mettaient au supplice, témoin cette fois où il avait manqué l'entraînement pour fêter l'anniversaire de Valentine et où il avait passé la soirée cloué au lit par des crampes d'estomac intolérables.

14

Mateo et Fischer visionnaient désormais le match du week-end chaque lundi matin. Enrique se joignait parfois à eux. Pour permettre à Mateo d'assister à ses cours, Fischer lançait la cassette à 7 heures précises. Ces jours-là, Mateo mettait son réveil à 5 heures.

Il n'aurait pour rien au monde manqué ces séances, au cours desquelles ils passaient en revue les performances individuelles et cherchaient à comprendre ce qui avait bien ou moins bien fonctionné dans la stratégie de l'équipe. Fischer avait le don d'identifier les lacunes de ses joueurs. Là où Mateo ne voyait qu'une mauvaise frappe, l'Alsacien isolait avec une précision chirurgicale la course d'élan trop courte ou le buste penché en arrière et concevait sur-le-champ un exercice destiné à remédier à ces deux travers.

Mateo, qui n'avait jamais trouvé le courage d'interroger directement Fischer, en savait désormais un peu plus sur le compte de son entraîneur grâce aux confidences de Jacques Noguera. Le journaliste du *Messager*, qui traînait souvent dans les vestiaires après les matches, avait éclairci un point important. En se présentant le premier jour, Fischer avait expliqué qu'une blessure à la jambe avait mis un terme à sa carrière. Mateo en avait inféré que l'Alsacien s'était estropié sur le terrain. Il n'en était rien. Il avait eu la jambe écrasée dans l'accident de car. Parce qu'il ambitionnait de passer professionnel après ses études, il avait mis des mois à se résoudre à l'évidence, à savoir qu'il ne rejouerait plus jamais au football. Il avait subi plusieurs opérations, passé des semaines entières en rééducation, sans véritable résultat. Au mépris de l'avis des médecins, Fischer s'était pourtant un jour considéré comme guéri et avait contacté Patrick Peltier afin que ce dernier l'aide à trouver un club. Le parrain de Mateo n'avait plus trop le dossier en tête mais se souvenait quand même d'une cascade de refus, de moins en moins polis au fur et à mesure qu'il insistait. Sans se décourager, Fischer avait alors proposé de commencer à l'essai, persuadé que les dirigeants, impressionnés par son niveau et son sérieux, lui signeraient promptement un contrat. Même les équipes de troisième division n'avaient pas voulu de lui gratuitement. Il avait fini, de guerre lasse, par s'inscrire à une formation d'entraîneur.

Mateo suggéra un jour à Valentine que l'histoire de Fischer expliquait en partie son comportement actuel. L'Alsacien respirait le football par tous les pores de sa peau mais, contrairement à Michel Lemoine, il n'avait jamais souhaité devenir entraîneur. Il aurait aimé donner sa mesure sur la pelouse, pas sur le banc de touche. Du point de vue de Mateo, Fischer avait pourtant tout pour réussir dans ses fonctions. Il était compétent, obstiné, charismatique et travailleur. Il pouvait compter sur la confiance de son encadrement et le respect de ses joueurs. En somme, il connaissait la recette pour réussir mais n'arrivait pas à se convaincre de l'appliquer. Et même les récents succès du FCV – qui lui faisaient indéniablement plaisir – n'avaient pas encore produit l'étincelle qu'attendait Mateo.

Il était un joueur qui ne faisait aucun progrès, à leur grand désespoir à tous les deux. Malgré d'innombrables séances personnalisées, Jean-Philippe restait toujours aussi maladroit sur ses relances et imprudent dans ses sorties. En décembre, il encaissa la bagatelle de trois buts casquettes, ces buts ridicules qui sont le cauchemar de tous les gardiens.

Il semblait difficile au premier abord de retenir le moindre grief à l'encontre de Jean-Philippe. Le capitaine du FCV était mû par une éthique irréprochable. Il s'entraînait trois fois par semaine, ne buvait pas d'alcool les veilles de match et appliquait à la lettre les consignes de Fischer. Bon camarade, il n'était pas avare de compliments et avait toujours un mot gentil pour le défenseur qui venait de concéder un penalty ou une parole d'encouragement pour l'attaquant qui avait dévissé sa frappe. Comme il avait eu l'occasion de l'expliquer à Mateo, il faisait de son mieux et partait charitablement du principe que les autres en faisaient autant.

Mateo avait rarement croisé un joueur à la fois si consciencieux et si nul. Il calcula qu'à raison de trois entraînements ou matches par semaine depuis quinze ans, Jean-Philippe avait consacré près de cinq mille heures de sa vie au football. C'était un chiffre substantiel, certes loin des dix mille heures généralement considérées comme nécessaires pour prétendre à l'excellence, mais qui aurait dû néanmoins se traduire par un niveau de performance bien supérieur. La vérité, c'est que Jean-Philippe avait peut-être joué cinq mille heures mais qu'il ne s'entraînait presque jamais. Il rechignait aux exercices, auxquels il préférait toujours un sept contre sept en travers du terrain. Mateo avait tenté de lui expliquer qu'il toucherait plus de ballons en une séance de coups francs de cinq minutes que durant toute une partie. Jean-Philippe ne voulait rien entendre. Pour lui, rien ne remplaçait les conditions de match. Voilà pourquoi, quinze ans après avoir étrenné sa première paire de gants, il ne savait toujours pas placer son mur, boxer le ballon des deux poings ou dégager au-delà de la ligne médiane.

Mateo, qui s'était mis en tête que les boulettes de Jean-Philippe risquaient de leur coûter le titre, s'en ouvrit un soir à Fischer. Ce dernier ne sous-estimait pas les carences de son goal. Il rappela cependant d'un ton fataliste que Jean-Philippe était l'unique gardien de l'équipe. Que Mateo y réfléchisse à deux fois avant de le bousculer. Qui pouvait prédire sa réaction s'il se sentait tout à coup sur la sellette ?

Pareil discours révoltait Mateo : ses coéquipiers trimaient comme des diables depuis deux mois quand Jean-Philippe pouvait se permettre de ne rien changer à ses habitudes. C'était injuste et, comme toutes les injustices, celle-ci finirait par se retourner contre eux.

— Tout de même, s'enquit-il, vous devez bien avoir une solution. Jean-Philippe sera diplômé en juin. Qui va le remplacer ?

— Qu'est-ce que ça peut te faire ? Toi aussi tu mets les voiles à la fin de l'année, tu as oublié ?

— Disons que je suis curieux.

— Eh bien, il y a toujours une chance qu'on touche un bon numéro à la rentrée...

— À votre place, je n'y compterais pas trop. Je connais tous les gardiens un peu corrects qui jouent en junior à 50 kilomètres à la ronde. Aucun n'a prévu de s'inscrire à la fac.

— J'ai repéré un gars, un rugbyman. Lucas qu'il s'appelle. Il jouait goal en cadets à Saint-Étienne. Il est en première année d'histoire.

— Tant mieux, ça veut dire que vous le garderez longtemps. Qu'est-ce que vous attendez pour le faire venir ?

— Il ne m'a encore rien promis. Il veut finir sa saison avec les rugbeux. Et comme de toute façon Jean-Philippe refusera de jouer les bouche-trous, il n'y a pas le feu au lac.

— Je ne suis pas d'accord. Je ne vois que des avantages à le faire rappliquer dès maintenant. Vous aurez plus de temps pour le former et ça mettra un peu de pression à Jean-Philippe.

— Tu t'uses la langue pour rien, petit. C'est une affaire réglée.

Le samedi suivant contre Montpellier, Jean-Philippe se coucha magnifiquement sur un tir à ras de terre. Il se releva sous les ovations du public et, grisé par son exploit, dégagea précipitamment dans les pieds de l'avant-centre héraultais qui le fusilla aux 6 mètres. Vernet y laissa les deux points de la victoire.

Mateo, hors de lui, fit le siège de Fischer pour le supplier de revenir sur sa décision. Si Lucas arrivait avant la trêve hivernale, il était prêt à renoncer à ses vacances pour le mettre au niveau.

Fischer s'arc-bouta sur sa position. Jean-Philippe était une figure emblématique de l'équipe, son doyen et son capitaine. Il avait trop payé de sa personne pour être débarqué à la hussarde, a fortiori si près de la fin de sa carrière universitaire. Mateo insista. Fischer invoqua l'effet désastreux qu'aurait l'éviction de Jean-Philippe sur le reste de l'équipe.

— Quel effet désastreux ? demanda Mateo. Au contraire. Chacun comprendra qu'il doit gagner sa place. Un peu de concurrence n'a jamais fait de mal à personne.

— Avec moins de vingt joueurs dans notre effectif, nous avons plus besoin de loyauté que de concurrence. Saïd, Alex, Thomas, Florian et les autres ne comprendraient pas qu'on pousse Jean-Philippe dans les orties. Ils ne se masturbent pas le cigare avec le titre comme certains, figure-toi. Ça ne les dérangerait pas d'être champions, c'est sûr, mais pas en virant un copain comme un malpropre.

Mateo baissa la tête sous le poids de l'accablement. Le discours de Fischer lui donnait envie de vomir. Une fois de plus, l'Alsacien se réfugiait derrière des excuses à la noix pour ne pas prendre les mesures courageuses qu'exigeaient les circonstances. Tout chic type qu'il était – Mateo n'oubliait pas avec quelle élégance il avait accueilli ses excuses dans les vestiaires après sa propre bévue contre Rouen –, Jean-Philippe était le maillon faible du FCV, l'un des derniers obstacles entre Vernet et le titre. Ne pas l'écarter du groupe relevait, aux yeux de Mateo, de la faute professionnelle pure et simple. Si Djamal ou l'un des jumeaux avait handicapé l'équipe, il n'aurait eu aucun état âme à leur montrer le banc. Voilà pourquoi il remporterait des titres et Fischer n'en gagnerait aucun.

Comprenant cependant qu'il s'entêterait en vain, Mateo adopta un autre angle d'attaque. Pour ne pas l'avoir envoyé sur les roses, Fischer devait se sentir passablement coupable à son égard. Car Mateo non plus n'avait pas démérité. Il risquait pourtant de voir lui échapper un titre dont personne n'était plus digne que lui. Il décida de soulever un autre sujet, en pariant que Fischer n'oserait pas lui opposer deux refus d'affilée.

— Admettons que nous gardions Jean-Philippe, dit-il comme s'il faisait une concession majeure. Nous avons besoin de renforcer notre charnière centrale.

— Qu'est-ce qu'elle a notre charnière centrale ? aboya Fischer sur la défensive.

— Elle manque de puissance. Florian est haut comme trois pommes et Franck baraqué comme une crevette. Ils ne font pas le poids dans les duels.

— Tu crois que je l'ignore ? J'adorerais que Florian ait mangé plus de soupe étant gamin mais tu ne trouveras pas un libéro plus technique que lui dans le championnat. Tu sais combien il ratisse de ballons par match ?

— Ce n'est pas à Florian que je pensais.

— Franck ? Il est toujours bien placé. Ces deux-là forment un tandem au petit poil, ils se trouveraient les yeux fermés. Tu sais combien de temps j'ai mis à les réunir ? Deux ans ! J'ai essayé toutes les combinaisons. Aucune ne fonctionnait moitié aussi bien que la doublette Franck-Florian.

— Parce que vous vous êtes contenté de permuter les arrières entre eux. Moi, je vous parle d'une solution radicalement nouvelle.

— Qui ? Un pote à toi ?

— Non, Quentin.

— Mais il joue demi !

— Parce qu'on ne lui a jamais proposé de passer derrière. Il a pourtant le profil idéal : 1,90 mètre, 85 kilos, un bon timing, une grosse frappe. Il sait tacler, il saute haut sur les corners. Rien que ça ! Vous imaginez combien de balles il pourrait sortir de la tête ?

— Et qui tu mettrais à sa place ? Franck ?

— Enrique. Il n'a plus de poste attitré depuis que je joue 10. Vous l'alignez un coup à l'aile, un coup avant-centre, ça ne rime à rien. Je sais que vous envisagez de lui donner la place de Thomas, mais ce serait dommage. Avec Djamal et Saïd, on commence à avoir un sacré escadron sur la droite. Enrique a un excellent gauche, il est rapide, il est technique et il pourrait faire beaucoup de bien à Lionel.

Fischer réfléchit.

— Qu'est-ce que tu fais de Franck dans cette histoire ?

— Remplaçant. Il est polyvalent : si le besoin se présente, il peut occuper le poste de René, de Djamal et même de Florian. Je sais que c'est dur pour lui. Il n'a rien à se reprocher. Mais honnêtement, on a plus besoin d'Enrique que de lui.

— Ça vaut le coup d'essayer, concéda Fischer. Mais bon, tout repose sur Quentin. Je ne parierais pas qu'il va sauter au plafond.

— Laissez-moi lui parler. Je pense pouvoir le convaincre.

Fischer ne s'était pas trompé. Quentin réserva au plan de Mateo un accueil rien moins qu'enthousiaste. Il avait joué défenseur en benjamins et en gardait un fort mauvais souvenir. Les arrières touchaient moins de ballons que les demis, ils ne participaient pas à la construction du jeu et c'était toujours sur eux qu'on tapait quand l'équipe encaissait un but. Non, franchement, il s'amusait bien plus à son poste actuel et n'en changerait pour rien au monde.

Mateo s'était préparé à cette réaction. Il expliqua à Quentin dans un morceau de bravoure que n'aurait pas renié Fischer pourquoi le stoppeur était le joueur le plus important du football moderne. Son rôle consistait à neutraliser l'avant-centre, généralement l'attaquant le plus dangereux de l'équipe adverse. Quand Eto'o ou Benzema restaient muets pendant un match, c'était la plupart du temps parce qu'ils étaient tombés sur un stoppeur intraitable. Le stoppeur était l'ange gardien de son équipe, le dernier rempart, celui qui taclait in extremis l'avant-centre qui filait au but ou sortait les ballons chauds de la tête au point de penalty. Cannavaro avait été sacré Ballon d'or à ce poste qui avait permis à Marcel Desailly, Marius Trésor, John Terry et bien d'autres d'entrer dans la légende.

Les qualités naturelles de Quentin feraient merveille en défense centrale, poursuivit Mateo. Mieux valait du reste regarder la réalité en face : sa technique un peu fruste limitait sa marge de progression au milieu du terrain. Il tirait de plus souvent la langue en seconde mi-temps, signe qu'il n'était pas taillé pour les courses incessantes que réclamait son poste actuel.

N'importe comment, déclara l'étudiant en médecine, il préférait jouer sur le flanc gauche. Mateo répondit que là n'était pas la question.

— Je te vois venir, grimaça Quentin. Tu vas m'expliquer que nous aurions plus de chances de gagner si je reculais d'un cran, bref que je dois me sacrifier pour l'équipe.

— Sûrement pas. Je crois juste que c'est le poste où tu pourrais atteindre le niveau le plus élevé, surtout si tu as plusieurs années devant toi. C'est pour toi que tu dois le faire, pas pour nous.

De tous les arguments avancés par Mateo, c'est ce dernier qui fit mouche. Quentin était un garçon brillant qui s'était baladé dans ses études secondaires. Après son baccalauréat, mille opportunités s'offraient à lui. La vocation de la médecine l'habitait depuis toujours. Il s'était lancé à corps perdu dans ses études, travaillant quatorze heures par jour et passant ses dimanches à l'hôpital de Vernet où il était brancardier volontaire. Il conduisait sa vie avec une discipline comparable à celle de Mateo. Le foot constituait sa seule distraction. Raisonnablement doué, il jouait en club depuis l'âge de dix ans mais n'avait jamais tiré le meilleur parti de son physique spectaculaire. Plusieurs de ses coaches avaient tenté de le convaincre de passer arrière ; aucun n'avait eu l'intelligence de lui expliquer les satisfactions personnelles qu'il en retirerait.

Fischer annonça les changements dès l'entraînement suivant, en prenant soin de préciser qu'ils ne présentaient aucun caractère définitif. Franck, qui commencerait désormais les matches sur le banc, avait accepté son sort avec bravoure.

Mateo se fit un devoir de former lui-même Quentin à son nouveau poste. Les deux hommes prirent l'habitude de se retrouver à la cafétéria à l'heure du déjeuner pour discuter tactique en avalant un sandwich. Mateo, que ces intermèdes studieux privaient de musculation, se félicitait chaque jour de son initiative. Quentin était l'élève idéal, intelligent, zélé, curieux. On sentait à ses questions qu'il voulait comprendre ce qui, au-delà des impératifs du poste, en constituait l'essence même, afin de pouvoir, le cas échéant, improviser librement tout en demeurant fidèle à l'esprit de sa mission. Mateo lui transmit tout son savoir, passant en revue tous les stoppeurs avec qui il avait joué, expliquant ce qu'il avait appris de chacun et agrémentant ses réflexions de diagrammes griffonnés sur des serviettes en papier.

Quand Mateo levait la séance, Quentin attendait qu'il eût le dos tourné pour fourrer les serviettes dans son cartable. Un jour, ses enfants l'en remercieraient.

15

Les six derniers matches aller du FCV se soldèrent par quatre victoires et deux nuls. Autant le premier nul, concédé à Montpellier suite à la faute grossière de Jean-Philippe, leur restait en travers de la gorge, autant le second, conquis de haute lutte à Paris, constituait une vraie satisfaction. Ballottés comme des bouchons dans la houle pendant le plus clair de la rencontre, les coéquipiers de Mateo avaient égalisé à quelques minutes de la fin sur une contre-attaque foudroyante.

Avec ce point, le FCV réalisait une fructueuse opération comptable en se hissant à la deuxième place du classement. Il prenait surtout un sérieux ascendant psychologique sur les Parisiens, tenants du titre. En cas d'égalité à la fin du championnat, la décision se ferait en effet au jeu des confrontations particulières. Si Vernet et Paris finissaient la saison avec le même nombre de points, le FCV serait sacré pour peu qu'il dispose de l'équipe de la capitale au match retour.

Comme le nota finement Fischer en donnant rendez-vous à ses gars après les fêtes, mieux valait avoir un point de retard sur le premier qu'un point d'avance sur le dernier.

16

Malgré toute l'estime qu'il avait pour ses coéquipiers, Mateo était conscient de la part disproportionnée qui lui revenait dans les succès du FCV. Il animait l'attaque, organisait la défense, tirait les coups francs et les penalties et marquait peu ou prou les deux tiers des buts de son équipe. Il ressentait presque physiquement les attentes de ses partenaires, de ses amis, des voisins, des journalistes, et ne pouvait pousser la porte de la boulangerie sans créer un attroupement. Les mamies lui réclamaient des autographes pour leurs petits-enfants, la patronne se faisait photographier à ses côtés, tandis que le mitron l'abreuvait de ses commentaires sur le match de la veille. Tous disposaient de son temps comme si c'était le leur, sans jamais envisager que l'Élu avait peut-être cours ou que sa mère l'avait tout bonnement envoyé chercher une baguette.

Jour après jour, il lui fallait subir les louanges hyperboliques, les comparaisons douteuses (témoin ce cafetier qui l'avait traité de « Zidane blanc »), les excès de familiarité, les questions indiscrètes.

On lui serrait la main, on lui pinçait la joue, on lui tapait sur l'épaule. Son corps avait cessé de lui appartenir.

Comme si toutes ces épreuves ne suffisaient pas, les supporters se permettaient d'évaluer ses prestations. Mateo trouvait presque à tout coup leurs jugements ineptes ou à côté de la plaque. Tel le félicitait d'avoir transformé un penalty quand lui se maudissait encore d'avoir vendangé un but tout fait. Tel autre s'extasiait devant ses roulettes alors que Mateo avait l'impression d'avoir exécuté dix gestes plus difficiles au cours de la partie. Lui qui acceptait si volontiers la critique de ses pairs avait le plus grand mal à garder son calme quand il entendait des piliers de bar refaire le match en sirotant leur pastis. « Dis donc, Lemoine, pourquoi t'as pas lancé Dauvillers dans la surface ? T'as pas vu qu'il te faisait des appels de balle ? » « Dis donc, Lemoine, j'ai remarqué que tes frappes tiraient un peu à gauche. Faudrait nous corriger ça, mon garçon. » Tout paraissait si facile à les écouter. Ils n'avaient aucune idée des exigences du sport de haut niveau, de la pression que représente un défenseur qui halète dans votre dos, du temps ridiculement court dont il disposait pour décider de tirer ou passer, de piquer son ballon ou le glisser sous le ventre du gardien. Mateo aurait voulu leur expliquer le miracle que constituait le geste en apparence le plus anodin, les mille et un obstacles invisibles dont il devait triompher pour ne serait-ce qu'adresser proprement le ballon à Enrique : le tacle vicieux qui manquait lui cisailler les jambes, les consignes contradictoires que lui gueulaient Saïd et Thomas, la motte de terre capricieuse qui faisait sauter le ballon juste avant l'impact, la bourrasque soudaine qui faussait tous ses calculs de trajectoire. Au lieu de quoi, il hochait la tête, reconnaissait ses torts et s'engageait à faire mieux la prochaine fois, confortant ses censeurs dans leur impression qu'ils contribuaient aux succès du FCV.

Même ses propres coéquipiers n'étaient pas immunisés contre ce genre de comportement. Un des rares jours où il n'avait pas marqué, Lionel l'avait souffleté dans les vestiaires d'un désinvolte : « Alors Lemoine, on ne t'a pas beaucoup vu ce soir. » Mateo avait dû se mordre la langue pour ne pas rétorquer à l'effronté que, sans lui, Vernet aurait pris une raclée.

Pourquoi tolérait-il ces humiliations ordinaires ? La vérité, c'est qu'il s'était résolu depuis longtemps à être jugé selon des standards différents. Il estimait normal qu'on attendît davantage de lui que d'un Lionel. Il aurait juste aimé que ce dernier en soit un peu plus conscient.

Il ne pouvait compter sur Françoise pour s'apitoyer sur son sort. Sa mère lui répétait à tout bout de champ que son talent, loin de lui donner des droits, ne lui créait que des devoirs. Elle essaya de le convaincre de l'accompagner à l'arbre de Noël de Disco, une petite fête sans prétention au bénéfice des enfants du personnel, à laquelle elle le traînait chaque troisième dimanche de décembre depuis sa naissance. Mateo prétexta le besoin de se reposer et de réviser en vue de ses partiels. Il n'avait aucune envie d'enfiler sa chemise blanche, son pull marin et ses souliers vernis pour assister à un piteux numéro de clown, manger une part de gâteau à la crème et remercier le directeur de Disco de lui avoir offert une maquette en balsa. Tous les soirs, Françoise revenait à la charge. Ses amies caissières viendraient avec leurs enfants, tous fans de Mateo. Il pourrait se faire photographier avec eux, signer des autographes, peut-être même disputer un petit match sur le parking du magasin. Cela ne lui prendrait que deux ou trois heures de son temps et il ferait tellement plaisir aux enfants. Mateo rebondit sur la remarque de sa mère : et son plaisir à lui, qui y pensait ? Françoise poussa des cris d'indignation. Mateo jouait au foot toute la journée ! Il avait la chance de pouvoir faire ce qu'il aimait. Il était un privilégié. Mateo baissa la tête et promit qu'il irait. Il était des jours où il se sentait tout sauf privilégié et où ce talent dont on lui rebattait les oreilles ressemblait diablement à un fardeau.

Le lendemain, Valentine lui expliqua que sa mère avait simplement envie d'être vue à son bras. Il oubliait parfois combien elle était fière de lui.

17

Pendant la trêve hivernale, les dirigeants de Madrid et de Manchester revinrent frapper à la porte de Patrick. Le règlement de la FIFA les autorisait à faire leurs emplettes deux fois par an, pendant une période de quelques semaines connue sous le nom de mercato.

Les Anglais étaient de loin les plus déterminés. Deux de leurs milieux offensifs, Ryan Giggs et Paul Scholes, approchaient de l'âge de la retraite. Alex Ferguson, décidé à injecter du sang neuf dans son entrejeu, recherchait un ou plusieurs jeunes talents disposés à s'engager pour une durée minimum de cinq ans. Il avait jeté son dévolu sur Mateo et semblait prêt à toutes les folies pour s'attacher ses services. Il avait été impressionné par la décision du jeune homme de disputer le championnat universitaire. C'était le genre d'histoires qu'adorait le public, confia-t-il à Patrick ; son filleul allait devenir la mascotte d'Old Trafford.

Mateo repoussa poliment mais fermement les ouvertures de Manchester. Il entendait se concentrer sur le FCV et craignait que le simple fait d'échafauder des plans ne le distraie de son objectif. Sa résistance ne réussit qu'à aiguiser l'ardeur de Ferguson. L'Écossais proposa d'embaucher Mateo sur-le-champ en différant son arrivée jusqu'à l'été pour lui permettre de terminer la saison à Vernet. Il était également disposé à revaloriser sa proposition initiale de 75 000 à 90 000 livres par semaine, auxquelles venaient s'ajouter des primes de match et diverses gratifications. Mateo se fendit d'un remerciement mais demeura inflexible.

Patrick s'était jusqu'alors cantonné dans un attentisme prudent, se contentant de relayer les offres de Manchester et d'introduire un soupçon d'ambiguïté dans les réponses de Mateo. Force lui était de constater que la décision prise par son filleul l'été dernier contre sa recommandation n'avait en rien déprécié sa valeur marchande. Mateo lui donnait maintenant une autre leçon : en restant droit dans ses bottes, il réussissait à faire grimper les enchères dans des proportions extravagantes. Patrick, lui, n'avait jamais su dire non. Il acceptait presque toujours la première proposition qu'il recevait, non sans exiger deux ou trois modifications sur des points subalternes qui le confortaient dans l'opinion flatteuse qu'il avait de ses talents de négociateur. Si un club avait par erreur offert un salaire mensuel amputé d'un zéro à l'un de ses clients, il aurait conseillé à ce dernier d'exiger un treizième mois.

Ce nouveau refus de Mateo plongea Patrick dans une fureur indescriptible. Il sauta dans un train pour Vernet, cueillit son filleul à la sortie d'un cours de gym et lui souffla dans les bronches jusqu'à l'épuisement. Il n'avait pas le droit d'envoyer sur les roses l'entraîneur le plus titré d'Europe, un homme délicieux qui lui avait offert une boîte d'excellents cigares à Noël. Françoise ne lui avait-elle pas appris les bonnes manières ? Mateo avait-il d'ailleurs seulement pensé à sa mère, qui se saignait aux quatre veines depuis vingt ans pour qu'il ne manque de rien ? Patrick était tellement furibard qu'il dégaina son portable et composa le numéro de Ferguson en pleine rue. Au bout de quelques minutes, on le mit en communication avec l'Écossais et il plaça de force le combiné dans les mains de Mateo. Sans se démonter, le jeune homme expliqua dans son anglais scolaire qu'il était très honoré d'avoir retenu l'attention d'un club aussi prestigieux que Manchester United mais qu'il ne statuerait pas sur son avenir avant l'été. Ferguson se montra cordial et magnanime. Il proposa à Mateo de venir visiter les installations du club et d'assister au derby contre Manchester City qui devait avoir lieu quelques jours plus tard. Mateo n'avait pas prévu de bouger pendant les vacances. Il remercia Sir Alex mais expliqua qu'il aurait l'impression de le flouer en abusant de son hospitalité. Il raccrocha le premier, sous l'œil médusé de son parrain.

Françoise garda Patrick à dîner et insista pour que Mateo, qui avait prévu d'aller au cinéma avec Valentine, se joigne à eux. Patrick, prostré sur sa chaise, passa le repas à faire des boulettes de mie de pain et à vider son verre de vin. Il était en proie à une grande détresse, à laquelle même le pépiement incessant de Françoise ne parvenait pas à l'arracher. La désinvolture de son filleul le révoltait mais, surtout, elle le dépassait. Car enfin, que recherchait Mateo ? Un défi sportif ? Comment imaginer challenge plus excitant que la Ligue des champions, où s'affrontaient les meilleurs joueurs de la planète ? Un enseignement ? Que valaient les conseils d'Olivier Fischer face à ceux d'un Alex Ferguson ou d'un José Mourinho ?

Et puis il y avait la question financière. Patrick se piquait de gérer ses affaires en bon père de famille. À l'âge où ses coéquipiers se ruinaient en voitures de sport, il achetait des deux-pièces à Sochaux et des places de parking à Paris. À la fréquentation des casinos et des boîtes de nuit il préférait celle des officines spécialisées dans les conseils fiscaux. Un quart de ses revenus partait chaque mois alimenter un fonds de retraite investi en bons du Trésor et en actions de sociétés multinationales. Ces précautions judicieuses ne suffisaient pourtant pas à l'apaiser. Il vivait dans la hantise permanente d'un coup du sort – faillite bancaire, écroulement du marché immobilier, filouteries d'un margoulin – qui réduirait à néant la pelote qu'il avait patiemment amassée. Il se réveillait souvent en sueur au milieu de la nuit, victime d'un de ses cauchemars récurrents : l'étudiant qui occupait son studio à Montpellier avait arrêté de payer son loyer ou la Banque centrale européenne avait encore baissé ses taux d'intérêt. Pour se rendormir, il pensait aux deux lingots d'or qu'il gardait dans un coffre-fort à

Genève et dont ni le fisc ni Marlène ne soupçonnaient l'existence.

Pour Patrick, la dignité d'un homme se mesurait à sa capacité à nourrir sa famille. Il tirait une grande fierté de ce que son épouse ne travaille pas et de ce que ses trois filles ne manquent de rien. Ses princesses, comme il les surnommait, avaient chacune leur chambre et partaient tous les étés en voyage linguistique. Leurs études terminées, elles s'installeraient dans les appartements qu'il avait mis à leur nom et qu'il aurait bientôt fini de rembourser. Il espérait de tout cœur qu'elles épouseraient des garçons sérieux, capables de leur assurer le train de vie auquel il les avait habituées.

Patrick n'était pas assez sot pour croire à la fable de l'égalité des hommes. Vestiges sans doute d'une éducation catholique, il s'accrochait cependant à la conviction que nous naissons tous avec des talents qu'il nous appartient de faire fructifier. Il se targuait d'avoir tiré le meilleur parti possible du modeste don de footballeur qu'il avait reçu et n'avait pas de mots assez durs pour les gamins qui dilapidaient un talent parfois autrement plus grand que le sien. Tandis que Françoise servait le café, il s'essaya à une parabole. Mateo était né avec un ticket de loterie gagnant dans son berceau. S'il ne se dépêchait pas d'aller l'encaisser, il courait le risque de le perdre ou de se le faire dérober. Patrick cita le cas de deux jeunes qui avaient craché sur des contrats lucratifs au motif qu'ils préféraient rester jouer au pays et qu'ils pourraient toujours s'expatrier plus tard. L'un, s'étant rompu les ligaments croisés, n'avait jamais retrouvé son niveau et avait au bout du compte perdu sa place au sein même du club qui l'avait formé. L'autre s'était tué dans un accident de voiture, laissant derrière lui une veuve et un bébé sans ressources. Si une telle fatalité devait s'abattre sur le clan Lemoine, dit Patrick avec des larmes sincères dans les yeux, il ne se le pardonnerait jamais.

Mateo se vexa d'entendre son talent comparé à un vulgaire billet de tombola. À en croire Patrick, il aurait pu mener la vie de n'importe quel enfant, jouer aux petites voitures, s'empiffrer de friandises ou s'abrutir de jeux vidéo, et présenter son billet à la banque le jour de sa majorité. Au lieu de quoi, il avait tout misé sur le football, lui sacrifiant soirées et week-ends, s'entraînant sans relâche qu'il pleuve ou qu'il vente. Alors oui, bien sûr, il se reconnaissait une dette à l'égard de sa mère, mais cette dernière lui avait aussi inculqué que le travail affranchit. Françoise approuva : Mateo conduisait sa vie comme il l'entendait. Elle prépara la chambre d'amis pour Patrick et ils allèrent se coucher.

Une autre conversation pénible attendait Mateo. Valentine, à qui il rapporta le lendemain son entretien téléphonique avec Ferguson, regretta qu'il ne l'eût pas consultée avant de prendre une décision qui les engageait tous les deux. Les jeunes gens avaient déjà évoqué l'avenir. Ils prévoyaient de se marier un jour et d'avoir des enfants. Sans prétendre choisir le futur club de Mateo, Valentine comptait bien avoir voix au chapitre. Elle avait par le passé formulé des arguments pour et contre chacune des destinations envisagées. L'université de Manchester était réputée pour son département de psychologie ; toutefois, le climat britannique la rebutait. Elle raffolait de l'art de vivre méditerranéen mais ne parlait pas espagnol. D'autres éléments entraient en ligne de compte, comme la santé de ses parents qui allait en se dégradant ou le fait qu'il lui faudrait sans doute, une fois sur place, passer son permis de conduire.

Mateo comprenait mal ce que Valentine lui reprochait. Elle avait soutenu sa décision de jouer une saison avec le FCV. On était à peine en décembre. Il avait dit à Patrick qu'il lui communiquerait son choix en juin. Rien ne pressait.

Il n'était pas tout à fait honnête car, à la réflexion, il avait bien une petite idée de ce que souhaitait Valentine. Elle affectionnait les longues discussions exploratoires au cours desquelles ils confrontaient leurs points de vue. La jeune femme tenait en effet que les grandes résolutions mûrissent lentement et qu'on avait tout à perdre à les précipiter. Entamer les débats six mois avant l'échéance lui semblait le meilleur moyen d'aboutir à une décision sereine et consensuelle. Mateo ne fonctionnait pas ainsi. Il réfléchirait à la question quand elle se poserait, en sachant que, ce jour-là, la réponse s'imposerait à lui avec la force de l'évidence. D'ici là, il ne voyait pas l'intérêt de s'encombrer l'esprit inutilement.

18

Le premier entraînement après la trêve hivernale donna lieu à une conversation entre Fischer et Mateo qui devait profondément transformer le style du FCV. Tout partit d'un constat de Mateo, qui s'avisa que la plupart des adversaires de Vernet évoluaient en 4-4-2, autrement dit qu'ils jouaient avec quatre défenseurs, quatre milieux de terrain et deux attaquants. Fischer, pour sa part, était si farouchement attaché au 4-3-3 qu'il avait parfois préféré laisser Enrique chauffer le banc plutôt que de l'aligner au milieu, aux côtés de Mateo, Quentin et Thomas.

Mateo n'était guère versé dans les questions tactiques. Il connaissait cependant assez l'histoire du football pour savoir que, depuis plus d'un demi-siècle, l'organisation des joueurs sur le terrain obéissait à des préoccupations de plus en plus défensives. La formation hongroise, considérée comme la référence mondiale dans les années cinquante, comptait quatre attaquants, tout comme l'équipe brésilienne, qui lui avait succédé au panthéon du jeu. Les scores des matches de l'époque font rêver les supporters actuels ; nombreuses étaient les rencontres qui se soldaient par dix ou douze buts. Les Brésiliens avaient adopté le 4-3-3 au début des années soixante. Les deux Coupes du monde qu'ils remportèrent en 1962 et 1970 convainquirent les autres équipes de leur emboîter le pas. Les scores fleuves se raréfièrent. L'idée s'imposa qu'il était plus payant de défendre que d'attaquer, plus facile d'empêcher un but que d'en marquer un. Le 4-4-2 constituait l'aboutissement logique de cette évolution. C'était aujourd'hui le dispositif par défaut des clubs grands et petits, même s'il était de bon ton de déplorer l'uniformisation du jeu qui avait accompagné son essor.

Fischer avait torpillé la remarque de Mateo par une boutade : tant qu'il serait aux commandes, le FCV jouerait avec trois attaquants. Mateo avait appris à ses dépens que l'Alsacien détestait être pris à partie devant ses joueurs, aussi attendit-il la fin de l'entraînement pour reposer sa question. En rangeant les mannequins dans la resserre, Fischer expliqua que le 4-3-3 avait engendré les plus belles équipes du monde, le Brésil de 1970 et surtout les Pays-Bas de 1974. Emmenée par Johan Cruyff, la sélection néerlandaise était arrivée à la Coupe du monde en position de favorite. Elle s'était promenée jusqu'en finale, où elle avait – comme tant d'autres depuis – subi la loi de l'Allemagne, le pays organisateur.

— Et pourtant, dit Fischer en fermant la resserre à clé, ça ne pouvait pas mieux commencer. Cruyff donne le coup d'envoi et, tout de suite, c'est la démonstration : quinze passes d'affilée. Le ballon revient à Cruyff, qui s'infiltre dans la surface et se fait faucher. Penalty ! Neeskens le transforme. 1-0. On joue depuis moins d'une minute. Les Allemands n'ont pas encore touché la balle !

— Comment sont-ils revenus dans le match ?

— Les Bataves se sont crus arrivés. Ils ont levé le pied. La punition n'a pas tardé : un penalty de Breitner et un but de raccroc de Müller juste avant la mi-temps. 2-1. La messe était dite. J'en connais qui chialent encore du côté d'Amsterdam.

— Qu'est-ce qu'elle avait de si particulier cette équipe hollandaise ?

Fischer lança les clés dans son sac, ramassa un protège-tibia qui traînait et s'assit sur le banc. La nuit tombait.

— Elle était belle, dit-il avec des trémolos dans la voix. Un régal pour les mirettes. Une cohésion surtout comme on n'en a jamais vu depuis, sauf peut-être chez les Espagnols. Ils avaient des numéros dans le dos, mais c'était pour la galerie. En fait, tout le monde attaquait et tout le mon-de défendait. On a appelé ça le football total. Les joueurs montent et descendent tous à la fois, comme la marée. Et quand les vagues s'appellent Cruyff, Rep, Krol ou Rensenbrink, ça fait du dégât dans les lignes adverses !

— Où jouaient-ils ?

— À l'Ajax et à Feyenoord la plupart. Rends-toi compte qu'entre 71 et 74 les clubs hollandais gagnent la Ligue des champions quatre fois d'affilée. Un pays grand comme un dé à coudre ! Après, Rinus Michels, le coach de l'Ajax, a transporté ses pénates en Espagne. Il a attiré plusieurs de ses gars à Barcelone, dont Cruyff qui s'est tellement amouraché de la Catalogne qu'il y est retourné en 88 comme entraîneur. Ce n'est du reste pas un hasard si le Barça est un des seuls clubs à jouer encore avec trois attaquants.

— Pourquoi les autres équipes ont-elles abandonné le 4-3-3 ?

— Par souci d'efficacité. Les Allemands sont passés au 4-4-2, les Italiens, et même les Brésiliens. Résultat, on est tombés de trois ou quatre buts par match à deux et demi à peine. Mais ça va revenir, je le sens. Les gens veulent du spectacle.

Ils parlèrent longtemps, au bord du terrain d'abord puis, quand le froid les chassa du banc, dans le bureau de Fischer. Le concept de « football total » fascinait Mateo. La formule « Tout le monde attaque et tout le monde défend », véritable tarte à la crème que n'importe quel entraîneur a prononcée au moins une fois dans sa vie, prenait enfin un sens dans la bouche de Fischer. Le secret consistait à considérer tous les postes comme interchangeables. Les arrières pouvaient tirer au but et les attaquants jouer les remparts défensifs. Même le goal sortait à l'occasion de sa cage pour participer à la relance. L'équipe devenait un organisme vivant, en perpétuel mouvement, qui se contractait et se redéployait au gré du jeu afin de quadriller le terrain de manière optimale. Séduisante, cette philosophie n'en était pas moins extra-ordinairement difficile à mettre en œuvre. Elle exigeait des joueurs une extrême polyvalence doublée d'une forme physique irréprochable, deux conditions qui semblaient aujourd'hui aller de soi mais que bien peu d'équipes avaient intégrées à l'époque. C'était d'ailleurs pourquoi, soutenait Fischer, le *totaalvoetbal* n'avait pas été vraiment supplanté. Il avait été digéré, transformé, amélioré, comme toutes les grandes révolutions tactiques de l'histoire du sport. On ne jouait peut-être plus exactement comme Cruyff mais on ne pouvait plus jouer comme si Cruyff n'avait pas existé.

Mateo demanda candidement ce qui séparait le FCV de l'Ajax de 1971. Les individualités bien sûr, répondit Fischer. Le travail aussi mais surtout l'esprit de corps. Le style de jeu popularisé par l'équipe hollandaise reposait sur un engagement absolu et une solidarité sans faille. Qu'un seul élément décroche et c'était toute l'équipe qui flanchait. Fischer ne jetait la pierre à personne mais il doutait qu'un Lionel ou qu'un René parcoure un jour la moitié du terrain pour couvrir la position d'un coéquipier, en admettant même qu'ils en comprennent la nécessité. Mateo ne partageait pas cet avis. Lionel et René, pour ne citer qu'eux, étaient de bons bougres qui ne demandaient qu'à progresser. S'ils savaient qu'on attendait plus d'eux, ils donneraient davantage. Cette notion de « football total », s'enhardit le jeune homme, avait le potentiel de galvaniser l'équipe et de lui donner le supplément d'âme dont elle allait avoir besoin pendant les matches retour. Il fallait essayer. Lui en tout cas était prêt à commencer séance tenante.

Fischer n'était pas convaincu. Vernet partait de trop loin et, pour parler vrai, manquait trop cruellement de technique. Même imprégnés de l'esprit de Cruyff, Jean-Philippe continuerait à encaisser des buts casquettes et Jérémy aurait toujours les pieds carrés. Trois entraînements par semaine ne suffiraient pas à corriger quinze ans de mauvaises habitudes. Mateo, d'ordinaire si lucide sur les faiblesses de ses coéquipiers, se retrouva à prendre leur défense. Il assura qu'ils ne demandaient qu'à mettre les bouchées doubles, d'un ton d'autant plus catégorique qu'aucun d'entre eux n'était là pour le contredire. À l'entendre, même Jean-Philippe avait une chance de se rédimer.

Fischer se laissa fléchir plus facilement que Mateo ne s'y était attendu. Le projet d'entraîner une équipe selon les principes de Rinus Michels le travaillait depuis dix ans, bien qu'il n'eût encore jamais jugé les conditions réunies pour le mettre à exécution. Cette cuvée du FCV n'était pas la pire qu'il eût connue, loin de là. Lemoine, en authentique leader, avait insufflé à ses partenaires une détermination et un zèle bienvenus. Ils étaient jeunes, ils voulaient en mettre un bon coup, il allait leur en donner pour leur argent !

19

Fischer exposa son plan dès l'entraînement suivant. Il avait identifié trois grands axes de progression : technique, tactique et physique.

Le football total, fondé sur la circulation du ballon, ne laissait quasiment aucune place à l'exploit individuel. Ils allaient devoir travailler leurs passes de façon à en accroître la précision, la vitesse et la régularité. La première moi-tié des séances serait désormais consacrée à des exercices d'adresse et à la répétition de combinaisons usuelles. Pendant le match qui suivrait, ils évolueraient tous à un poste différent du leur, tant pour casser les habitudes existantes que pour les initier aux nouveaux rôles qu'ils pourraient être amenés à jouer en fonction des circonstances.

Les trois séances actuelles ne seraient pas de trop pour combler leur retard technique, ce qui voulait dire qu'ils devraient dégager du temps supplémentaire pour approfondir les aspects tactiques et physiques. Ces sessions additionnelles, aux horaires choisis afin d'accommoder le plus grand nombre, seraient facultatives. On n'y ferait pas l'appel et les absents n'encourraient aucun risque, sinon celui de se voir supplantés par un partenaire plus méritant qu'eux.

Fischer se chargerait des causeries tactiques, le lundi autour du visionnage du match du week-end et le vendredi soir à partir de rencontres de légende sélectionnées sur la base de leurs vertus pédagogiques.

Mateo et Thomas avaient proposé de se partager le volet physique. Ils effectuaient tous les deux un parcours de jogging quotidien, auquel chacun était libre de se joindre. Mateo partait de la cafétéria à 7 heures et courait à 14 km/h tandis que Thomas s'élançait du bâtiment des associations à 7 heures et demie à l'allure de 12 km/h. Mateo assurerait une permanence en salle de musculation les lundis, mercredis et vendredis entre midi et 2, prêt à répondre aux questions, à examiner les bobos et à concevoir des programmes d'exercices personnalisés. Thomas en ferait autant le mardi et le jeudi. Il adorait soulever de la fonte et promettait des pectoraux de culturiste à quiconque serait assez fou pour l'imiter.

Les réactions furent largement positives. Comme l'avait prédit Mateo, le concept de football total fit un tabac. Fischer trouva des accents churchilliens pour retracer l'épopée des Oranjes à la Coupe du monde de 1974, au point que quand il décrivit le but assassin de Gerd Müller juste avant la mi-temps, un tollé s'éleva de l'assistance. Le principe des séances volontaires fut jugé clair et juste. Qui tirerait parti de toutes les opportunités qui lui étaient offertes s'entraînerait quinze fois par semaine, contre trois seulement pour celui qui s'en tiendrait au programme présentement en vigueur. On ne pouvait mieux placer chacun devant ses responsabilités.

Si Fischer était officiellement l'instigateur du plan, les hochements de tête répétés de Mateo ne laissaient aucun doute sur le rôle que ce dernier avait joué dans son élaboration. Là encore, même les grincheux ne trouvèrent rien à redire à la méthode. Mateo ne reculait devant aucun effort pour remporter le championnat mais admettait implicitement que tout le monde ne partageait pas son objectif. Il tendait la main aux plus motivés, sans pour autant stigmatiser ceux qui n'étaient pas prêts aux mêmes sacrifices que lui. C'était réglo.

Ils enchaînèrent aussitôt par l'exercice favori de Fischer. Huit joueurs formèrent un cercle d'une quinzaine de mètres de diamètre, au centre duquel prirent place Jean-Philippe et René, avec pour mission d'intercepter le ballon que se renvoyaient les autres. Pratiquée par des professionnels, la manœuvre, qui exigeait des volte-face et des changements d'appui à répétition, pouvait se révéler épuisante. À Vernet, elle durait rarement plus d'une minute. Il se trouvait toujours un empoté – généralement Ben ou Jérémy – pour manquer son contrôle ou dévisser sa passe. Ce jour-là, c'est Lionel qui craqua le premier. Il essaya de négocier une balle du mauvais pied, s'emmêla les pinceaux et rendit le ballon à René en pestant contre l'abruti qui avait oublié qu'il était gaucher. Fischer raconta pince-sans-rire que Robby Rensenbrink rouspétait aussi quand Cruyff le servait sur son droit. Lionel piqua un fard.

D'autres exercices suivirent. La plupart mettaient aux prises deux ou trois joueurs qui s'échangeaient le ballon inlassablement. On oublie à quel point la passe constitue l'acte élémentaire du football, dont elle illustre à la perfection la nature duale, à la fois simple (il suffit d'envoyer le ballon d'un point à un autre) et complexe (que de façons différentes d'y parvenir et surtout de ne pas y parvenir !). Qui peut passer des deux pieds et de la tête, en l'air ou à ras de terre, de près ou de loin, de l'intérieur ou de l'extérieur du pied, sait à peu près tout ce dont il a besoin sur un terrain.

Cette première séance devait permettre d'évaluer les forces et les faiblesses de chacun. Fischer en résuma les enseignements avec son franc-parler habituel. Moins d'un quart des passes du droit de Lionel et des passes du gauche de Thomas parvenaient à destination. Le jeu au pied de Jean-Philippe était indigne d'un gardien moderne. Alex ne savait pas centrer. Les balles à ras de terre de Quentin manquaient de précision. Toutes les ruses étaient bonnes à Enrique pour ne pas frapper de l'extérieur du gauche. Mateo avait raté deux louches et Saïd l'intégralité de ses remises de la tête. Fischer promit des exercices pour remédier à toutes ces lacunes.

Un nouveau rythme s'instaura, plus studieux. Tous augmentèrent leur charge de travail, quoique dans des proportions variables. Jean-Philippe, qui ne mit jamais les pieds en salle de musculation, n'aurait manqué pour rien au monde la séance vidéo du lundi. Saïd prétendait qu'il courait à la nuit tombée mais Fischer n'en croyait pas un mot. Chaque matin, Thomas emmenait sept ou huit joggeurs dans son sillage, dont les jumeaux et Djamal. Personne n'arrivait à suivre le rythme de Mateo plus de 2 ou 3 kilomètres.

L'Élu, comme persistaient à l'appeler railleusement certains de ses coéquipiers, était plus occupé que jamais. Ses cours lui laissaient peu de répit. Il avait obtenu une moyenne correcte à ses partiels de décembre mais était conscient qu'au moindre relâchement de sa part ses notes s'effondreraient. Pour autant, et bien qu'il sût que personne ne l'attendait à 7 heures devant la cafétéria, il courut tous les jours de l'hiver, sauf un dimanche matin où la neige qui tombait à gros flocons rendait la chaussée glissante. Françoise et, plus encore, Valentine faisaient les frais de son régime ascétique. Il préservait tant bien que mal la tradition du dîner familial mais ne voyait presque plus jamais Valentine pendant la semaine, si ce n'est au détour d'un couloir ou à la bibliothèque. La jeune fille, qui, bien qu'en dernière année de licence, disposait de davantage de temps libre, exprimait régulièrement sa frustration. Elle appréciait de moins en moins que Mateo lui préférât la compagnie de Fischer le vendredi soir où tous les couples du monde sortent au restaurant ou vont au cinéma, surtout quand elle apprenait le lendemain que les deux hommes avaient regardé une cassette pourrie du Bayern-Saint-Etienne de 1976.

Les samedis où le FCV jouait à domicile, elle déjeunait chez Françoise, qui leur servait un petit plat de sa composition tandis que Mateo engloutissait une assiette de pâtes et une salade. Il buvait avant et après le repas, jamais pendant pour ne pas accélérer la digestion, et seulement de l'eau. La conversation tournait fatalement autour du match de l'après-midi. Mateo, déjà entré en concentration, y prenait part du bout des lèvres. Ils partaient au stade sitôt le café avalé. Mateo, qui avait préparé son sac la veille, ne manquait jamais de vérifier qu'il contenait deux paires de crampons, des lacets neufs, un slip de rechange, une boisson énergétique, un fruit, une barre de céréales, une boîte de pansements et des cachets d'aspirine. Le bus était plein de supporters reconnaissables à leurs banderoles et à leurs écharpes bleues. Mateo répondait avec gentillesse à leurs saluts mais, dès que l'un d'entre eux faisait mine d'engager la conversation, il coiffait ses écouteurs et poussait le son de son baladeur, laissant sa mère et sa petite amie en tête à tête.

Ils se séparaient devant la billetterie. Mateo se faufilait par l'entrée des joueurs tandis que Françoise et Valentine rejoignaient leurs places réservées dans la tribune officielle. Trois heures plus tard, quand Mateo sortait des vestiaires, le cheveu mouillé et le sac à l'épaule, il était généralement trop fatigué pour aller traîner en ville ou retrouver des amis. Ils prenaient le bus jusque chez Valentine, où ils passaient la soirée à discuter ou à regarder un film blottis dans le canapé. Souvent, Mateo s'endormait devant le poste.

Le dimanche n'était guère plus festif. Le matin, Mateo courait et faisait ses devoirs. Il se rendait chez Valentine après le déjeuner. Tantôt les jeunes gens se promenaient sur les quais ou dans le quartier Saint-André, tantôt ils allaient au cinéma à la séance de 16 heures. Mateo rentrait se coucher avec les poules pour bien préparer la semaine.

20

Le FCV débuta de la meilleure manière la campagne des matches retour en allant s'imposer à Bordeaux par deux buts à un. Le score aurait même été plus lourd si Saïd n'avait pas manqué une reprise de volée facile. Dans le car qui les ramenait à Vernet, Mateo s'assit d'autorité à côté de son partenaire et, feignant d'ignorer que celui-ci lisait un magazine, entreprit de lui expliquer ce qui clochait dans sa posture. Il ne levait pas le genou assez haut pendant la phase de préparation. Faute de pouvoir se pencher vers l'avant, il expédiait inévitablement son ballon dans les nuages.

Saïd, qui avait écopé d'un carton jaune le privant du match suivant, n'était pas d'humeur à subir un cours de biomécanique.

— Tu ne me fais que des reproches, grogna-t-il.

— Je ne te reproche rien, je t'explique comment améliorer ton geste, précisa Mateo qui se piquait de ne jamais pointer une faiblesse sans suggérer dans la même phrase une façon d'y remédier.

— Tu n'as jamais un compliment ou un mot

gentil pour ce qui va bien. Sur l'action qui mène au but d'Alex, je te signale que je réussis un double contact de derrière les fagots qui met deux défenseurs dans le vent. Mais celui-là, tu l'as oublié ! Pour critiquer, Monsieur est toujours là, mais quand il s'agit de tirer son chapeau aux copains, macache ! Moi, j'applaudis toujours quand tu réussis une roulette.

La soudaineté de l'attaque laissa Mateo sans voix. Il chercha quelque chose à répondre puis, comprenant qu'il perdait son temps, se leva et alla s'asseoir au fond du car.

Comment expliquer à Saïd qu'il se fichait de ses éloges comme d'une guigne ? Il était le premier à savoir quand il avait réalisé un beau geste et n'avait pas besoin qu'on le congratule. D'ailleurs, il n'aimait pas cette expression de « beau geste ». Il n'existait que deux sortes de gestes : le bon et tous les autres. Le lundi devant la vidéo, Fischer ponctuait parfois les images d'un dribble éblouissant ou d'une superbe ouverture de Mateo d'un murmure appréciateur. Le jeune homme haussait les épaules et répondait invariablement : « C'était la seule chose à faire. » Ce n'était évidemment jamais la seule mais c'était presque toujours la meilleure. Si Mateo travaillait si dur, c'était pour maîtriser tout l'arsenal du footballeur et ne jamais avoir à choisir un coup parce que c'était le seul dont il fût capable. Piqué au vif par le commentaire de Fischer deux semaines plus tôt, il effectuait ainsi trente louches tous les soirs. Le jour où il n'en manquerait aucune, il passerait à un autre exercice.

Il retint toutefois la leçon de son escarmouche avec Saïd et commença à distribuer des compliments pendant les entraînements. Ses coéquipiers le remarquèrent et l'en apprécièrent davantage. C'étaient sans doute les mêmes qui, enfants, rosissaient de plaisir quand la maîtresse leur décernait un bon point.

21

Vernet gagna le match suivant puis alla chercher le nul à Metz grâce à un but en contre que n'aurait pas renié Johan Cruyff. Un faux pas simultané des Parisiens propulsa le FCV en tête du classement pour la première fois de son histoire. Leur avance était insignifiante mais, comme le fit remarquer Fischer, les coéquipiers de Mateo avaient désormais leur destin entre les mains. Qu'ils remportent leurs dix derniers matches et ils seraient champions.

Certains au sein de l'équipe se voyaient déjà couronnés. Rien n'énervait Mateo davantage que de les entendre évoquer, même sur le ton de la plaisanterie, la façon dont ils célébreraient le titre. L'étude du calendrier l'avait convaincu que le championnat se jouerait sur la dernière rencontre, qui mettrait justement aux prises Vernet et Paris au stade Léo-Lagrange. Il avait entouré la date, le 26 mai.

En attendant, il estimait de son devoir de maintenir dans les rangs l'exigence de professionnalisme qui les avait menés où ils se trouvaient aujourd'hui.

Il commença à lâcher des remarques qu'il ne se serait pas permises trois mois plus tôt : « Jérémy, tu as picolé hier soir. C'est pas la peine de venir à l'entraînement si tu n'es pas prêt à te défoncer. » « Lionel, ça commence à devenir un problème ce pied droit. » Jean-Philippe et son dédain pour les séances de penalties, Alex et ses dribbles téléphonés étaient également dans son collimateur. Il harcelait Enrique qui fumait comme un sapeur et ne participait pas suffisamment au jeu défensif par manque de souffle. Ces reproches incessants venant du joueur le plus jeune de l'équipe finirent pas hérisser les coéquipiers de Mateo, qui se tournèrent vers Fischer afin qu'il y mette bon ordre. L'Alsacien renvoya plaignants et accusé dos à dos, se contentant de noter que Lemoine ne disait pas que des conneries, bien qu'il eût tendance ces derniers temps à péter un peu plus haut qu'il n'avait l'oignon.

Mateo vécut le pilatisme de Fischer comme une trahison. Il en avait marre d'être l'emmerdeur de service, celui qui dit tout haut ce que les autres pensent tout bas, même s'il ne pouvait manquer de remarquer qu'il avait fini par endosser ce rôle dans toutes les équipes où il était passé. Il regrettait à présent d'avoir refusé l'offre de Jean-Philippe qui, lors du premier entraînement, lui avait proposé d'être capitaine à sa place. Il faisait déjà le sale boulot, alors pourquoi se privait-il de l'autorité que lui conférerait le brassard ? Il pensa un moment solliciter l'opinion de Fischer puis décida de se passer de sa permission. Il coinça Jean-Philippe à la sortie d'un cours et lui annonça qu'il avait changé d'avis.

Jean-Philippe ne sauta pas de joie à cette nouvelle. Il n'avait pas prévu de lâcher les rênes. Il rêvait de terminer sa carrière sur un triomphe et se voyait déjà entrer dans la légende de ces gardiens-capitaines qui avaient écrit quelques-unes des plus belles pages de l'histoire du football : Dino Zoff, Iker Casillas, Peter Schmeichel, Gianluigi Buffon... Il se berçait par avance des commentaires du *Messager* : « Payot mène ses troupes à la victoire », « Payot reçoit le trophée des mains du Ministre ». On parlerait de lui comme de l'âme de l'équipe, son pilier, son socle, sa boussole. Qui sait même si l'Université ne jugerait pas mérité de lui rendre hommage? Il ne demandait rien d'extravagant; une plaque à l'entrée du bâtiment des études ou le nom d'un amphithéâtre ferait très bien l'affaire.

Il plaida pour conserver son titre jusqu'à la fin de la saison, usant des ficelles les plus éhontées. Il voulait protéger Mateo contre l'exposition médiatique et les sollicitations incessantes qui allaient de pair avec le poste. Il craignait que les supporters ne voient dans son remplacement un coup d'État larvé et ne réclament son retour en mettant la ville à feu et à sang. Surtout, il peignit Fischer sous les traits d'un gorille atrabilaire dont il était le seul à pouvoir supporter les sautes d'humeur. Mateo l'écouta patiemment et réitéra sa demande. Jean-Philippe céda finalement, à condition qu'on précise qu'il avait été à l'initiative de la passation de pouvoir.

Mateo annonça la nouvelle le lendemain, d'abord en privé à Fischer, puis à ses coéquipiers au début de l'entraînement. Personne ne fit le moindre commentaire. Mateo parla de grand honneur, salua brièvement l'action de Jean-Philippe et proposa de se mettre au travail.

Fischer prit prétexte des nouvelles responsabilités de Mateo pour associer celui-ci encore un peu plus étroitement à la conduite du club. Les deux hommes arrêtaient ensemble la composition de l'équipe le jeudi soir et élaboraient la stratégie en fonction des enseignements du match aller. Mateo réalisa à cette occasion que Fischer tenait une fiche sur chaque joueur du championnat, sur laquelle il consignait les mensurations approximatives de l'adversaire, son poste, s'il était gaucher ou droitier, lent ou rapide, ainsi que divers autres détails précieux comme ses feintes et dribbles de prédilection. Ces bulletins, fruits de trois années de travail, représentaient une véritable mine d'or dont Mateo regretta de découvrir si tardivement l'existence. Fischer expliqua qu'il collectait ces informations pour son usage personnel et se bornait à communiquer à chacun les deux ou trois éléments dont il avait besoin. Mateo, qui était toujours à l'affût du moindre renseignement susceptible de lui procurer un avantage concurrentiel, poussa un soupir. Au moins cinq situations où il eût tiré profit du savoir de l'Alsacien lui venaient spontanément à l'esprit. Il suggéra plusieurs autres rubriques.

Croyant sans doute lui faire plaisir, Fischer consultait aussi à l'occasion Mateo sur des sujets plus prosaïques, comme l'achat de nouvelles cages ou le choix de l'hôtel lors des déplacements lointains. Mateo ne refusait jamais son aide, s'impliquant dans chaque décision comme si l'issue du championnat en dépendait.

Il se sentait de nouveaux devoirs envers ses coéquipiers. Les problèmes de Thomas, Willy ou Florian étaient maintenant les siens. Quand les crampons d'Alex, qui chaussait du 46, rendirent l'âme un vendredi soir, il appela tous les magasins d'articles de sport de la région à la recherche d'une nouvelle paire. Il avait toujours dans son sac une bouteille de sirop contre la toux pour Lionel qui avait la gorge fragile, un peigne de rechange et des barres chocolatées pour ceux qui avaient sauté le déjeuner. Il connaissait l'état de santé de ses joueurs mieux que leur médecin traitant. Il prenait régulièrement des nouvelles du ménisque capricieux de Jean-Philippe, s'inquiétait des adducteurs d'Alex et de la pubalgie de Djamal. Pour son plus grand malheur, sa sollicitude s'étendait à la sphère académique, où la multiplication des examens, exposés et autres mémoires constituait une source de tracas permanente. Il savait que Saïd avait loupé ses partiels de droit et que, ce trimestre, Enrique croulait sous les devoirs de chimie. Florian perdrait sa bourse d'État s'il n'obtenait pas les félicitations du jury. Quant à Jean-Philippe, il devrait bientôt chercher un emploi et avait prévenu qu'il risquait d'être moins disponible à partir d'avril.

Ces pénibles questions d'intendance ne faisaient pas perdre de vue à Mateo pourquoi il avait demandé à devenir capitaine. Jusqu'alors, son autorité avait découlé exclusivement de son talent. Pour le reste, il n'était qu'un titulaire parmi onze, un des trois milieux de terrain et le benjamin de l'équipe. Le brassard changeait la donne en profondeur. C'est désormais vers lui et vers lui seul que se tournaient ses coéquipiers quand le sort et l'arbitre semblaient s'acharner sur eux, quand ils étaient en panne d'inspiration ou quand leurs attaques butaient les unes après les autres sur la muraille défensive de l'adversaire. Dans ces cas-là, il n'était pas question pour Mateo de montrer des signes de nervosité, de hausser les épaules ou de chercher le regard de Fischer. On attendait de lui du réconfort, une analyse, une consigne et s'il n'avait en lui aucun des trois, il réalisait un miracle. Car, là encore, l'Élu repoussait les limites de l'humain. Il était partout sur le terrain, devant, derrière, sur les ailes et au centre. Il inscrivait un but une minute et en sauvait un sur sa ligne la suivante. À chaque arrêt de jeu, il courait chercher des bidons pour ses partenaires. Il tenait la main des blessés, escortait les sortants jusqu'au banc et accueillait les remplaçants d'une bourrade amicale. Il tirait les penalties, plaçait le mur sur les coups francs et marquait l'adversaire le plus dangereux sur les corners. On eût pu dire qu'il était exemplaire s'il n'avait été unique.

Que Mateo s'acquitte à la perfection de ses responsabilités ne signifiait nullement qu'elles ne lui pesaient pas. Il avait l'impression de porter ses dix coéquipiers sur ses épaules et certains d'entre eux n'étaient pas légers. Il n'avait jamais un instant de répit. Même sur son vélo, il cogitait. Il n'avait pas joué au jeu des feux verts depuis des mois.

Parfois cependant, Mateo était heureux. Soudain, le temps ralentissait et tout devenait facile. Il avait alors le sentiment d'être le seul adulte au milieu d'enfants. Il pouvait exécuter le dribble le plus compliqué les yeux fermés, tirer au but depuis le point de corner, trouver un partenaire à l'autre bout du terrain sans même lever la tête. Pendant quelques secondes, il se sentait payé de tout son travail. Ces moments rares – il n'en avait connu que deux ou trois depuis le début de la saison – s'achevaient aussi brutalement qu'ils étaient venus, laissant à Mateo un goût doux-amer, comme le fantôme d'une euphorie. Il n'en parlait à personne, par peur du ridicule et de briser la magie.

22

Vernet remporta tous ses matches au mois de février, confortant son avance sur Paris qui, sur la même période, s'inclina une fois sur sa pelouse. Le FCV était désormais l'équipe à battre. Un reportage de *L'Équipe-Magazine* intitulé « Une quête de vingt ans » avait suscité un engouement inopiné pour le championnat universitaire. Mateo et ses coéquipiers jouaient tous les samedis à guichets fermés, même à l'extérieur. Il n'était pas rare que les chaînes de télévision régionale retransmettent les rencontres en direct.

Il en eût fallu davantage pour le distraire. Il connaissait les dangers de faire la course en tête. Cinq ans plus tôt, son équipe avait laissé s'échapper le titre minimes qui lui tendait les bras. Avec six points d'avance à huit journées de la fin, ses partenaires avaient cédé à une complaisance coupable en desserrant leur marquage et en prenant des libertés avec les consignes. Deux défaites et un nul plus tard, ils s'étaient ressaisis. En vain. Aix-les-

Bains leur était passé devant et n'avait plus concédé la moindre défaite.

Mateo, qui guettait le plus petit signe de relâchement chez ses coéquipiers, n'avait pas trop à se plaindre. Ils travaillaient toujours aussi sérieusement et désiraient le titre presque autant que lui. Malgré les examens qui approchaient, ils séchaient rarement l'entraînement. La moitié environ assistaient aux séances vidéo du lundi ou couraient le matin avec Thomas.

Les changements tactiques initiés par Fischer portaient leurs fruits. Le FCV marquait toujours autant de buts mais en encaissait deux fois moins qu'avant la trêve. Quentin était le premier responsable de cette amélioration. Il n'avait jamais été aussi à son aise que depuis qu'il jouait en défense. Il constituait avec Florian, qui évoluait en retrait par rapport à lui, un duo redoutable sur lequel plus d'un avant-centre se cassa les dents cet hiver-là. Jean-Philippe, moins sollicité, gagnait en assurance. Il n'éprouvait plus aussi souvent le besoin de sortir toutes voiles dehors à la rencontre des attaquants ou de tenter des relances aléatoires qui lui revenaient comme des boomerangs. Libéré de ces erreurs grossières, il tenait maintenant presque honorablement son rang.

Mateo avait toujours porté moins d'intérêt à la valeur de ses partenaires qu'à leur marge de progression. Son manque de zèle à l'entraînement condamnait sans recours possible Jean-Philippe à la médiocrité. Enrique, pourtant infiniment plus talentueux, semblait lui aussi se satisfaire du niveau qu'il avait atteint. Djamal, Alex, Thomas, René ne s'élèveraient pas beaucoup plus haut. Ils étaient prêts à faire évoluer leur jeu à la marge, pas à le revisiter de fond en comble, n'arrivant pas à imaginer qu'ils pouvaient devenir des cracks.

S'il était un joueur en qui Mateo discernait un potentiel quasi illimité, c'était bien Quentin. L'étudiant en médecine possédait les deux qualités fondamentales du défenseur : un couple vitesse-puissance hors du commun et un sens du placement qui n'était pratiquement jamais pris en défaut. Tout ce qui lui manquait – la relance, l'art du tacle, l'appréciation du risque –, il pouvait l'apprendre ; mieux, il souhaitait l'apprendre. Avec deux ou trois ans de travail, il pouvait devenir un monstre. Le fait que Mateo ne serait vraisemblablement plus là pour le voir ne l'empêchait pas de consacrer à Quentin autant de temps qu'à tous les autres réunis.

Comme beaucoup de joueurs, Quentin effectuait presque toutes ses passes de l'intérieur du pied. Mateo se mit en tête d'élargir le répertoire de son coéquipier en lui enseignant à frapper du cou-de-pied, comme pour un tir. L'effet obtenu était un ballon fusant, à la trajectoire rectiligne, idéal pour amorcer une contre-attaque. Après avoir décomposé le geste sous tous les angles, Mateo s'éloigna d'une vingtaine de mètres de Quentin et lui demanda d'essayer de lui adresser une passe dans les pieds. Quentin s'appliqua et frappa correctement la balle avec le haut de sa chaussure. Cependant, son ballon partit nettement sur la gauche et passa à plusieurs mètres de Mateo.

— Tu as tourné le pied au dernier moment. Garde-le dans l'axe de ta jambe et n'aie pas peur de taper fort. C'est moins une passe qu'un tir à ras de terre, dit-il en joignant le geste à la parole.

Quentin hocha la tête. Il enregistrait tous les conseils. Il expira profondément et recommença. Cette fois, son ballon décolla du sol. Mateo l'attrapa à la main comme un gardien.

— Tu n'es pas assez penché en avant. Essaie encore.

Les dix tentatives suivantes ne furent pas davantage couronnées de succès. Quentin trouvait tantôt la direction, tantôt la hauteur, jamais les deux à la fois. Il commençait à montrer des signes d'énervement.

— Courage, dit Mateo. C'est moins dur que ça n'en a l'air. Je suis sûr que tu vas y arriver.

— C'est facile à dire pour toi, répliqua Quentin. Tu es tellement doué.

Mateo en resta bouche bée. C'était de tous les malentendus qu'engendrait son niveau celui qu'il détestait le plus. Il avait indéniablement reçu un grand talent. Françoise racontait qu'à l'âge de trois ans il pliait sa jambe d'appui pour frapper, comme les professionnels. Mais il était loin d'être le seul. Il avait croisé dans sa carrière quantité de gamins aussi bien lotis que lui. Rien qu'au sein de l'effectif du FCV, Enrique et, bien qu'il l'ignorât, Quentin étaient nés pour jouer au football. Si Mateo était devenu un champion et pas les autres, c'est parce qu'il avait fait du développement de son talent son seul objectif, s'y consacrant avec une détermination et une intensité qui n'avaient jamais fléchi.

Un souvenir lui revint en mémoire. Les ballons étant interdits dans la cour de récré de son école primaire, les gosses jouaient au foot avec une balle de tennis. À la sortie des cours, Mateo rentrait chez lui à pied. Arrivé devant la maison, il sortait une balle de sa poche et visait depuis le trottoir d'en face un tuyau de canalisation vertical qui séparait la façade en deux. Il s'interdisait de franchir le seuil de la maison avant d'avoir touché le tuyau. Quand, vers sept ou huit ans, l'exercice était devenu trop aisé, il avait introduit une complication : la balle devait lui revenir exactement dans les pieds, ce qui l'obligeait à frapper la canalisation pile au centre. Il avait passé des après-midi entières dehors, sous les regards incrédules des voisins. Un soir à la nuit tombée, alors qu'elle rentrait de Disco, Françoise l'avait trouvé au bord de la crise de nerfs. Bien qu'il eût touché le tuyau plus de cinquante fois, la balle s'obstinait à rebondir de travers. Elle l'avait forcé à rentrer. Il en avait chialé dans son lit.

Mateo n'était guère disert sur ses années d'apprentissage. Seule Françoise avait une idée des centaines d'heures passées à tenter d'atteindre les cibles dessinées à la craie sur la porte du garage, des litanies de records insolites que son fils reportait dans son calepin ou du nombre de gigots qu'elle avait brûlés parce qu'il était trop absorbé dans ses jongleries pour rentrer dîner. Mateo ne tirait aucune gloire de son ascétisme. Il ne connaissait pas d'autre morale. Le repos lui pesait bien plus que la besogne. Pour autant, il supportait mal qu'on rabaissât son mérite à l'exploitation de prédispositions génétiques. Toute sa jeunesse, il avait entendu qu'il jouait bien parce que son père était footballeur. Foutaises ! Michel était un solide joueur de deuxième division, comme il en existait des centaines en France et des milliers de par l'Europe. Combien d'entre eux avaient enfanté un prodige ? D'ailleurs, si Pelé était fils de footballeur, Jorge Messi était ouvrier et Ismaïl Zidane gardien de supermarché.

Valentine lui avait expliqué pourquoi le mythe du talent naturel avait la peau dure. Il confortait les gens dans l'illusion que les champions étaient des êtres au-dessus du lot. Cela leur évitait de se demander ce qu'eux-mêmes auraient pu accomplir s'ils avaient poursuivi le dessin, pris des cours de clarinette ou simplement bûché un peu plus dur à l'école. Mateo n'arrivait pas à comprendre qu'on puisse choisir de ne pas aller au bout de ses possibilités. Que valait la vie dans ces conditions ?

23

Début mars, les hasards du calendrier donnèrent au FCV la chance de prendre, devant son public, sa revanche sur Rouen. Le rapport de force avait bien changé depuis ce jour funeste d'octobre où Mateo, entré en jeu à un quart d'heure de la fin, avait abandonné son poste et coûté la victoire à son équipe. Vernet était installé dans le fauteuil du leader, tandis que les Rouennais pointaient à la quatrième place du classement.

Bien décidé à mettre toutes les chances de leur côté, Mateo et Fischer étudièrent d'arrache-pied les fiches dont ils disposaient sur leurs adversaires et discutèrent longuement de la tactique à adopter. L'ossature de l'équipe rouennaise étant constituée d'étudiants en éducation physique, Fischer s'attendait à un combat éprouvant. Il se méfiait aussi de l'avant-centre normand, leur bourreau du match aller, qui comptait une douzaine de sélections en équipe de France militaire. Mateo suggéra de le confier au marquage de Quentin. Il ferait quant à lui son affaire du numéro 10. Privés de leurs deux meilleurs éléments, les Rouennais seraient contraints de passer par les ailes, où les attendraient Djamal et René.

Le dispositif fonctionna admirablement durant toute la première mi-temps. Quentin ne quittait pas son homme d'une semelle, anticipant tous ses démarrages et lui laissant à peine le temps de se retourner. Après avoir perdu plusieurs ballons dans l'axe, les Rouennais, organisés en 4-4-2, commencèrent à élargir le jeu. Les milieux latéraux, esseulés le long de la touche, délivraient à l'aveuglette des centres flottants dont Jean-Philippe se saisissait avec autorité.

Vernet dominait, sans toutefois se créer de véritables occasions. La bataille était spécialement âpre au milieu du terrain, où deux à trois adversaires entouraient systématiquement le porteur du ballon pour l'acculer à la faute. Alex, Saïd et Lionel, qui multipliaient les appels, se dépensaient beaucoup, le plus souvent en pure perte. Régulièrement signalés hors jeu, ils atteignirent la mi-temps découragés et au bout du rouleau. Dans les vestiaires, Saïd soufflait comme un cachalot. Fischer prit la décision de le remplacer par Willy.

La seconde période s'engagea sur des bases physiques encore plus élevées. L'entraîneur rouennais avait visiblement donné pour consigne à ses joueurs de durcir le jeu. Les tacles se firent plus appuyés, les contacts plus virils. Alex ne pouvait plus effacer un défenseur sans se retrouver le nez dans les pâquerettes. Les Normands prenaient soin de commettre leurs fautes à 30 ou 40 mètres de leurs buts, hors de portée de la frappe de Mateo. Dans le premier quart d'heure, l'arbitre distribua la bagatelle de cinq cartons jaunes, dont un à Lionel pour contestation.

Pendant les innombrables arrêts de jeu, Mateo exhortait ses coéquipiers à ne pas tomber dans le piège que leur tendait l'adversaire. Il était de moins en moins entendu. Alex, Willy, Enrique, las de courir pour rien et de prendre des béquilles, cédaient désormais aux provocations rouennaises, en encerclant d'un air menaçant le joueur qui venait de se rendre coupable d'une faute. La tension était par-ti-culièrement palpable sur les corners, où les coups de coude des uns répondaient aux poussettes des autres et où un parfum de testostérone flottait dans la surface.

Fischer, qui avait lui aussi compris que cette escalade risquait de mal finir, s'époumonait sur son banc. Il hurlait ses consignes à Jean-Philippe et Mateo. Les autres, trop exténués pour être lucides, bafouillaient leur football. Ils quadrillaient le terrain comme des zombies et dégageaient la balle dans les tribunes chaque fois qu'ils éprouvaient le besoin de récupérer. Au milieu de ce naufrage, surnageaient vaillamment Mateo, Thomas et Quentin, les seuls à pouvoir soutenir l'intensité physique imprimée par les Rouennais. Quentin, notamment, se battait comme un lion. Il s'était ouvert l'arcade sourcilière en luttant pour une balle aérienne et avait du sang séché dans les cheveux et sur le col de son maillot. En l'espace de cinq minutes, il détourna un tir sur sa ligne, sauta plus haut que tout le monde sur un corner et rattrapa un adversaire qui avait enrhumé Florian et filait au but. Il ratissa le ballon d'un tacle souverain et l'adressa aussitôt à Mateo d'une passe puissante à ras de terre, semblable à celle que les deux hommes avaient répétée une semaine plus tôt.

On s'acheminait tout droit vers un zéro à zéro quand Lionel offrit la victoire aux Rouennais aussi sûrement que Mateo l'avait fait au match aller. Vernet avait concédé un corner et pas moins d'une quinzaine de joueurs étaient massés dans la surface de réparation de Jean-Philippe. Tandis que la balle s'élevait dans les airs, un Rouennais piétina les orteils de Lionel – involontairement prétendit-il par la suite. Lionel, excédé par cette énième brimade, poussa violemment le Normand dans le dos sous les yeux de l'arbitre. Celui-ci porta sans hésiter la main à sa poche. Lionel, qui avait déjà été averti, écopa d'un carton rouge. Pour faire bon poids, l'arbitre accorda un penalty aux Rouennais, qui se firent un plaisir de le transformer, infligeant au FCV sa troisième défaite de la saison, la première depuis seize matches.

Au coup de sifflet final, Mateo, en proie à une rage sourde, quitta le terrain en courant, sans un regard pour les spectateurs qui réclamaient des autographes. Il se réfugia dans la buanderie. Assis sur la machine à laver, il attendit que retombe sa colère. Quel que soit le score ou l'enjeu, perdre lui avait toujours été intolérable. Il détestait la défaite bien plus qu'il n'aimait la victoire. La joie qu'engendrait un succès était de courte durée et réclamait à être entretenue sous peine de s'éteindre. Les revers de Mateo le hantaient au contraire pendant des mois, voire des années. Quand il perdait un match, il lui brûlait de revenir sur la pelouse afin de laver l'affront subi, bien qu'il sût qu'aucune victoire, si large fût-elle, n'effacerait jamais le souvenir de l'échec. Certains champions prenaient leur retraite car, de leur propre aveu, ils n'éprouvaient plus de plaisir à vaincre. Pour sa part, Mateo savait qu'il raccrocherait les crampons le jour où il ne supporterait plus de perdre.

Cependant, même au comble de l'irritation, il s'efforçait de rester lucide. Il n'en voulait pas à Lionel, dont le coup de sang traduisait un sentiment d'impuissance généralisé. Les matches donnent souvent l'impression de basculer sur l'erreur ou le trait de génie d'un seul homme, alors que la plupart des buts ne font que refléter des forces profondes, à l'œuvre depuis de longues minutes. C'était toute l'équipe qui avait sombré, à la fois physiquement et mentalement, sous la pression du bloc rouennais.

Le courroux de Mateo était avant tout dirigé contre lui-même. Il s'adressait mille reproches. Il n'avait pas su faire la différence les deux ou trois fois où il s'était approché du but. Il lui avait fallu presque une mi-temps pour comprendre que ses longues balles en profondeur étaient vouées à l'échec. Il avait raté en fin de match un dribble facile qui lui aurait ouvert un boulevard. Il regrettait de n'avoir pas tenté sa chance sur ces coups francs de 35 mètres. Il en avait déjà réussi à l'entraînement. Un mauvais rebond ou un ricochet auraient pu tromper le gardien rouennais. Que n'y avait-il pensé au lieu de laisser Thomas centrer bêtement dans le paquet ?

Pour enclin qu'il fût à la flagellation, Mateo ne s'y adonnait jamais bien longtemps, tant le démangeait le besoin de tirer les enseignements de sa défaite. Il avait compris très jeune que l'échec porte en germe les succès futurs. Qu'avait-il appris aujourd'hui ?

Ses partenaires n'avaient pas tenu la distance. Saïd avait craqué au bout de quarante-cinq minutes. Alex était sorti sur crampes. Sur la fin, Enrique marchait pour se replacer. Or le football total n'est pas conçu pour les asthmatiques. Le fond de jeu patiemment construit par Fischer depuis la reprise s'était désagrégé. Les positions étaient devenues mouvantes, les passes approximatives. Faute de solutions, Enrique, Lionel, Willy et quelques autres avaient cédé à la tentation de l'exploit individuel. En comparaison, les Rouennais, plus frais, n'avaient jamais dévié de leur ligne initiale. Leur victoire ne devait rien au hasard.

Il faudrait durcir les entraînements, pensa Mateo. Il n'était pas admissible qu'il fût le seul à pouvoir soutenir un rythme de 14 km/h. Quant aux séances de musculation, il s'avisait maintenant que Jean-Philippe ou Willy n'y mettaient jamais les pieds. Il allait aussi réclamer des comptes à Enrique, qui écrasait sa cigarette en arrivant au stade.

D'autres lacunes lui apparaissaient non moins clairement. Ils manquaient de créativité devant le but. Une technique trop fruste condamnait Lionel,

Alex et Saïd, les trois attaquants, à tenter toujours les mêmes sempiternels une-deux, les mêmes passements de jambe, les mêmes centres au premier poteau. Ils étaient incapables du coup de patte inspiré, de la talonnade, du retourné acrobatique qui désarçonnent une défense. Mateo, qui maîtrisait tous ces gestes, s'était habitué à marquer plus de la moitié des buts de l'équipe. Il le regrettait à présent. Un jour comme aujourd'hui où il pouvait difficilement se permettre de se mêler à l'attaque, Vernet était de facto condamné à jouer le nul. Ce n'était pas acceptable. Il entrevoyait une solution. Il faudrait qu'il en parle à Fischer.

Il se leva. Il avait transformé sa déception en plan d'action. Il était temps de rejoindre les autres.

24

Article paru dans le quotidien local Le Messager, *vendredi 25 mai 2012*

LE FCV AUX PORTES DE LA GLOIRE

Dix mois après sa décision surprise de s'engager dans le championnat universitaire, Mateo Lemoine, ou l'Élu comme le surnomment ses admirateurs, peut d'ores et déjà se targuer d'avoir remporté son pari. Le FCV disputera demain un match aux allures de finale contre Paris, le tenant du titre. Deuxièmes à un point du club de la capitale, les coéquipiers de Lemoine ont besoin d'une victoire pour être couronnés champions. Tout autre résultat sacrerait les Parisiens. « J'ai lu dans votre journal que nous étions le dos au mur. Je préfère penser que nous avons notre destin entre nos mains », déclarait hier à la sortie de l'entraînement Jean-Philippe Payot, le gardien du FCV, qui jouera demain son dernier match universitaire.

Quel chemin parcouru pour une équipe qui luttait l'an passé pour le maintien ! Après un début de saison calamiteux qui les a vus perdre deux de leurs quatre premiers matches, les pensionnaires d'Olivier Fischer n'ont encaissé qu'une autre défaite cette saison, le 3 mars dernier face à Rouen. Ils restent sur cinq victoires consécutives, dont un retentissant 6-0 contre Valenciennes.

Lemoine est évidemment le principal artisan de la métamorphose du FCV. Tout au long de la saison, il aura éclaboussé le championnat (dont il finira quoi qu'il arrive demain le meilleur buteur) de sa classe et de son fair-play, régalant le public du stade Léo-Lagrange, qui n'avait jamais été à pareille fête, de gestes époustouflants. Nous avons déjà rendu compte dans ces colonnes des plus beaux exploits de l'Élu : ses cinq buts en une mi-temps contre Angoulême, ses trois petits ponts consécutifs sur un défenseur bordelais, son lob de 60 mètres contre Strasbourg et mille autres gourmandises qui ont suscité la stupeur dans toutes les enceintes où il s'est produit. On ignore encore où jouera Lemoine la saison prochaine. Madrid et Manchester l'ont dans leur ligne de mire depuis l'an dernier mais c'est l'Inter Milan qui aurait récemment adressé à son agent l'offre la plus généreuse (on parle de 40 millions d'euros sur six ans). Une chose est sûre, Lemoine n'aura pas à rougir de son passage sous le maillot cobalt.

Pour avoir eu la chance de le côtoyer ces derniers mois, nous croyons cependant pouvoir dire qu'il serait terriblement déçu de quitter Vernet sur un revers. Il a indiqué qu'en cas de victoire demain, il dédierait le titre à son père, Michel, qui entraîna Vernet pendant deux ans et trouva la mort dans le terrible accident de car qui décima le club en 1992. Espérons que les Parisiens ne contrarieront pas cette belle histoire.

Le renouveau du FCV doit aussi beaucoup à son

entraîneur alsacien, Olivier Fischer. En l'espace de trois saisons, Coach Fischer, selon le surnom de ses joueurs, a transformé une équipe habituée des milieux de tableau en une opération commando au style enthousiasmant. Admirateur déclaré du football néerlandais et de son prophète, Johan Cruyff, Fischer exalte la polyvalence et la solidarité entre les lignes. Il a érigé en principe la rotation des postes à l'entraînement afin d'habituer ses joueurs à toutes les situations et procède régulièrement à des ajustements dans son organisation. C'est ainsi que Quentin Granier, qui avait débuté la saison au milieu de terrain, a été repositionné en défense centrale pendant la trêve, pour le plus grand bonheur du FCV qui n'a concédé que cinq buts depuis la reprise. Autre changement de taille, Enrique Restrepo, qui jouait numéro 10 avant l'arrivée de Lemoine, évolue désormais au poste d'avant-centre où il plante but sur but.

Il faut avoir assisté à un entraînement du FCV pour comprendre ce qui fait la particularité du style de Fischer. L'Alsacien divise son effectif en petites unités, assignant à chacune un exercice personnalisé qu'il tire d'un stock apparemment inépuisable. Il circule ensuite entre les groupes en lançant des commentaires brefs et précis, toujours conçus pour aider le destinataire à améliorer son geste : « Utilise l'intérieur du pied », « Arme ta frappe plus tôt », « Protège ton ballon ». Quand il aime ce qu'il voit, il n'hésite pas à le dire mais fixe aussitôt un nouvel objectif : « C'est bien. Maintenant, plus vite », ou encore « Essaie du gauche à présent ». Ces exercices, qui se succèdent à un rythme frénétique, constituent le plus clair des séances, qui se terminent par un match de trente minutes. Au bord du terrain, Coach Fischer remplit des pages de notes, bien au chaud sous le bonnet de laine qui ne quitte pas sa tête de tout l'hiver.

L'Alsacien n'aurait pourtant jamais dû entraîner. Il se destinait à une carrière de joueur professionnel avant d'avoir la jambe écrabouillée dans l'accident qui coûta la vie à Michel Lemoine. Il passa les deux années suivantes entre les salles d'opération et les cabinets de kinésithérapie avant de jeter l'éponge et de se reconvertir dans l'encadrement. Sa seule consolation à l'époque : les matches de foot du monde entier qu'il regardait par centaines à l'hôpital sur sa petite télé portative et qui l'ont doté d'une érudition tactique que bien des entraîneurs de Ligue 1 lui envieraient.

Qu'Olivier Fischer ne se vexe pas si nous nous permettons de suggérer qu'il est peut-être promis à un plus grand avenir comme entraîneur que celui qui l'attendait comme joueur. À vingt-quatre heures du match qui ouvrira peut-être son palmarès, nos encouragements chaleureux l'accompagnent, ainsi que toute sa vaillante troupe.

JACQUES NOGUERA

25

Les billets du match contre Paris s'arrachèrent en une matinée. Entre les supporters habituels des deux clubs, les familles des joueurs, les étudiants de l'Université, les curieux rameutés par la campagne de presse du *Messager* et les chasseurs de scoop en tout genre, on aurait pu remplir le Parc des Princes. Le conseil municipal étudia la possibilité de faire disputer la rencontre à Longoyais, qui disposait d'un stade de six mille places. La maire, Marylise Berthier, s'y opposa. Si le FCV triomphait, il devait le faire sur son sol. Elle annonça l'installation d'une tribune démontable de six cents places, qui porterait la capacité du stade Léo-Lagrange à un peu plus de trois mille sièges. On était encore loin du compte. Pour faire bonne mesure, la municipalité prit à sa charge les frais de retransmission de la rencontre dans la salle des fêtes et sur la place du marché. Les cafetiers des alentours sautèrent sur l'occasion pour s'équiper en écrans dernier cri.

La chasse aux billets prit des proportions jamais vues depuis le premier concert d'adieu de Charles

Aznavour en 2007. Les meilleures places se négociaient autour de 150 euros. Françoise rentrait chaque soir avec de nouvelles demandes de ses collègues de Disco. Les anciens condisciples de Mateo se rappelaient aussi comme par miracle à son bon souvenir, ignorant que les joueurs n'avaient droit qu'à un nombre très réduit d'invitations. Mateo fit cadeau de son stock à sa mère, ne prélevant dessus que deux cartons, l'un pour Valentine et l'autre pour Boubourg. Le vieux surveillant, qu'il avait croisé à la sortie du match contre Valenciennes, soutenait le FCV depuis quarante ans et se désolait de ne pouvoir assister à son sacre. Arrivé trop tard au guichet pour toucher un billet, il avouait sans honte que le prix des sièges au marché noir excédait ses maigres moyens. N'importe qui d'autre aurait profité de l'occasion pour mendier une faveur. Pas Boubourg. Parce qu'il ne demandait rien, Mateo promit de lui trouver une place.

Il en était un qui ne risquait pas d'être pris au dépourvu. Patrick préparait son coup depuis des mois. Il assisterait au dernier match amateur de son filleul depuis les places d'honneur en compagnie d'émissaires de Madrid, Munich, Manchester et Milan. Il avait ouï dire que plusieurs autres recruteurs feraient le déplacement incognito, ce que semblait confirmer l'activité inhabituelle qu'on signalait du côté de l'aérodrome de Longoyais. Patrick avait fixé au 8 juin la date limite de remise des propositions. Sauf imprévu, il empocherait sa commission avant le 14 juillet.

Exceptionnellement, l'Université libéra les

joueurs de l'obligation d'assister aux cours pendant la semaine précédant le match. Mateo et ses coéquipiers obtinrent par ailleurs de la mairie la permission de s'entraîner sur la pelouse de Léo-Lagrange. Ils se retrouvaient tous les jours à 15 heures pour des séances à huis clos. Fischer avait recruté un masseur.

Mateo jugeait ce déploiement de moyens excessif et contre-productif. À l'entendre, le match contre Paris n'était ni plus ni moins important que les vingt-cinq qui l'avaient précédé. On risquait à faire grimper les enjeux de déstabiliser les joueurs les plus fragiles tels que Jean-Philippe, Lionel ou Willy.

Mateo ressentait la pression mais elle ne le dérangeait pas, bien au contraire. L'adversité le stimulait. Il n'était jamais meilleur que dans les grandes occasions et avait bâti sa légende sur sa faculté inouïe à pouvoir réussir des miracles précisément quand son équipe en avait besoin.

Comme chaque fois qu'il voulait tenir l'excitation à distance, il se réfugia dans la routine. Il continuait à se lever aux aurores pour aller courir, à se rendre en cours le matin et à retrouver Thomas en salle de musculation à l'heure du déjeuner. Il partait au stade en début d'après-midi, se faisait masser, dînait avec Françoise et se couchait tôt. Il passa la dernière soirée avec Valentine. La jeune fille avait loué *Coup de tête*, le film de Jean-Jacques Annaud qui relate les exploits en coupe de France d'un petit club de province. Mateo apprécia le clin d'œil.

Le match contre Paris ne quittait pas ses pensées. Il avait des souvenirs très nets du match aller et s'appliquait à visualiser des séquences de jeu positives. Dans l'une d'elles, il combinait avec Saïd sur le côté droit, débordait le défenseur et centrait au deuxième poteau pour la tête d'Enrique qui catapultait la balle au fond des filets. Dans une autre, il héritait du ballon à 40 mètres des buts parisiens, éliminait deux adversaires et décochait une frappe surpuissante dans la lucarne. Ces exercices, qui pouvaient sembler puérils, avaient le double avantage de doper sa confiance et de le placer dans les conditions d'un exploit. Plus d'une fois en match, il avait reconnu les premiers signes d'une de ses séquences préférées et n'avait eu qu'à exécuter les gestes qu'il avait répétés dans sa tête, sans même se demander s'il en existait de meilleurs.

Le grand jour arriva enfin. Mateo déjeuna avec Françoise et Valentine, sans décrocher un mot du repas. Il insista pour marcher jusqu'au stade. C'était un bon échauffement et ils croiseraient moins de supporters.

Ils étaient tous en avance, même les remplaçants. Ils s'habillèrent lentement. Pour l'occasion, Fischer avait repassé les maillots et les bas. L'Alsacien résuma ses consignes. Ils jouaient pour la victoire. Ils devaient presser le ballon très haut, prendre leurs adversaires à la gorge et ne pas les laisser respirer. Les Parisiens, à qui un nul suffisait pour devenir champions, joueraient probablement regroupés en défense, avec un seul attaquant de pointe. Dans ces conditions, le salut de Vernet passait par des frappes lointaines et des infiltrations incessantes dans la surface de réparation. Fischer appela ses joueurs à une vigilance particulière sur les coups de pied arrêtés. Il donna à Quentin l'autorisation de monter sur les corners du FCV, à condition qu'il se replie aussitôt, et mit en garde Jean-Philippe contre toute sortie hasardeuse : « Dans le doute, reste sur ta ligne. »

La veille, Mateo avait eu droit à un briefing plus détaillé. Il savait que le gardien parisien plongeait à gauche sur les penalties, que Da Costa, le numéro 7, était à surveiller comme le lait sur le feu sur les corners et que le numéro 10 abusait des petits ponts. Il avait également reçu pour instruction de ne pas trop solliciter Saïd et de tirer un maximum au but, même et surtout si sa frappe risquait d'être déviée par un défenseur.

Mateo salua gaiement la foule en pénétrant sur la pelouse. Il se sentait merveilleusement bien. Il avait l'impression que ce match était l'aboutissement de tous ceux qu'il avait livrés jusqu'alors, qu'il justifiait des années de sacrifice. Il chercha des yeux Françoise et Valentine dans la tribune et leur sourit. Assis derrière les deux femmes, Boubourg, engoncé dans un maillot cobalt, agitait dignement un fanion.

Pendant que le speaker égrenait la composition des équipes, Mateo se surprit à penser à son père. Cela lui arrivait rarement. Il osait à peine imaginer ce qu'il ressentirait si Françoise venait à disparaître ; avec Michel, c'était différent : son père ne lui manquait pas et pour cause, il ne l'avait jamais connu. Selon toutes les apparences, Michel Lemoine avait été un homme attachant, un ami fidèle, un mari aimant et un professionnel respecté.

On pouvait supposer qu'il eût fait un excellent père. Et pourtant, il n'était pas plus réel aux yeux de Mateo que le général de Gaulle ou M. Delahousse, le proviseur qui avait régné sur Charles-Péguy dans les années quatre-vingt et dont les professeurs les plus âgés ne pouvaient évoquer le souvenir sans des tremblements dans la voix. Michel était une légende, un être mythique auquel Mateo se sentait davantage lié par la tête que par le cœur.

Mateo tenait à honorer ses parents avant de prendre son envol. C'était le prix de sa liberté. Il avait passé son bac pour faire plaisir à sa mère et il s'apprêtait à remporter le championnat en mémoire de Michel. Il allait donner un sens à leur histoire. Ensuite, il écrirait la sienne.

Les Parisiens gagnèrent le Toss et choisirent de commencer la rencontre côté ouest. C'était intelligent. Ils auraient le vent dans le dos en seconde mi-temps, quand les organismes seraient fatigués. Mateo en aurait fait autant à leur place.

Enrique donna le coup d'envoi à Saïd sous les clameurs du public. Saïd passa en retrait à Mateo qui alerta Lionel. Ce dernier manqua son contrôle ; la balle roula en touche. Les vivats baissèrent d'intensité. La réalité reprenait ses droits.

Comme souvent dans les matches à enjeu, les équipes se livrèrent d'abord à un frustrant round d'observation. Les Parisiens jouaient au pas. Hésitant à se découvrir, ils ne franchissaient la ligne médiane qu'à contrecœur. Les Vernetois, eux aussi sur leurs gardes, faisaient stérilement circuler le ballon.

Ils prirent cependant peu à peu le jeu à leur compte. Lionel, Mateo et Thomas tentèrent plusieurs fois leur chance de loin, comme le leur avait recommandé Fischer. Enrique, très en verve, slalomait dans la défense parisienne en cherchant la faute. Sur l'un des corners qu'il obtint, Quentin plaça une superbe tête piquée qui frôla le poteau. Le public, qui avait cru au but, se rassit.

Mateo contrôlait les débats. Malgré les deux anges gardiens qui lui collaient aux basques, il se sentait étrangement libre de ses mouvements. Il levait la tête et ne se pressait pas pour ajuster ses passes. Il commençait à apercevoir des failles chez ses adversaires. Le stoppeur relançait systématiquement à droite. Le gardien, fébrile, relâchait des ballons.

Mateo n'était pas pressé de marquer. Il savait qu'au premier but les Parisiens lâcheraient les chevaux et se rueraient à l'attaque. Il préférait accentuer tout doucement la pression, faire rôtir les tenants du titre à petit feu avant de leur porter l'estocade. Fischer semblait partager cet avis. Lui qui d'ordinaire faisait les cent pas le long de la touche restait vissé sur son banc, se contentant d'applaudir aux beaux gestes de son équipe et de hocher vigoureusement la tête en signe d'encouragement.

Un quart d'heure avant la pause, le numéro 10 parisien tenta un petit pont sur Mateo. Ce dernier, qui s'y attendait, resserra les jambes. Un cafouillage s'ensuivit, dont Mateo sortit vainqueur. Il se trouvait à 40 mètres du but environ, excentré sur le côté gauche, dans une position très proche de celle qu'il avait visualisée.

Le temps ralentit.

Mateo effaça d'un gri-gri le stoppeur qui venait à sa rencontre, feinta la passe à Lionel et crocheta un autre défenseur.

Le silence.

Comme dans un rêve, Mateo traversa la balle d'une frappe colossale du droit. Il regarda le ballon fuser tel un boulet de canon et leva les bras avant même qu'il ne finisse sa course dans la lucarne du but parisien.

Le temps reprit son cours.

La foule explosa de bonheur. Valentine tomba dans les bras de Françoise qui écrasa une larme. Dans l'euphorie générale, Boubourg jeta son fanion sur la pelouse et Wilfried renversa son Thermos. Patrick accueillit les compliments de ses invités aussi gracieusement que s'il avait été l'auteur du but, en pensant que sa piscine venait de s'allonger de 5 mètres.

Mateo desserra à peine la mâchoire. Il célébrerait plus tard. À ses coéquipiers qui se jetaient sur lui pour le féliciter, il demanda de reprendre leurs positions et de rester concentrés jusqu'à la pause.

Les Parisiens, sonnés, n'eurent pas la réaction attendue. Bien que le temps leur fût désormais compté, ils semblaient attendre qu'un pensionnaire du FCV marque contre son camp. Ils attaquaient sans conviction, décochant de loin en loin des frappes en mie de pain sur lesquelles Jean-Philippe se couchait pour les photographes.

Les Vernetois, repliés dans leur moitié de terrain, neutralisaient sans difficulté ces molles tentatives.

À les voir aussi organisés autour de leur gardien, aussi sûrs dans leurs relances que souverains dans le jeu aérien, il était difficile de croire qu'ils n'avaient que vingt et un ans de moyenne d'âge. Le sang-froid et le professionnalisme de ses coéquipiers impressionnaient Mateo. Chacun faisait ce qu'il avait à faire, sans états d'âme ni précipitation. Le porteur du ballon se voyait toujours offrir trois ou quatre options et si, d'aventure, il perdait la balle, ses partenaires resserraient les rangs sans un reproche pour le coupable. Mateo n'avait jamais éprouvé une telle sensation d'invincibilité. Les Parisiens pourraient attaquer des semaines ainsi sans trouver le chemin des filets.

L'arbitre siffla la pause sur le score de 1 à 0. À cet instant, le FCV était virtuellement champion de France.

Ils s'engouffrèrent dans le tunnel du stade dans un grand cliquetis de crampons. Encore absorbés dans leur match, ils revoyaient le film de cette première période, faisant défiler les bons et les mauvais moments, les passes qu'ils avaient réussies et celles qu'ils avaient manquées. Fischer les attendait dans les vestiaires. Il avait coutume de les laisser reprendre leur souffle avant de distribuer ses consignes. Ce jour-là, son regard alla de l'un à l'autre pendant qu'ils se désaltéraient ou enlevaient leurs chaussures. Jean-Philippe se passa la tête sous l'eau, Djamal soigna une ampoule, Quentin mangea une banane. Aucun n'éprouvait le besoin de parler. Ils avaient le sentiment de vivre une expérience spirituelle, quasi mystique. Au bout d'une douzaine de minutes, Fischer annonça : « C'est l'heure. » Puis, tandis que Mateo et ses coéquipiers se levaient, il ajouta à mi-voix : « C'est bien. »

La seconde mi-temps s'engagea sous de tout autres auspices. L'entraîneur parisien avait dû copieusement remon-ter les bretelles de ses joueurs car ceux-ci se lancèrent d'entrée à l'assaut des buts de Jean-Philippe. Sur leur première action, ils trouvèrent le poteau. La minute suivante, l'avant-centre, seul au point de penalty, arrosa les tribunes. Mateo sonna le repli. Ils reculèrent tous d'un cran. Seul Enrique demeurait dans le camp parisien, essentiellement pour immobiliser deux défenseurs qui, sans cela, se seraient joints à l'attaque.

Pendant un gros quart d'heure, il n'y eut qu'une seule équipe sur le terrain. Les Parisiens s'étaient souvenus qu'ils étaient techniquement supérieurs à leurs adversaires. Ils faisaient circuler le ballon à toute vitesse, à l'affût de la moindre brèche. Ils cherchèrent d'abord à passer par les ailes, mais Quentin, plus impérial que jamais, écartait rageusement leurs centres de la tête. Au bout d'un moment, ils changèrent leur fusil d'épaule et se mirent à défourailler à tout va, sous tous les angles et dans toutes les positions. Jean-Philippe, qui sur sa ligne n'avait de leçons à recevoir de personne, effectua quelques envolées spectaculaires. Il se relevait lentement, pour calmer le jeu et donner à ses partenaires le temps de se replacer. Mateo gardait aussi le ballon plus qu'à l'accoutumée, afin de laisser passer l'orage.

Peu à peu, la situation s'équilibra. Les Parisiens dominaient toujours mais leurs actions étaient moins tranchantes. Le FCV plaça quelques contre-attaques qui échouèrent d'un cheveu. Mateo, qui avait noté que l'arrière-droit parisien donnait des signes de fatigue, lançait Lionel chaque fois qu'il en avait l'occasion. Enrique provoqua deux coups francs, que Mateo tira dans le mur. Willy, qui avait remplacé Saïd, embarquait son défenseur avec beaucoup d'habileté, ce qui créait des espaces pour ses partenaires.

Mateo voulait coûte que coûte inscrire un deuxième but qui les mettrait à l'abri. Les minutes qui passaient ne le rassuraient pas ; elles les rapprochaient d'un baroud d'honneur parisien qu'il pressentait terrible. Il avait en mémoire la défaite contre Rouen, quand la digue de la défense avait fini par céder sous les coups de boutoir des Normands. Il oscillait entre la tentation de partir seul en dribbles et celle de servir ses partenaires. Il avait de moins en moins d'espace. Ses adversaires le laissaient à peine respirer et il ne pouvait plus armer une frappe sans que deux ou trois défenseurs ne plongent en travers du ballon.

Sa prédiction se réalisa. À un quart d'heure de la fin, les Parisiens jetèrent leurs dernières forces dans la bataille. Ils ne s'embarrassaient plus de fioritures et balançaient de grands ballons dans la surface en comptant sur un faux rebond ou une boulette d'un Vernetois. Ils effectuaient leurs remises en jeu à toute allure et en appelaient à l'arbitre quand Jean-Philippe mettait un peu trop longtemps à dégager. Ils ne prenaient quasiment plus la peine de défendre. Leur gardien campait dans le rond central, s'exposant à un lob avec une témérité suicidaire. Les Parisiens se fichaient à l'évidence de perdre par un, deux ou trois buts d'écart ; seul le titre les intéressait. Dans leur ardeur, ils commettaient beaucoup de fautes. L'arbitre distribua quelques biscottes, qui se révélèrent peu dissuasives. Les Vernetois avaient retenu la leçon du match de Rouen et ne ripostaient pas aux agressions. Ils avaient du reste plus à gagner à se tordre longuement au sol qu'à bondir sur leurs pieds pour exiger réparation. Fischer, en vieux briscard, procéda à ses derniers changements à deux minutes d'intervalle. Ben et Lionel regagnèrent le banc en marchant, sous l'œil courroucé des Parisiens et les acclamations du public. L'arbitre indiqua qu'il décompterait le temps perdu.

Ce n'était plus un match de foot, mais une joute titanesque, l'affrontement à mort de deux armées. Les héros de cette épopée moderne avaient nom Jean-Philippe, Quen-tin, Florian, René... Il n'y avait plus de postes, juste un bloc de volonté qui résistait à l'envahisseur. Oubliés les élégantes relances, les combinaisons raffinées, le jeu en triangle : ils n'alignaient plus deux passes de suite et dégageaient le ballon de toutes leurs forces dans les tribunes. Mateo, pris malgré lui dans ce maelström, repoussait à l'arrière-plan les mille détails que son cerveau ne pouvait s'empêcher d'enregistrer. Il serait toujours temps d'analyser ce qui n'avait pas fonctionné, de comprendre comment ils avaient perdu la bataille des airs ou pourquoi ils n'arrivaient plus à franchir la ligne médiane. Pour l'heure, il ne parvenait pas à faire la différence. Quand le cuir lui échoyait, il essayait de temporiser mais les six Parisiens qui lui tombaient aussitôt sur le râble le forçaient à se débarrasser du ballon comme les autres.

Mirlitons, klaxons, crécelles s'étaient tus. On n'entendait plus que les halètements des joueurs et le bruit sourd des frappes. Les spectateurs, qui surveillaient le tableau d'affichage, égrenaient à l'unisson le nombre de secondes restant dans le temps réglementaire. Quand ils crièrent « zéro », Fischer jaillit de son banc comme un diable de sa boîte en tapotant ostensiblement le verre de sa montre. L'homme en noir consulta son chronomètre et, de la main, indiqua trois minutes de temps additionnel. Comme s'il n'attendait que ce signal, l'avant-centre parisien décocha un missile que Jean-Philippe détourna de justesse au-dessus de la barre transversale.

Tous les Parisiens sans exception montèrent sur le corner. Mateo, comme sur tous les coups de pied arrêtés qui avaient précédé, alla au contact du fameux Da Costa dont Fischer se méfiait tant. Les deux hommes se frictionnèrent : c'était à qui passerait l'épaule devant l'autre pour sauter le premier. En l'occurrence, le numéro 10 parisien tira le corner tendu et presque à ras de terre. La balle ricocha à travers une forêt de jambes et parvint aux 6 mètres à un Parisien qui la reprit à bout portant. Jean-Philippe, battu, n'esquissa pas un geste mais Quentin, qui s'était replié sur la ligne de but, parvint au prix d'un réflexe inouï à dévier la balle du tibia. Réalisant qu'il avait sauvé son équipe, il se frappa la poitrine avec les poings en poussant un cri de bête qu'on entendit jusqu'à Longoyais.

Sur le deuxième corner, botté plus classiquement au second poteau, Mateo s'éleva le plus haut et dégagea le ballon en touche. Le répit fut de courte durée. Le stoppeur parisien alerta son avant-centre d'une longue remise en jeu qui surprit tout le monde. René, insuffisamment sur ses gardes, réagit trop tard pour contrer le tir. La frappe, très pure, prenait le chemin du petit filet quand Jean-Philippe, d'une prodigieuse détente horizontale, la détourna en corner d'une claquette. Il déclara plus tard qu'il s'agissait du plus bel arrêt de sa carrière. Florian l'embrassa sur le front.

Le meneur parisien, toujours lui, se dirigea une nouvelle fois vers le point de corner. Ils se préparèrent pour ce qui constituait sans doute la dernière action du match. Chacun avait son homme, hormis Quentin qui reprit sa place sur la ligne, près du premier poteau. Les Parisiens cherchaient la faute. Ils s'écartaient brusquement de leurs défenseurs en prenant des airs indignés, prétendant avoir écopé d'un coup de coude ou été retenus par le maillot. Vexé d'être pris pour un jobard, l'arbitre décerna un carton jaune à l'un des simulateurs.

Da Costa ne tenait pas en place. Il sillonnait la surface dans tous les sens en changeant constamment de direction. Mateo le suivait tant bien que mal en se faufilant entre les grappes de joueurs prêts à bondir. Quand le numéro 10 prit son élan, il pensa que cette mêlée grotesque n'avait plus rien de commun avec un match de football.

Au moment de l'impact, une violente poussée dans le dos projeta Mateo en avant. Il se retourna précipitamment mais il était trop tard. Da Costa, déjà deux pas derrière, reculait pour se placer au point de chute du ballon. Jean-Philippe, voyant Mateo battu, jugea qu'il pouvait boxer la balle avant que celle-ci n'atteigne le Parisien. Il s'élança sabre au clair, les deux poings en avant. Le pauvre n'avait jamais su apprécier les trajectoires aériennes. Da Costa, dont le timing était impeccable, le devança d'un bon mètre et plaça une magnifique tête croisée à mi-hauteur. Quentin, croyant pouvoir rééditer son exploit, plongea sur sa droite pour empêcher l'irréparable. Il était parti une fraction de seconde trop tard. Le ballon franchit la ligne et la tête de Quentin s'écrasa sur le montant dans un fracas horrible, tandis que les Parisiens levaient les bras au ciel et que l'arbitre sifflait la fin du match.

Troisième partie

1

Trois mois s'étaient écoulés depuis le nul contre Paris. La blessure ne s'était toujours pas refermée.

Le cas de Quentin, qui avait été transféré dans le coma à l'hôpital du Bon-Secours, n'inspirait plus d'inquiétude. Les médecins avaient diagnostiqué un traumatisme crânien d'une gravité exceptionnelle et admis le jeune homme dans le service de neurologie. Les radios montraient plusieurs hématomes intracérébraux qui comprimaient l'encéphale. De la vitesse à laquelle ils se résorberaient dépendrait la persistance d'éventuelles séquelles.

Fischer, Mateo et les parents de Quentin s'étaient succédé sans interruption au chevet du jeune homme, guettant la moindre amélioration dans son état. Un kinésithérapeute passait matin et soir pour plier et déplier les membres du malade, afin de préserver leur avenir fonctionnel.

Le quatrième jour, Quentin avait cligné des paupières. Plus tard dans la soirée, il avait ouvert les yeux mais n'avait pas reconnu ses parents. Les jours suivants, il avait peu à peu retrouvé la parole, puis la mémoire. Il se rappelait bien le match, dont il décrivit avec une grande précision plusieurs actions comme le but de Mateo ou son arrêt-réflexe. Il n'avait aucun souvenir en revanche du dernier corner. Il avait arraché à sa mère la promesse qu'elle lui montrerait les images du choc.

Il était rentré chez lui peu après et se rendait chaque semaine à l'hôpital, où le docteur Brunet mesurait ses progrès. Il s'était plongé dans les révisions en vue de la session de rattrapage de septembre. Les études de médecine étaient déjà bien assez longues pour qu'il s'inflige une année supplémentaire.

Quentin faisait preuve dans cette épreuve d'une résignation admirable. Il ne s'apitoyait pas sur son sort et n'en voulait à personne. Il n'avait pas eu de chance, voilà tout. Il avait plongé sans réfléchir, pour éviter le but. N'importe qui en aurait fait autant à sa place. S'il formulait un regret, c'était celui d'avoir mal lu la trajectoire du ballon.

Mateo était autrement plus sévère avec lui-même. Il ne pouvait s'empêcher de se sentir responsable des malheurs de Quentin. C'est lui qui avait persuadé ce dernier de se reconvertir en défense. Sans son intervention, le jeune homme jouerait toujours milieu de terrain et n'aurait jamais gardé aussi férocement la cage de Jean-Philippe.

Le dénouement dramatique de la partie avait momentanément éclipsé cette autre tragédie que représentait le score. Pas une fois pendant qu'il veillait Quentin, Mateo n'avait pensé au championnat qu'il venait de perdre. Il avait expliqué à

Valentine qui le rejoignait à l'hôpital après ses cours qu'il refusait d'envisager l'avenir tant qu'il ne serait pas fixé sur le sort de Quentin. Il ignorait de même les messages comminatoires de Patrick sur son répondeur et ne passait chez lui chercher du linge propre que pendant les heures de travail de Françoise.

Quand les médecins avaient déclaré Quentin tiré d'affaire, Mateo s'était enfin résolu à regarder la réalité en face. Elle était très simple : il avait échoué. Peu lui importait de terminer deuxième ou que la presse nationale eût couvert sa prestation de louanges, il n'avait pas atteint l'objectif qu'il s'était fixé. Il avait trahi son père, ses coéquipiers, Fischer, Boubourg et tous ceux qui avaient cru en lui. Rien ni personne ne le convaincrait du contraire.

Il avait repassé cent fois les images du match dans sa tête. Ses bévues techniques, ses erreurs de jugement lui apparaissaient avec une netteté impitoyable. Il n'arrivait surtout pas à comprendre comment il s'était laissé gagner par l'hystérie générale dans le dernier quart d'heure. Sûrement, il y avait moyen alors de calmer le jeu. Il aurait pu, il aurait dû, il aurait *dû pouvoir* conserver le ballon, voire lober le gardien parisien si imprudemment avancé.

L'enregistrement vidéo établissait sans équivoque que Da Costa l'avait poussé dans le dos. L'arbitre aurait dû siffler, il ne l'avait pas fait, c'était ainsi. De toute façon, sa négligence n'aurait pas eu d'importance si le FCV avait mené par deux buts d'avance. Mateo ressassait avec la même dureté toutes les bourdes de la saison : sa montée kamikaze au match aller contre Rouen, les buts casquettes de Jean-Philippe, les occasions immanquables qu'Alex avait pourtant manquées. Chacune de ces erreurs leur avait coûté des points précieux et, d'une certaine façon, le titre.

Le jour des réinscriptions à la fac, Mateo avait été parmi les premiers à déposer son dossier. Si Fischer voulait toujours de lui, il jouerait une deuxième saison sous les couleurs du FCV.

Il avait attendu quelques jours pour l'annoncer à sa mère. Françoise s'était montrée d'une grande délicatesse. Elle savait que son fils se reprochait l'accident de Quentin et ne voulait pas courir le risque d'ajouter à son agonie en ayant l'air de désapprouver son choix. Elle s'était bornée à remarquer que Mateo avait rendu un hommage magnifique à son père. Si Michel avait encore été de ce monde, il aurait été immensément fier de son fils et aurait souhaité que celui-ci poursuive son aventure au sein d'une équipe plus digne de son talent. Mateo, qui rêvait depuis son plus jeune âge de porter le maillot frappé du coq, réalisait-il qu'il se privait de la possibilité d'être sélectionné en équipe de France? Oui, il en était conscient. Il se sentait néanmoins obligé de rempiler. Il ne jouerait pas pour une autre équipe avant d'avoir remporté le championnat universitaire. Son père n'avait plus rien à voir là-dedans. Il en faisait désormais une affaire personnelle.

Françoise avait exigé que Mateo appelle son parrain séance tenante. Patrick n'avait pas éteint son téléphone depuis un mois. Il ne sortait plus acheter le pain sans emporter une batterie de rechange et gardait l'appareil sous les yeux quand il prenait sa douche. Il avait décroché à la première sonnerie et crié au fou en apprenant la nouvelle. Mateo n'en faisait qu'à sa tête, il n'avait aucun respect pour le travail des autres. Patrick avait entortillé Ferguson : l'Écossais rajoutait une Aston Martin en guise de cadeau de bienvenue. Mais Mateo avait-il au moins lu les offres qu'il lui avait fait passer ? Le jeune homme, qui avait jeté les enveloppes au fond d'un tiroir, avait répliqué qu'il ne possédait même pas le permis de conduire puis avait raccroché. Il était las de refuser des propositions qu'il n'avait pas sollicitées.

Mateo n'avait pas mieux géré la situation avec Valentine. Comme il craignait que la jeune femme se formalise de n'avoir pas été consultée, il avait feint devant elle de ne pas s'être encore décidé, espérant qu'après avoir entendu ses arguments elle le conforterait dans son opinion. La discussion avait pris un mauvais tour quand Valentine avait compris que Mateo avait déjà arrêté son choix et que rien de ce qu'elle dirait ne pourrait l'en faire dévier. Furieuse d'avoir été menée en bateau, elle avait eu des paroles blessantes, lui reprochant entre autres de faire plus de cas de ses coéquipiers que de la femme de sa vie. Ils étaient restés brouillés presque un mois. Mateo avait fini par aller à Canossa, en sonnant à la porte de Valentine un bouquet de fleurs à la main. Valentine, croyant que Mateo s'excusait de ne pas l'avoir associée à sa réflexion, lui pardonna de bon cœur. Mateo, dont le seul tort à ses yeux consistait à ne pas avoir eu le courage d'expliquer à Valentine que son avenir n'appartenait qu'à lui, ne jugea pas utile de la détromper. On a vu des mariages reposer sur de plus gros malentendus.

2

À la mi-septembre, Mateo reprit le chemin de l'entraînement. Il était impatient de retrouver Fischer et ses coéquipiers. Il arriva un peu avant l'heure et tomba dans les bras d'Enrique qui lisait au soleil. Ils comparèrent leurs étés. Enrique était rentré au Pérou travailler dans l'entreprise de son père. Il n'avait pas touché un ballon depuis le match contre Paris et avait pris quelques kilos. Mateo avait quant à lui randonné dans les Samorins avec Valentine, puis joué presque chaque jour du mois d'août avec l'équipe-réserve de Chambéry. Il se sentait pleinement affûté.

Les autres se présentèrent dans l'ordre habituel : Florian, Djamal et les jumeaux, Lionel, Quentin, Jérémy, Saïd, et enfin Ben, l'éternel retardataire. Tous étaient d'humeur joyeuse et semblaient heureux de se retrouver. Quentin, qui était très entouré, donna de ses nouvelles. Il ne se ressentait plus de son accident et avait correctement réussi ses examens. Florian et Saïd évoquèrent le match contre Paris avec une désinvolture qui choqua Mateo, surtout après que Quentin eût avoué qu'il en faisait encore des cauchemars.

On comptait aussi plusieurs nouveaux, qui n'osaient pas se mêler à la conversation. Mateo, en sa qualité de capitaine, salua chacun d'eux, les toisant au passage pour jauger leurs qualités athlétiques.

Fischer se fendit d'un discours de bienvenue plus débonnaire que jamais. Que leur statut de dauphins ne tourne surtout pas la tête à ses joueurs. Il ne leur donnait aucun droit, excepté celui de travailler plus dur. Les autres équipes les attendraient au tournant. Les supporters considéreraient la victoire comme allant de soi et leur tomberaient dessus au premier faux pas. Les médias tireraient fatalement des comparaisons entre cette équipe et celle de l'an passé ; certaines ne seraient pas à l'avantage des nouveaux.

Fischer ne fixa aucun objectif pour la saison, ce que Mateo interpréta comme le signe que l'Alsacien visait le titre, sans être suffisamment sûr de lui pour le crier sur les toits. Plusieurs titulaires, leur diplôme en poche, avaient quitté l'Université. Parmi eux, Alex ne constituait pas une grosse perte ; déstabilisé par la nomination d'Enrique au poste d'avant-centre, il n'avait jamais retrouvé sa place au sein de l'attaque. Mateo regrettait davantage le départ de Thomas, dont l'énorme abattage se révélait souvent précieux en fin de rencontre. Thomas avait bien promis de passer à la fac une fois par semaine pour animer un atelier de musculation mais Mateo craignait que le jeune homme, à présent professeur d'éducation physique au collège de Pluminy, ne se lasse vite de faire des allers et retours.

Un problème d'une tout autre ampleur menaçait le club. Depuis que Jean-Philippe avait accepté un poste d'assistant-export dans une PME de Bourg-en-Bresse, le FCV n'avait plus de goal. Fischer avait beau garder bon espoir de convaincre le dénommé Lucas d'enfiler les gants, Enrique, le nouveau doyen de l'équipe, se permit de remarquer que l'absence du rugbyman au premier entraînement n'était pas des plus encourageantes. Ben et un nouveau prénommé Maxime tinrent les cages ce jour-là. À côté d'eux, Jean-Philippe faisait figure de Yachine.

Plusieurs autres motifs d'accablement s'abattirent sur Mateo tout au long de la séance. Lui qui avait espéré une bonne surprise du côté des nouveaux dut se rendre à l'évidence : aucun ne sortait du lot, hormis peut-être un certain Guillaume qui trouvait facilement le chemin du but. Les autres s'agitaient beaucoup, sans réelle efficacité. Il faudrait des mois pour en tirer quelque chose.

Les anciens étaient eux aussi bien loin de leur meilleur niveau. Ils avaient déjà oublié les automatismes que Mateo et Fischer leur avaient si laborieusement inculqués. À court de condition, ils n'avaient à l'évidence pas joué de l'été. Pour ne rien arranger, Florian s'était foulé la cheville en courant sur la plage. Il portait un bandage et allait au contact à reculons. René et Willy, qui avaient développé une petite bedaine, suaient comme des porcs.

Plus grave peut-être encore, les coéquipiers de Mateo prenaient leur méforme à la rigolade. C'est Lionel qui avait commencé. Après avoir trébuché sur le ballon, il avait effectué un roulé-boulé digne d'un numéro de clown. Les autres lui avaient aussitôt emboîté le pas. Ils ne pouvaient plus dévisser une frappe sans faire trois tours sur eux-mêmes ou être témoins d'un petit pont sans conseiller à celui qui en avait été la victime d'enfiler une soutane. Même si Fischer, qui était du genre à rire quand il se brûle, mit vite bon ordre à cette pantalonnade, Mateo la jugea révélatrice de l'état d'esprit de ses partenaires. Ils avaient, contrairement à lui, digéré la défaite contre Paris. Loin de nourrir leurs regrets, elle les avait confortés dans l'opinion qu'ils avaient tout tenté et n'avaient rien à se reprocher. Ils parlaient de la saison passée avec nostalgie, comme d'une folle équipée qu'ils raconteraient à leurs enfants au même titre que leurs bizutages ou leurs canulars de potaches.

Mateo les sentait autrement concernés par leur scolarité. La plupart avaient enregistré des résultats décevants à leurs examens de fin d'année, Saïd et Willy ayant même été collés. Fischer, à qui pareille mésaventure n'était jamais arrivée, annonça qu'il faudrait désormais pointer à 12 de moyenne pour espérer figurer sur la feuille de match. Enrique, de loin le plus ambitieux de tous, avait loupé d'un cheveu la mention qu'il convoitait. Sans remettre en cause sa participation dans l'équipe, il entendait redonner la priorité à ses études. Il ne fallait plus compter sur sa présence à l'entraînement du mercredi. Au grand dam de Mateo, Fischer rappela que seules les séances du mardi et du jeudi étaient obligatoires.

Le soir, après qu'ils eurent rangé le matériel dans la resserre, Fischer montra à Mateo le calendrier qu'il venait de recevoir. Le FCV disputerait son premier match à domicile contre Montpellier avant de se déplacer à Orléans. Il affronterait Paris fin novembre puis à nouveau début avril. Mateo contempla tous ces noms familiers et fut pris d'un brusque accès de découragement en réalisant qu'il recommençait tout à zéro.

3

Il se remit au travail avec un sentiment d'urgence. La saison passée, Vernet avait gaspillé plusieurs points lors des premières journées par manque de préparation. Fischer et Mateo étaient bien décidés à ce que cela ne se reproduise pas.

Ils passèrent plusieurs soirées à composer l'équipe type, en se basant sur les observations qu'ils recueillaient à l'entraînement. Bâtir un onze relève davantage de l'alchimie que de la science. Il ne suffit pas d'identifier les meilleurs ingrédients, encore faut-il s'assurer que la mayonnaise prendra. Tel joueur ne donnera sa pleine mesure qu'associé à un autre. Parfois, au contraire, deux talents s'annulent. Quand il est réussi, le résultat est un subtil équilibre de jeunesse et d'expérience, de prudence et d'audace, de puissance et de vitesse.

Ils avaient quelques certitudes et de nombreux points d'interrogation. Il était entendu qu'ils évolueraient en 4-3-3. Quel que soit le schéma retenu, Mateo, Enrique, Florian, Quentin et Djamal en feraient partie. Fischer les surnommait les « indiscutables ». Lionel, Saïd, Guillaume, René, Willy, Jérémy, Maxime et Hugo formaient un deuxième groupe, dit des « possibles », tandis que Ben, Nathan, Kofi, Romain, Kevin et Arthur étaient pour l'instant cantonnés au rang de « remplaçants ».

Ils commencèrent par l'attaque. Enrique avait donné entière satisfaction comme avant-centre les derniers mois. Saïd semblait le plus qualifié pour occuper l'aile droite, mais il ne conserverait durablement son poste qu'à condition d'améliorer son endurance. Sur l'aile gauche, Mateo avait une préférence pour Guillaume, même si ce dernier était droitier. Lionel, qui occupait le poste depuis deux saisons, n'avait jamais été qu'une solution par défaut. L'avantage que lui conférait le fait d'être gaucher était plus que gommé par son pied droit exécrable. Il avait de surcroît une haute opinion de ses facultés qui l'empêchait de se remettre en question. Tâter du banc ne lui ferait pas de mal. Fischer, qui était parvenu à la même conclusion, nota au passage que Cristiano Ronaldo, bien que droitier, jouait fréquemment à gauche tandis que le gaucher Lionel Messi n'était jamais aussi dangereux que sur le flanc droit.

Au milieu de terrain, Willy était un choix logique, à défaut d'être enthousiasmant, côté gauche. Il était adroit des deux pieds et jouerait un cran au-dessus de son jumeau. La situation était plus compliquée côté droit, où pas moins de trois joueurs pouvaient prétendre remplacer Thomas. Maxime et Hugo, deux nouveaux, possédaient des années d'expérience à ce poste et avaient chacun des arguments spécifiques à faire valoir. Mateo s'entendait plutôt mieux avec Maxime. Jérémy, qui avait les faveurs de Fischer, avait un profil plus défensif. Il était certes un peu lent mais il savait tenir le ballon dans la tourmente, raison pour laquelle Mateo était plutôt partisan de le faire rentrer en fin de match quand le FCV mènerait au score. Ils choisirent pour finir d'aligner Maxime contre Montpellier.

La défense restait inchangée : Florian et Quentin, au centre, seraient flanqués à gauche de René et à droite de Djamal. Kofi et Nathan leur prêteraient main-forte à la première défaillance.

Lucas garderait les buts.

Mateo avait en effet convaincu l'étudiant en histoire de signer au FCV. Lucas avait, dans sa jeunesse, pratiqué le foot, le hand, le volley et le rugby, chaque fois ou presque au niveau régional. Il était grand, bien découplé, doté d'une main sûre et d'un coup d'œil infaillible. Les clubs de sports collectifs du campus ne s'y étaient pas trompés. Ils rivalisaient depuis un an pour s'attacher ses services, lui faisant miroiter qui une bourse, qui la garantie d'être titulaire. Mateo, qui n'était pas habilité à faire des promesses, avait conquis Lucas par la seule force de son assurance. Il voulait gagner le titre. Il allait gagner le titre. Il proposait à Lucas d'écrire l'histoire avec lui. Si le jeune homme se défilait, Mateo dénicherait quelqu'un d'autre, qui deviendrait champion à sa place. Comme bien d'autres avant lui, Lucas s'était rendu, subjugué par la puissance de la volonté de Mateo.

Pour talentueux qu'il fût, Lucas avait beaucoup de retard à rattraper. Il n'avait pas joué gardien depuis quatre ans. Il avait de bons instincts mais sa technique le trahissait souvent. Mateo fit de la mise au niveau de la nouvelle recrue sa priorité absolue. Il élabora un programme d'entraînement qui couvrait toutes les facettes du métier de gardien, de la prise de balle à la relance en passant par le jeu au pied. Il retrouvait Lucas après les cours. Les deux hommes s'entraînaient parfois jusqu'à la tombée de la nuit. Lucas se soumettait sans broncher aux exercices que Jean-Philippe avait toujours refusés. S'il fallait dégager vingt fois de suite dans le rond central, il dégageait vingt fois de suite dans le rond central. Il ne discutait pas les ordres, ne réclamait jamais de pause et se roulait dans la boue comme dans des draps de soie. Insensible à la douleur, il plongeait dans les pieds de Mateo la tête la première et clignait à peine des yeux quand il recevait un pruneau en pleine figure.

Il concevait sa fonction comme un combat contre les attaquants adverses, une succession de duels dans lesquels la psychologie jouait un rôle capital. Il interrogeait souvent Mateo sur ce qui lui passait par la tête lorsqu'il frappait un penalty. Quand décidait-il de quel côté il allait glisser la balle ? Prêtait-il attention aux gesticulations du goal ? Lui arrivait-il de changer d'avis au dernier moment ? Mateo se prêtait de bonne grâce à ces questions, qui le forçaient à scruter les méandres de sa pensée et le renseignaient en retour sur la mentalité des gardiens. Peu de gens pouvaient se vanter de lui avoir ainsi ouvert de nouveaux horizons.

Fischer s'était réservé le volet tactique de la formation de Lucas. Après avoir expliqué au jeune homme pourquoi le gardien était le joueur le plus important du football moderne, il lui apprit à positionner sa défense, à placer son mur sur les coups francs, à couvrir en priorité son premier poteau et à peser les avantages d'une relance à la main par rapport à un dégagement au pied. Quand Lucas ôtait ses gants pour prendre des notes ou tracer un croquis, Fischer offrait aussitôt de lui prêter des vade-mecum en allemand.

En l'espace de quelques semaines, Lucas accomplit des progrès spectaculaires. Ses partenaires s'émerveillaient de sa métamorphose sans réaliser qu'elle ne devait rien au hasard. À mille et un signes, Mateo pouvait voir qu'ils faisaient déjà plus confiance à Lucas qu'à Jean-Philippe. Il n'osait imaginer où tous seraient aujourd'hui si l'étudiant en histoire les avait rejoints un an plus tôt.

4

Le FCV remporta haut la main son premier match contre Montpellier. Guillaume affirma ses prétentions en inscrivant un but et en donnant une passe décisive à Enrique. Maxime marqua également des points dans la lutte à distance qui l'opposait à Hugo et Jérémy. Lucas n'eut pas grand-chose à faire de toute la rencontre mais le fit très bien.

Une semaine plus tard, en revanche, Vernet s'inclina deux buts à un sur la pelouse d'Orléans. Mateo avait ouvert le score. Peu après la reprise, l'arbitre siffla un penalty pour une faute stupide de Quentin. Les Orléanais doublèrent la mise sur un débordement de leur ailier droit. Dans un angle impossible, l'attaquant glissa le ballon entre Lucas et son poteau.

Une engueulade monstre s'ensuivit dans les vestiaires. Fischer reprocha à Lucas d'avoir dérogé à une règle fondamentale en ne couvrant pas son premier poteau. Mateo vola au secours du gardien, qui n'était pas plus coupable selon lui que le reste de l'équipe. Fischer ne supportait pas d'être contredit devant ses troupes. Il s'acharna sadiquement sur Lucas, qui finit par partir en claquant la porte et rentra à Vernet par ses propres moyens.

Le trajet de retour fut lugubre. Au fond du car, Mateo ressassait sa colère. Seule la crainte de traumatiser davantage ses coéquipiers l'empêcha de rallumer la dispute. Ils arrivèrent à l'université à 2 heures du matin. Mateo attendit que les autres s'égaillent pour affronter Fischer sur le parking.

— Même en trimant comme un forcené, il faudra des mois à Lucas pour combler son retard. La vérité, c'est que nous aurions dû le faire venir l'année dernière.

— Nous avons déjà eu cette discussion, dit Fischer en tenant entrouverte la porte de sa voiture.

Il était fatigué et voulait rentrer chez lui.

— Jean-Philippe lui aurait savonné la planche.

— Et vous l'auriez laissé faire ? Si Jean-Philippe ne supportait pas la concurrence, tant pis pour lui. Personne ne le retenait.

— Tu n'as jamais pu le blairer. N'empêche que lui, il tenait son poteau.

— Ça c'est sûr. C'est même la seule chose qu'il savait faire. En cinq ans, il ne s'est pas amélioré d'un iota.

Fischer, percevant dans les paroles de Mateo une critique de ses qualités d'entraîneur, répliqua vertement.

— Tout le monde ne peut pas se vanter de la même progression météorique que ton pote Quentin...

— Mon pote Quentin, comme vous dites, n'aurait pas eu besoin de plonger sur la ligne si votre ami Jean-Philippe n'était pas sorti en slip ! riposta Mateo. Trois semaines d'hosto, c'est cher payé pour la connerie d'un autre.

Il balança un coup de pied rageur dans le pneu de Fischer et s'éloigna sur son vélo. Il était tellement énervé qu'il ne ferma pas l'œil de la nuit. Le lendemain, il appela Lucas pour prendre de ses nouvelles. Le jeune homme avait fait du stop jusqu'à Lyon, où il avait attrapé un train pour Vernet. Il était sensible au soutien de Mateo mais sa religion était faite : il retournait chez les rugbeux. Mateo le supplia de reconsidérer sa décision, jurant qu'il se faisait fort d'obtenir des excuses de Fischer. Lucas demeura inflexible.

Mateo boycotta la séance vidéo du lundi. Plus il y réfléchissait, plus la conduite de Fischer le révoltait. Depuis un mois, Lucas donnait le meilleur de lui-même. Cela n'avait peut-être pas suffi mais ce n'était pas une raison pour l'enguirlander. Mateo se répétait ces arguments pour le cas où Fischer appellerait. Mais le téléphone ne sonna pas.

Le mardi matin, Mateo décida de sécher l'entraînement pour marquer le coup. Il passa prendre Valentine à la sortie de son amphi et l'emmena manger une glace en ville. Valentine aurait voulu parler de la conférence à laquelle elle venait d'assister mais Mateo, incapable de se concentrer sur autre chose, ramenait sans cesse la conversation sur son différend avec Fischer. Il commençait seulement à en mesurer le potentiel dévastateur. Vernet recevait Rouen dans cinq jours. Divisés et sans gardien, ils couraient au désastre. Une nouvelle défaite reléguerait le FCV à six points de Paris. Mateo pourrait dire adieu au titre.

Quand il rentra chez lui, Fischer l'attendait devant la porte. L'Alsacien était venu directement après l'entraînement. Mateo l'invita à l'intérieur.

Fischer reconnut qu'il s'était conduit comme un pignouf. Démolir le joueur qui trimait le plus dur n'était pas digne d'un éducateur. Il appellerait Lucas dès ce soir pour lui présenter ses excuses. Avec un peu de chance, celui-ci consentirait peut-être à reprendre sa place.

Il tenta cependant de se justifier sur le fond. L'équipe serait sans doute plus compétitive aujourd'hui s'il avait remplacé Jean-Philippe l'an passé mais elle ne se serait jamais mêlée à la lutte pour le titre. À l'origine, Mateo n'était censé rester qu'une saison à Vernet. Le jeune homme voulait une chance de remporter le championnat, il l'avait eue. Réécrire l'histoire était d'autant plus injuste que Fischer n'avait jamais coopéré avec un joueur aussi étroitement qu'il ne l'avait fait avec Mateo. Ils avaient fixé le cap *ensemble*, choisi *ensemble* de finir la saison avec Jean-Philippe et décidé *ensemble* de repositionner Quentin en défense. Il admettait d'ailleurs au passage que Mateo avait eu le nez creux sur ce coup-là : l'étudiant en médecine se révélait une vraie terreur à l'arrière et n'avait pas peu contribué à la spectaculaire remontée du FCV au classement. Fischer regrettait sa sortie sur le parking, qui laissait entendre que Mateo portait une part de responsabilité dans l'accident de Quentin.

Mateo, bon prince, accepta les excuses de Fischer. Celui-ci avait fait le premier pas après tout. Cela ne devait pas lui arriver si souvent.

Françoise débarqua sur ces entrefaites. Devinant que Fischer était venu faire la paix, elle le pria de rester dîner. Pendant qu'elle préparait le repas, les deux hommes appelèrent Lucas. Fischer déclara tout de go qu'il s'était piétiné les nougats. Lucas, qui entendait l'expression pour la première fois, crut y discerner du remords. Il promit de réintégrer l'équipe, par estime pour Mateo, précisant cependant que c'était la dernière fois qu'il se laissait marcher sur les pieds. Fischer le remercia : il était content qu'ils se soient ramijotés. Lucas raccrocha, perplexe.

Mateo dressa la table, tandis que Fischer examinait les photos accrochées aux murs. Certaines montraient Fran-çoise et Michel le jour de leur mariage ou devant la tour Eiffel mais la plupart étaient des scènes de football. Un cadre plus grand que les autres occupait la place d'honneur, au-dessus de la cheminée. C'était la dernière photo de Michel Lemoine.

Elle avait été prise sur la pelouse du stade Léo-Lagrange, avant le coup d'envoi du match d'ouverture de la saison 1992-1993, et représentait l'effectif du FCV au grand complet. Les joueurs du fond bombaient fièrement le torse. Debout, les mains dans le dos, ils entouraient Michel qui fixait l'objectif en souriant. Leurs camarades accroupis au premier rang luttaient pour conserver l'équilibre. Fischer ressentit un pincement au cœur en se reconnaissant sous les traits du garçon râblé, à l'extrême gauche du groupe, qui grimaçait, la main posée sur un ballon.

Françoise avait préparé une assiette de charcuterie et une salade de pommes de terre typiquement alsaciennes. Elle acheva de se concilier les faveurs de Fischer en débouchant une bouteille de riesling. Comme on pouvait s'y attendre, la conversation roula sur Michel. Françoise raconta comment son mari, par ailleurs peu sentimental, conservait religieusement tout ce qui se rapportait aux équipes qu'il avait entraînées, depuis le calendrier des championnats jusqu'aux coupures de presse en passant par ses notes d'entraîne-ment. Fischer, initialement sur la défensive, se détendit à mesure que la soirée avançait. Le vin aidant, il raconta des anecdotes qu'il croyait oubliées : la fois où un virus intestinal les avait contraints à jouer à huit, les châtiments graduels que Michel infligeait aux retardataires, l'hiver où ils avaient brisé à la pioche la glace qui recouvrait le terrain. Mateo connaissait plusieurs des anciens partenaires de son père mais n'avait jamais rencontré un de ses pensionnaires. Il posa ce soir-là à Fischer toutes les questions auxquelles Françoise ne savait pas répondre. Il apprit ainsi que Michel était un fervent partisan du 4-4-2 et qu'il calquait l'organisation du FCV sur celle du Milan AC, qui, au début des années quatre-vingt-dix, remporta trois Ligues des champions et enchaîna cinquante-huit matches sans défaite en série A. Il demandait à ses joueurs de nouer leurs lacets autour de leurs chaussures, les obligeait à avaler une barre énergétique à la mi-temps et renvoyait aux vestiaires quiconque contestait les décisions de l'arbitre. Il comptait une marge de sécurité d'une heure et demie pour les matches à l'extérieur et tenait des fiches individuelles sur ses adversaires, deux habitudes que Fischer avait reprises à son compte.

Peu avant minuit, Françoise alla chercher une bouteille de mirabelle. Fischer sortit ses lunettes et inspecta l'étiquette.

— Alors vous, Françoise, on peut dire que vous ne carburez pas à la Saint-Yorre.

— C'est mon cousin d'Épinal qui me l'a offerte à Noël. Je n'ai pas souvent l'occasion d'en boire.

— Elle a une jolie couleur. Voyons un peu ce qu'elle a dans le buffet.

Il se servit un fond de godet qu'il avala d'un trait. Les larmes lui montèrent aux yeux.

— Ah çà, elle rabote le sifflet ! Je vous sers ?

— S'il vous plaît.

— Et toi, bonhomme ? demanda Fischer en approchant la bouteille du verre de Mateo.

— Non merci, je ne bois pas d'alcool.

— Ah bon ? Bah, j'imagine que c'est pour ça que tu es l'Élu et qu'à quarante ans j'entraîne encore une équipe de seconde zone.

Comprenant au rictus de Françoise qu'il avait gaffé, il replongea le nez dans son verre en s'extasiant sur sa liqueur.

— Racontez-nous la dernière saison, demanda brusquement Mateo.

Fischer sauta sur la diversion :

— Tu veux dire 91-92 ?

— Oui.

Fischer baissa la tête pour rassembler ses pensées. Quand il la releva, il avait des étoiles plein les yeux.

— Ce qu'il faut bien voir, c'est qu'on n'avait pas un fifrelin. Aujourd'hui, à côté, on pète dans la soie. Les joueurs finançaient eux-mêmes leur équipement, certains étaient trop raides pour se payer des protège-tibias. À la mi-temps, les remplaçants débitaient de la merguez pour acheter des ballons.

— Ça, c'est vrai, approuva Françoise. Je me souviens qu'un été, ton père m'a fait recoudre des filets comme une femme de marin.

— On n'avait peut-être pas de thune mais on avait une idée dans le cantaloup. Ton paternel nous serinait qu'on pouvait être champions. Il nous rebattait les oreilles des exploits d'autres minus qui avaient envoyé des cadors au tapis.

— Par exemple ?

— L'AJ Auxerre qui s'était hissée en finale de la Coupe de France avec trois francs six sous et avait poussé les Nantais aux prolongations. Le Celtic de Glasgow qui avait remporté la Ligue des champions en 67 en rétamant l'Inter en finale. Le Cameroun qui avait dégonflé la baudruche argentine, championne en titre, en match d'ouverture de la Coupe du monde de 90. C'était toujours la même balançoire : la victoire sourit à ceux qui la désirent le plus.

— Qu'est-ce que je l'aurai entendue celle-là ! soupira Françoise avec un brin de nostalgie dans la voix.

— Vouloir, c'est bien mais ça ne fait pas tout, poursuivit philosophiquement Fischer. Pour notre premier match, on s'est ramassé une tôle à Paris.

— Déjà ? dit Mateo.

— Eh oui. On en a ramené quatre ou cinq dans nos valises. Même punition la semaine suivante à la maison contre Brest et le samedi d'après à Valenciennes.

— Trois défaites d'entrée ? Et vous avez fini deuxièmes ?

— Attends, tu vas voir. Peu à peu, on a trouvé nos mar-ques. On est allés chercher le nul à Bordeaux et on a passé une déculottée à La Rochelle. Tout le monde a marqué ou presque, même ton serviteur. Le seul but de ma vie en universitaire, tu penses si je m'en souviens.

— Vous jouiez derrière, n'est-ce pas ? demanda Françoise.

— Stoppeur. Je faisais la paire en défense centrale avec Kermarrec, un Breton qui cavalait comme un zèbre. Sans vouloir pisser sur les godasses de feu votre mari, le FCV comptait quelques sacrées individualités à l'époque. Si Collignon, le gardien, n'avait pas voulu devenir avocat, je crois bien qu'il aurait pu passer pro. On avait aussi un 10 épastrouillant, Savary qu'il s'appelait. Il aurait dribblé son ombre, celui-là ! Quand il mettait le Velcro, il n'y avait plus moyen de l'arrêter. Et comment s'appelait l'avant-centre déjà ? J'ai oublié son blaze.

— Donnadieu, dit Françoise.

— C'est ça, Donnadieu. Tout le monde l'appelait Poulidor parce qu'il était le roi de la bicyclette.

Mateo sourit.

— Bon (il prononçait « Pon »), ça a commencé à jaboter dans les troquets, comme quoi les footeux de la fac faisaient des étincelles. En un rien de temps, on a joué à guichets fermés. Pour mettre un peu de beurre dans les épinards, ton dabe a eu l'idée de génie de faire donner le coup d'envoi des matches par un commerçant du coin. L'association des supporters s'est mise à vendre des maillots et des écharpes aux couleurs du club. L'air de rien, ça a fait rentrer un peu de monnaie dans les caisses. Nous autres, pendant ce temps, on continuait à enquiller les perfs et à remonter au classement. À Noël, on était cinquièmes, avec le vent dans le dos. On a fini deuxièmes, un point derrière Toulouse. Un mois de plus et on était champions, ça ne fait pas un pli.

— Vous n'avez pas été trop déçus ? demanda Mateo.

— Pas tant que ça. On était partis de trop loin pour espérer décrocher la timbale. D'ailleurs, ton pater ne faisait pas une fixation sur le titre. Si on jouait bien, les résultats suivraient. On a gagné nos treize matches retour mais ça n'a pas suffi. C'est la vie. La saison suivante en revanche, on était gonflés à bloc. On n'avait perdu aucun de nos tauliers pendant l'été, un vrai coup de pot. Collignon, Kermarrec, Savary, Donnadieu, ils rempilaient tous pour un tour. Plu-sieurs sérieux clients frappaient également à la porte. L'un d'entre eux, un certain Janin, a tapé dans l'œil de ton père. Il m'a piqué ma place.

— Ah bon ? demanda Mateo en regardant Françoise à la dérobée pour voir si elle était au courant.

— Tu ne savais pas ? Bah, c'est derrière nous tout ça. N'empêche, sur le moment, c'est comme si le ciel m'était tombé sur la tête. Tu comprends, je me considérais comme un des patrons de l'équipe, un indiscutable quoi ! Je n'avais manqué qu'un match de toute la saison, pour une contracture à la cuisse. En plus, ton père ne me reprochait jamais grand-chose.

— Vraiment ? Il ne vous suggérait pas des pistes d'amélioration ?

— Si, bien sûr, à l'occasion. Je n'ai peut-être pas fait assez gaffe. Cela dit, il y a mis les formes, un vrai gentleman. Il m'a pris à part un soir après l'entraînement et il m'a balancé la nouvelle. Je l'ai reçue en pleine poire.

— Que vous a-t-il dit ?

— Que je n'avais pas démérité mais que Janin était meilleur que moi. Il ne s'en fallait pas d'un kilomètre mais il me surclassait quand même dans tous les compartiments du jeu. Pon, je ne devais pas baisser les bras pour autant. Janin et Kermarrec n'étaient pas à l'abri d'un pépin. Il était aussi prêt à me donner du temps de jeu côté droit pour accroître ma polyvalence ; je l'ai envoyé se faire cuire un œuf.

— Tiens, c'est drôle, j'ai souvenir d'une formule plus imagée, dit Françoise.

— C'est bien possible. Je ne mâchais pas mes mots à l'époque.

Mateo sourit à nouveau.

— Et après ?

— On recevait Saint-Étienne pour le premier match de la saison. Une heure avant le coup d'envoi, ton père m'a annoncé que je débuterais sur le banc. J'avais beau m'y attendre, ça m'a foutu les abeilles. On s'était sapés pour la photo officielle. Moi, je ne voulais pas y aller. Qu'on ne compte pas sur moi pour sourire comme un benêt alors que je venais de me faire saquer. Collignon m'a conseillé de la boucler. J'ai avalé ma chique et j'ai enfilé mon maillot. Après tout, je m'en battais la prunelle.

— Vous êtes sur la photo ?

— Ben oui. Tu regarderas au-dessus de la cheminée : le morveux qui tire une tronche de six pieds de long la main sur le ballon, c'est mézigue. L'ironie du sort a voulu que ton vieux me fasse rentrer en seconde mi-temps.

— Vous voyez, il continuait à compter sur vous, remarqua Mateo qui ne pouvait s'empêcher de défendre son père.

— Si on veut. On menait déjà 3-0, la messe était dite depuis longtemps. Peu importe de toute façon. Le jeudi suivant à l'entraînement, ton père a annoncé la composition de l'équipe qui affronterait Limoges à l'extérieur deux jours plus tard. Évidemment, mon matricule ne figurait pas sur la liste. J'ai expliqué aux copains qu'ils iraient sans moi. Je n'allais tout de même pas me taper dix heures de car pour couper les citrons à la mi-temps, non mais ! C'est sûr qu'avec le recul, j'aurais dû en parler en tête à tête à ton père, quitte à élever un peu la voix. Mais non, du haut de mes vingt ans, j'ai trouvé plus malin de le claironner sur les toits.

— Qu'a fait papa ?

— Ce que je ferais aujourd'hui à sa place. Il m'a

collé un ultimatum : je les accompagnais ou je rendais mon maillot. À l'époque, je rêvais encore d'une carrière professionnelle. Je savais qu'aucun club n'engagerait un gamin qui s'était fait éjecter de son équipe universitaire. Du coup, le samedi matin, je me suis pointé sur le parking d'une humeur de dogue, avec un bon quart d'heure de retard. J'espérais que le car serait parti et que le sort aurait décidé à ma place. Manque de pot, il était encore là. Je suis monté à bord en rouscaillant. Je pionçais peinard à l'arrière quand le car a dérapé sur une flaque d'huile. J'ai à peine eu le temps de comprendre ce qui se passait qu'il enfonçait la glissière de sécurité et piquait la tête la première dans le ravin. J'ai bien cru qu'on était partis pour le grand voyage. Qu'est-ce que ça gueulait ! Les sacs valdinguaient dans tous les sens. Et puis le car a percuté la montagne et les copains se sont retrouvés collés au plafond. Moi, j'étais allongé sur une banquette, c'est ça qui m'a sauvé. J'ai été projeté contre le siège de devant. Je me suis explosé le reniflant pendant que les autres, eux, passaient à travers le pare-brise. On a rebondi contre la paroi un paquet de fois, comme une boîte de conserve, ça a duré une éternité. Le dernier choc a été le plus violent. On a atterri dans les rochers. Un piton a déformé la tôle et m'a écrabouillé la guibole. J'ai tourné de l'œil. Quand je me suis réveillé dans l'ambulance, l'infirmier m'a dit sans plaisanter que j'avais eu de la chance. Tous les gars assis à l'avant étaient morts. Le chauffeur, Collignon, Kermarrec, Janin, ton paternel, tous *kaput*. Ceux qui étaient à l'arrière avaient morflé aussi, mais au moins ils étaient vivants. Avec ma cuisse en compote, j'étais paraît-il un des plus vernis.

— Quand avez-vous su que vous ne rejoueriez plus jamais au foot ?

— Oh, c'était clair pour tout le monde, sauf pour moi. Déjà, à l'hosto, le chirurgien n'était pas sûr de pouvoir sauver ma guibole. Il était mignon, il ne voulait pas me montrer la boucherie. Tu m'étonnes, ma cuisse était une vraie bouillie sanguinolente, une saloperie de plaie à vif dont il extrayait des éclats d'os à la pince à épiler. Sept fois, ils m'ont opéré. Chaque fois, ils juraient que c'était la dernière. Mais moi, je continuais à boiter. J'avais beau me ruiner en kiné, je traînais toujours la patte. La dernière opération a plutôt mieux marché que les autres. J'ai retrouvé juste assez de sensations pour croire que j'étais guéri. J'ai fait un bout d'essai avec quelques clubs, mais ça n'a rien donné. Quand mon agent lui-même m'a foutu à la porte, j'ai compris que c'était mort. Je me suis consolé en me disant que, si ça se trouve, je n'avais jamais eu le niveau. Tout de même, j'aurais bien aimé en avoir le cœur net.

— C'est à ce moment-là que vous avez décidé de devenir entraîneur ? dit Françoise pour réconforter Fischer.

— Décidé, c'est un bien grand mot. Je ne savais rien faire d'autre. J'avais laissé tomber mes études d'allemand suite à l'accident pour me concentrer sur ma jambe. Je ne me voyais pas retourner à la fac, pas après ce qui s'était passé.

Françoise vida les dernières gouttes de mirabelle dans le verre de l'Alsacien. Elle semblait déterminée à ne pas laisser la soirée sombrer dans la mélancolie.

— Je suis désolée que Michel vous ait écarté de l'équipe, Olivier. Figurez-vous qu'il vous appréciait beaucoup. Il parlait de vous dans les termes les plus flatteurs.

— V'là autre chose, lâcha Fischer, visiblement sceptique.

— Mais si. Il vous trouvait sérieux, courageux, travailleur.

— Je ne suis pas une feignasse, ça c'est sûr.

— À l'entendre, vous possédiez un sens inné du jeu et du placement sur le terrain. Il pensait que vous deviendriez entraîneur.

— Il était bien le seul, maugréa Fischer en faisant pensivement tourner son godet.

Mateo se demanda quelle part de vérité entrait dans les paroles de sa mère. Dans tous les cas, cela ne pouvait pas faire de mal à Fischer de les entendre.

5

Mateo se blessa au match suivant contre Lyon sous les yeux de Françoise et Valentine. Lui qui avait toujours redouté les contacts se fit mal tout seul. En pivotant sur lui-même peu avant la mi-temps, il ressentit une explosion de douleur dans son genou droit et s'écroula au sol. Incapable de poser le pied par terre, il sortit en s'appuyant sur Djamal et Quentin.

Fischer le fit s'allonger sur le banc et tâta précautionneusement la zone sensible. À son avis, Mateo s'était déchiré le ménisque externe. Ce n'était pas grave mais il devrait subir une opération et serait probablement indisponible pendant trois ou quatre semaines. Mateo ne dit rien. Il savait avec certitude qu'il ne rejouerait pas au football avant de longs mois.

L'IRM qu'il passa deux jours plus tard confirma ses appréhensions. Il s'était rompu le ligament croisé antérieur. Le ménisque interne était déchiré sur le quart de sa longueur, l'extérieur sur près de la moitié. Le chef du service de chirurgie, le docteur

Monnat, avait porté le maillot du FCV trente ans plus tôt. Il opérerait lui-même. La procédure, expliqua-t-il, avait deux buts : sectionner les mor-ceaux de ménisque endommagés et greffer à Mateo un nouveau tendon. Certains de ses confrères utilisaient des tendons de cadavre. Il préférait pour sa part prélever une tranche du tendon patellaire, dit aussi « rotulien », qui présentait l'avantage de se régénérer naturellement.

Mateo enregistra toutes ces informations sans vraiment les assimiler. Une seule chose l'intéressait : quand il pourrait rechausser les crampons. Selon Monnat, il faudrait, dans le meilleur des cas, compter environ quatre mois : quinze jours avant l'opération, une durée équivalente de repos et trois mois de rééducation intensive. Mateo tenta de négocier. Il était prêt à passer sur le billard séance tenante. Pour un peu, il se serait déshabillé dans le cabinet de Monnat. Ce dernier l'arrêta tout de suite. Il fallait laisser au genou le temps de dégonfler. Il remit à Mateo une liste d'exercices à accomplir quotidiennement jusqu'à l'intervention.

Cette question réglée, Mateo chercha à comprendre comment il avait pu se blesser sur une action aussi anodine. Il s'échauffait scrupuleusement, mangeait équilibré et fréquentait assidûment la salle de gym. Monnat haussa les épaules, comme si la question de Mateo touchait à l'un des grands mystères de l'existence. Il mentionna des prédispositions anatomiques ainsi que plusieurs facteurs plus incongrus les uns que les autres, tels que le coefficient de frottement entre la chaussure et le sol. Trente ans d'expérience lui avaient surtout appris que la fatalité frappait aveuglément, et souvent ceux qui le méritaient le moins. Mateo, qui cherchait dans tout échec une leçon, conçut une grande frustration des paroles du médecin.

Il rentra chez lui en boitillant. Parce que son programme lui apparaissait avec netteté, il n'était pas exagérément affecté par ce qui lui arrivait. Il ne doutait pas de récupérer plus vite que n'importe qui. Ce qui pour Monnat prenait quatre mois, il le ferait en trois. On était le 10 octobre. Il serait prêt à reprendre l'entraînement le 10 janvier, à temps pour les matches retour. Il avait fait ses calculs. Le FCV comptait six points en trois journées. S'ils parvenaient à la trêve avec 20 et qu'ils gagnaient tous leurs matches retour, ils seraient presque sûrement sacrés champions. Restait donc à grappiller quatorze points en dix matches. C'était loin d'être impossible.

Si Mateo gardait le moral, c'était aussi en grande partie grâce à Valentine. La jeune femme, qui s'était précipitée dans les vestiaires après l'accident, ne s'absentait jamais plus de quelques heures. Elle passait l'embrasser avant ses cours et se joignait souvent à lui pour le déjeuner. Les soirs où elle n'avait pas trop de travail, elle venait dîner chez Françoise et restait regarder la télévision, coincée entre la mère et le fils.

Mateo n'était pas nécessairement digne de tant de gentillesse. Comme tous les malades, il avait du mal à comprendre que la vie continuait au-delà des murs de sa chambre. Il se lassait vite des histoires de Valentine, qu'il fatiguait du récit de ses exercices orthopédiques. Il aurait souhaité qu'elle passât encore davantage de temps en sa compagnie, oubliant qu'elle était en quatrième année de psycho et croulait sous les devoirs. À mesure qu'approchait l'opération, il devenait de plus en plus acariâtre. Contrairement à Françoise qui ne s'en laissait pas conter, Valentine supportait ces sautes d'humeur avec une patience angélique. Elle tenait Mateo pour un être d'exception, dont les qualités hors du commun compensaient largement les travers. Plus elle le côtoyait et moins elle comprenait ce qu'il lui trouvait. Elle s'estimait privilégiée de partager sa vie et, à tort ou à raison, refusait de croire qu'il puisse nourrir des sentiments semblables à son égard. Cette blessure, pour regrettable qu'elle fût, donnait à Valentine l'occasion de montrer à Mateo à quel point elle lui était dévouée. Il émergerait de cette période plus fort qu'avant et se souviendrait qu'elle n'avait jamais quitté ses côtés.

6

L'opération se déroula sans complications particulières. Quand il se réveilla, Mateo trouva Françoise et Valentine à son chevet. Il se sentait encore vasouilleux des suites de l'anesthésie. Monnat, comme tous les chirurgiens, était enchanté de sa prestation. Les ménisques, un peu moins abîmés qu'il ne l'avait craint, avaient encore de belles années devant eux. Pour peu que Mateo s'acquitte sérieusement de sa rééducation, il ne conserverait de toute cette mésaventure qu'une légère raideur dans le genou et une cicatrice de 5 centimètres sous la rotule.

Mateo sortit de l'hôpital le jour même, en clopinant sur ses béquilles, la jambe sanglée dans une attelle. Françoise avait commandé un taxi. Elle s'assit à côté du chauffeur tandis que Mateo allongeait sa jambe sur la banquette arrière. Il avait interdiction de la plier.

Françoise avait monté le poste de télévision dans sa chambre. Il lança un film. Il n'avait rien de mieux à faire.

Monnat lui avait promis qu'il pourrait remarcher

au bout d'une semaine. Le deuxième jour, il fit un essai sans ses béquilles en s'appuyant sur Valentine. Le lendemain, il déambulait à l'étage sans aucune aide.

Il passait tout de même le plus clair de son temps au lit. Une machine lui enserrait la jambe, la pliant et la dépliant inlassablement pour restaurer sa souplesse. Les muscles de la cuisse avaient presque entièrement fondu. Lever la jambe, même de quelques centimètres, exigeait des efforts considérables.

Sa première sortie fut pour aller au stade, où il vit ses coéquipiers s'incliner contre Valenciennes à qui ils avaient passé six buts quelques mois plus tôt. Enrique avait reculé d'un cran et retrouvé son poste de numéro 10. La comparaison avec Mateo n'était pas à son avantage. Il gardait trop longtemps le ballon et tentait toujours les mêmes actions téléphonées. Nathan, l'avant-centre, ne savait à l'évidence pas ce qu'on attendait de lui et errait comme une âme en peine aux abords de la surface de réparation. Sur les passes en profondeur, il démarrait une demi-seconde trop tôt, ce qui lui valait d'être régulièrement signalé hors jeu. Seul Guillaume sur le flanc gauche tirait son épingle du jeu. Ses crochets imprévisibles affolaient les défenseurs, qui multipliaient les fautes pour l'arrêter. Il provoqua ainsi un penalty, qu'il transforma lui-même avec autorité.

La défaite contre Valenciennes intervenait après un nul et une victoire. Le FCV avait engrangé quatre points depuis la blessure de Mateo. Il lui en fallait encore dix d'ici Noël.

Dès qu'il se sentit assez bien pour retourner en cours, Mateo prit l'habitude d'aller traîner ses guêtres du côté du terrain de foot. Il débarquait à l'improviste pendant l'entraînement et observait ses coéquipiers se débattre dans les exercices concoctés par Fischer. Puis l'Alsacien rejoignait Mateo sur le banc pour suivre le match qui concluait la séance. Les deux hommes échangeaient leurs impressions sur les nouveaux. Lucas, en progression constante, avait définitivement fait oublier Jean-Philippe. Après quelques séances de jogging, Maxime et Hugo tenaient une forme olympique. Ils montaient et redescendaient infatigablement pour offrir des solutions au porteur du ballon. Arthur représentait une alternative intéressante à Djamal au poste d'arrière-droit. Il était davantage porté sur l'attaque que son aîné et délivrait de bons centres tendus au deuxième poteau. Même Nathan se révélait dans un rôle de remiseur.

Cependant, Fischer laissait de temps à autre échapper une phrase qui montrait qu'il avait déjà tiré un trait sur le titre. Quand Mateo le lui faisait remarquer, il se défendait avec énergie, invoquant la glorieuse incertitude du sport. L'Alsacien retombait dans les travers qui avaient tant irrité Mateo au début de leur collaboration. Il se plaignait du calendrier, qui verrait bientôt le FCV enchaîner trois déplacements, et pestait contre l'Université, qui avait fixé la date des partiels au lendemain du match contre Paris. Pour ne rien arranger, le corps arbitral s'acharnait contre Vernet. Au cours du seul match face à Lille, Fischer avait dénombré cinq coups de sifflet pour des fautes imaginaires et un penalty oublié.

Enrique, Florian, Saïd et les autres semblaient eux aussi s'être résignés à jouer le milieu du tableau. Ils parlaient de la deuxième place de la saison passée comme du point culminant de leur carrière. Quand Mateo leur en faisait le reproche, ils mettaient leur manque d'ambition sur le compte de son absence. « Sans toi, nous sommes une équipe comme les autres », confia un jour Djamal à son vieux copain, croyant lui faire plaisir. Mateo s'apprêtait à le contredire quand il se ravisa ; après tout, Djamal avait peut-être raison.

Mateo se lança à corps perdu dans la rééducation. Mon-nat l'avait placé entre les mains d'un kiné grec prénommé Nestor qui tenait une salle de gym derrière la gare. Nestor avait passé dix ans au service du Panathinaïkos d'Athènes, où il avait soigné autant de jeunes à l'aube de leur carrière que d'idoles vieillissantes. Il constituait une mine de renseignements inestimables pour Mateo, qui le bombardait de questions sur les meilleures techniques d'échauffement, les gestes dangereux à ne tenter sous aucun prétexte ou les risques de rechute après une opération. Nestor, en fin connaisseur de la psychologie des champions, s'efforçait avant tout de protéger Mateo contre lui-même. Car le jeune homme, comme tous les athlètes de haut niveau dont il s'était occupé, faisait superbement fi des moyennes et des statistiques. Il suffisait que Nestor lui prescrive trente étirements du mollet pour qu'il en effectue cent vingt. Il pédalait sur son vélo comme un forcené et soulevait au bout de deux mois avec ses jambes des poids que bien des hommes en pleine possession de leurs moyens eussent été incapables de supporter. Dès qu'il eut reçu l'autorisation de courir à nouveau, il allongea encore ses séances. Il s'était fait remettre une clé de la salle et il lui arrivait de se pointer au milieu de la nuit. Il joggait les yeux rivés sur la console, dont les innombrables indicateurs lui fournissaient la matière à des défis sans fin. Il se fixait par exemple un premier but de 8 kilomètres, qu'il parcourait en une quarantaine de minutes. Par goût des comptes ronds, il poussait jusqu'à trois quarts d'heure, pour s'aviser alors qu'il approchait des 10 kilomètres. De fil en aiguille, il finissait par couvrir une distance égale au double de l'objectif initial. Il descendait du tapis en titubant et s'affalait sur un lit pour s'infliger une interminable session d'électrostimulation. En partant, il croisait les premiers employés.

Il recouvrait rapidement ses moyens. Monnat, qui avait opéré des milliers de patients, n'avait jamais vu un rétablissement aussi spectaculaire. Mateo avoua au chirurgien être obsédé par sa guérison. Sa jambe mobilisait toute son énergie. Il l'exerçait sous la douche, dans son lit et même pendant les cours. Elle n'avait d'ailleurs jamais été aussi musclée et avait presque entièrement retrouvé sa laxité. Parfois, il n'était pas loin de penser que son accident était la meilleure chose qui lui fût jamais arrivée.

Il recommença à voyager avec l'équipe, assistant aux rencontres depuis les tribunes, affublé d'une casquette et de lunettes de soleil pour ne pas être reconnu. Le FCV avait renoué avec ses mauvaises habitudes : Enrique tricotait et les attaquants ne défendaient pas. Les exigences de Fischer baissaient de jour en jour. L'Alsacien se contentait désormais d'un match nul et trouvait des motifs de satisfaction dans la pire débâcle. Vernet naviguait entre la cinquième et la neuvième place du classement. L'objectif de 20 points à la trêve semblait compromis.

Dans le car qui les ramenait à Vernet les soirs de défaite, Mateo, assis à la fenêtre, regardait défiler le paysage en méditant ce paradoxe : lui qui n'avait pas joué regrettait plus que quiconque à bord d'avoir perdu. Jamais il ne s'était senti si seul, si singulier.

7

D'autres soucis vinrent s'ajouter aux tracas de Mateo.

Le rendement défensif de Quentin avait beaucoup baissé au cours des dernières semaines. Il commettait des fautes grossières, indignes de son niveau. Il oubliait par exemple de marquer son attaquant sur les corners ou relançait inconsidérément dans l'axe, où les risques d'interception sont bien supérieurs. Il n'appliquait les consignes de Fischer que par intermittence, ce qui entraînait à l'occasion des conséquences désastreuses. Il restait planté au point de penalty quand tous ses partenaires montaient pour jouer le hors-jeu ou s'obstinait à dégager en l'air alors que Fischer leur avait expressément demandé de garder le ballon au sol.

Mateo s'inquiétait pour son ami. Les deux hommes, qu'unissait une même passion pour leur métier, déjeunaient ensemble environ une fois par semaine. Issu d'un milieu modeste, Quentin portait sur ses épaules les espoirs de ses parents qui se saignaient aux quatre veines pour financer sa scolarité. Son parcours avait jusqu'à présent été jalonné de distinctions académiques, au point qu'une mention « bien » constituait pour lui une contre-performance. Il hésitait encore à se spécialiser. La médecine générale l'attirait mais la cardiologie ou la chirurgie lui offriraient sans doute de meilleures conditions d'exercice et une liberté supérieure. Dans tous les cas, de longues années d'étude l'attendaient.

Dernièrement, Quentin avait commencé à se plaindre de violentes migraines. Le mal de tête s'installait sans crier gare, durait quelques dizaines de minutes et disparaissait aussi brusquement qu'il était apparu. Quentin était par ailleurs sujet à des sautes de concentration. Lui qui par le passé pouvait piocher ses bouquins pendant des heures se retrouvait parfois le nez en l'air, incapable de se souvenir du paragraphe qu'il venait de lire. Le docteur Brunet, qui le suivait depuis son accident, imputait ses troubles au violent traumatisme crânien qu'il avait subi. L'hématome principal s'était subdivisé en une kyrielle d'hématomes plus petits, qui comprimaient la dure-mère, la membrane rigide qui enveloppe le cerveau. Selon Brunet, la plupart d'entre eux se résorberaient avec le temps.

Quentin se voulait optimiste. Après tout, moins de six mois s'étaient écoulés depuis son accident. On ne se remettait pas aussi facilement d'un tel choc. Il avait obtenu des notes correctes en septembre et estimait disposer d'une marge de sécurité importante grâce au travail fourni depuis cinq ans.

Dans un autre domaine, la patience de Valentine donnait des signes d'essoufflement. La jeune femme s'estimait mal récompensée des sacrifices qu'elle avait consentis récemment. Mateo n'avait que sa rééducation à la bouche. Quand il ne soulevait pas de la fonte chez Nestor, il restait cloîtré dans sa chambre à lire les Mémoires de sportifs qui avaient réussi à revenir au premier plan après une blessure. Il n'aimait pas sortir en semaine, préférant toujours une dînette en tête à tête à une virée en ville où il ne pouvait pas faire dix pas sans déclencher un attroupement. Pour couronner le tout, il vivait les matches du samedi avec presque autant d'intensité que du temps où il était sur la pelouse.

Valentine ne doutait pas d'être aimée. Mateo ne regardait pas les autres femmes. Il n'avait jamais oublié de lui fêter son anniversaire ou celui de leur rencontre. Il lui téléphonait plusieurs fois par jour, le matin au réveil, entre deux cours ou quand il marchait vers le terrain d'entraînement. Au bout du fil, il se montrait tendre, curieux, enjoué, parlait des enfants qu'ils auraient un jour et du pays où ils effectueraient leur voyage de noce. Nombre de compagnes s'en seraient contentées. Pas Valentine.

Elle avait compris depuis longtemps que Mateo était voué à un destin exceptionnel. Son talent, sa volonté, son intransigeance, tout le prédisposait à jouer les premiers rôles dans cette grande représentation qu'est la vie. Par elle ne savait quel miracle, Mateo la jugeait digne de partager l'affiche avec lui. Merveilleusement à l'aise sous les feux des projecteurs, il se penchait tout sourire dans la fosse d'orchestre, tendant la main à Valentine, prêt à la hisser sur scène. Écartelée entre le désir de rejoindre Mateo et la crainte de décevoir son partenaire et le public, elle continuait d'assister au spectacle depuis le premier rang.

8

Un nul héroïque à Toulouse et une victoire inespérée contre Bordeaux replacèrent le FCV dans la course. À la trêve, les coéquipiers de Mateo pointaient en cinquième position, à six longueurs d'une surprenante équipe mulhousienne. Paris était troisième.

Mateo faisait et refaisait ses calculs. Ils pouvaient encore être champions à condition de gagner tous leurs matches retour. Le calendrier était favorable à Vernet, qui recevrait les quatre équipes qui la précédaient au classement. Mateo y voyait le signe que les dieux du football ne l'avaient pas complètement oublié.

Il se souvenait qu'à la même époque, l'an dernier, Patrick l'appelait tous les soirs pour lui lire les offres qu'il avait reçues de Madrid ou Manchester. Cette année, le téléphone resta muet.

Mateo fut outrageusement gâté à Noël. Sa mère lui offrit un vélo d'appartement ultraperfectionné et Valentine un vieux sac de sport en cuir frappé du coq de l'équipe de France qu'elle avait dégotté dans une brocante. Elle l'avait payé une petite fortune, le vendeur prétendant qu'il avait appartenu à Raymond Kopa, l'illustre capitaine de la sélection qui avait fini troisième à la Coupe du monde de 1958. Mateo n'avait jamais tenu dans ses mains un aussi bel objet. Pendant tout le repas, il caressa, en souriant aux anges, le cuir fatigué, doux comme de la soie.

Début janvier, Monnat autorisa Mateo à reprendre l'entraînement. Le jeune homme serait resté absent des terrains moins de trois mois. Il se demanda s'il aurait pu se rétablir en deux.

Il mit plus de temps que prévu à retrouver ses sensations. Son genou enflait au moindre effort et le gênait quand il montait ou descendait les escaliers. Il sautait moins haut sur les corners et sa frappe n'avait plus sa puissance d'antan. Lucas, qui lui servait de sparring partner, évaluait la perte de vitesse à environ 10 km/h, soit tout de même un dixième de seconde sur un penalty. Plus ennuyeux encore, Mateo prenait parfois son corps, qui jadis lui obéissait au doigt et à l'œil, en flagrant délit d'insubordination. Quand il était pris à contre-pied, il sentait ainsi sa jambe se raidir, comme si elle le mettait au défi de changer de direction.

Malgré ces contrariétés, il regagna bientôt la confiance de Fischer et son brassard de capitaine. Il surclassait si largement ses partenaires que, même diminué, personne ne lui arrivait à la cheville.

Pour son premier match retour, le FCV pulvérisa Angoulême par cinq buts à zéro. Mateo marqua à deux reprises, donna une passe décisive à Guillaume et fit preuve pendant quatre-vingt-dix minutes d'une détermination que ses coéquipiers ne lui avaient jamais vue. Il ratissa un nombre incalculable de balles dans les pieds de ses adversaires et sortit victorieux de presque tous ses duels. Lui qui il y a peu encore redoutait les chocs allait au contact avec une agressivité féroce qui lui valut plusieurs remontrances de l'arbitre et, pour finir, un carton jaune.

Le Mateo nouveau était aussi moins patient avec ses partenaires. Il foudroyait du regard les auteurs de maladresses et pressait Lucas de dégager plus vite. Après chaque but, il se précipitait pour ramasser le ballon au fond des filets et courait ventre à terre le placer sur le point central. À la mi-temps, Fischer donna pour instruction à ses joueurs de lever le pied. Ils menaient déjà deux à zéro et devaient économiser leurs forces en vue de la réception de Mulhouse la semaine prochaine. Mateo coupa l'Alsacien au milieu de sa causerie. Quelle meilleure façon de préparer la venue du leader qu'en atomisant le sixième du classement sur sa pelouse ? Les Angoumoisins ne touchaient pas un caramel, c'était le moment de leur enfoncer la tête sous l'eau. Florian, Guillaume, Enrique, les cadres de l'équipe, opinèrent du chef. Fischer n'insista pas.

Le samedi suivant, Vernet s'imposa face à Mulhouse par deux buts à un au terme d'une rencontre âprement disputée où pas moins de trois joueurs se virent expulser. Mateo inscrivit le but de la victoire dans les arrêts de jeu sur une reprise rageuse aux 6 mètres. Quand la balle franchit la ligne, il serra les poings et poussa un cri animal en levant les yeux au ciel. Valentine lui fit remarquer le soir qu'elle ne l'avait jamais vu aussi belliqueux. Mateo rétorqua qu'il faisait du titre universitaire une question de vie ou de mort. La lueur fanatique qui brillait dans ses yeux dissuada la jeune fille de creuser le sujet. À une époque, l'intensité de Mateo l'avait séduite. Aujourd'hui, elle l'effrayait.

Grâce à ces deux succès consécutifs, le FCV remonta à la quatrième place du classement, à cinq points du leader. Il restait onze matches à jouer. Tout était encore possible.

9

Une semaine plus tard, Mateo se blessa à nouveau. Une pluie fine tombait depuis le matin, rendant le terrain boueux et les changements d'appuis périlleux. On approchait de la mi-temps quand Mateo tenta un petit pont. Alors qu'il était en train de contourner son vis-à-vis, son genou gauche se déroba sous lui. Avant même de toucher le sol, il savait sans l'ombre d'un doute qu'il venait de se rompre les ligaments croisés.

Il s'assit au fond du car qui les ramenait à Vernet et ne desserra pas la mâchoire de tout le trajet. Personne n'osa lui adresser la parole. Le FCV avait encore gagné mais l'humeur n'était pas à la célébration.

Ils arrivèrent à l'université à 2 heures du matin. Avertie par la mère de Djamal, Françoise les attendait sur le par-king avec les béquilles. Elle monta à l'avant de la vieille BMW de Fischer, tandis que Mateo allongeait sa jambe à l'arrière. Fischer s'efforça de charger le vélo de Mateo dans le coffre puis y renonça. Il reviendrait le chercher le lendemain.

À la maison, Françoise voulait discuter. Mateo exprima le besoin de rester seul. Il prit une longue douche brûlante et alla se coucher. Alors seulement, dans le noir, il fondit en larmes. Il avait encore échoué. Penser qu'il était victime du sort ne lui procurait aucun réconfort. Il s'était toujours senti responsable de ce qui lui arrivait, le bon comme le mauvais. Un terrible découragement s'abattit sur lui. Il n'était pas sûr d'avoir la force de tout recommencer, l'opération, la rééducation, l'entraînement. À quoi bon d'ailleurs ? Aucun grand joueur n'avait retrouvé son rang après avoir été opéré des deux genoux.

Il passa le dimanche au lit, le genou dans la glace, sans trouver le courage d'effectuer les exercices que Monnat ne manquerait pas de lui prescrire. Françoise lui montait des plateaux-repas. Valentine, en visite chez ses parents pour le week-end, appela à plusieurs reprises, sans succès. Mateo avait éteint son portable.

Le lendemain, la jeune femme débarqua à l'aube, terriblement inquiète, alors que Mateo dormait encore. Devant un bol de café, Françoise lui résuma les faits. Valentine se mit à sangloter. Décidément, la fatalité s'acharnait sur eux. À l'heure qu'il était, ils pourraient mener la grande vie à Madrid, dans un bel appartement baigné de soleil. Mateo s'entraînerait le matin pendant qu'elle prendrait des cours d'espagnol. L'après-midi, ils déambuleraient dans la vieille ville, main dans la main, en grignotant des churros et en se jurant amour éternel. Au lieu de quoi, ils croupissaient dans une sous-préfecture et n'avaient même pas les moyens de partir en vacances. La vie était injuste.

Valentine sécha ses larmes avant de monter à l'étage. Elle ne voulait pas que Mateo la vît dans cet état. C'est quand il était à terre qu'il avait le plus besoin d'elle.

Elle s'assit auprès de son lit et attendit longtemps qu'il se réveille. Quand il ouvrit enfin les yeux, elle se pencha sur lui, l'embrassa sur les lèvres et le serra dans ses bras. Mateo s'excusa de ne pas l'avoir prévenue. Il n'avait pas eu le cœur de lui gâcher son week-end en famille avec le récit de ses déboires. Il n'aurait d'ailleurs su que lui dire. Les faits parlaient d'eux-mêmes. Sa saison était foutue ; il ne remporterait pas le titre cette année encore.

Valentine le pressa de questions. Allait-il se faire opérer à nouveau ? Recouvrerait-il l'intégralité de ses moyens ? Prévoyait-il toujours de quitter Vernet à la fin de la saison ? Ses interrogations demeurèrent sans réponse. Mateo n'avait encore rien décidé. Il avait besoin de temps pour digérer la nouvelle. Valentine se sauva en promettant de repasser dans la soirée.

Plusieurs jours s'écoulèrent, pendant lesquels Mateo ne quitta presque pas son lit. Il examinait son genou sous tous les angles, prenant un plaisir pervers à voir les muscles de sa jambe gauche fondre à l'œil nu. Le reste du temps, il réfléchissait, un oreiller sur la tête. Il envisagea de mettre un terme à sa carrière. Il finirait ses études d'éducation physique et deviendrait entraîneur. Mais la perspective de coacher des Jean-Philippe et des Lionel lui était par trop intolérable.

Il coupa tout contact avec l'extérieur. Patrick, qui avait eu vent de sa blessure, appelait toutes les heures, laissant des messages de plus en plus désespérés que Mateo effaçait sans les écouter. Fischer sonna un soir à la porte. Françoise l'invita à prendre un café et lui donna des nouvelles de Mateo mais refusa de le laisser monter. Elle veillait sur son fils comme une louve sur ses petits.

Si Françoise avait pris son parti du mutisme de Mateo, Valentine, elle, revenait régulièrement à la charge. Savoir que son avenir était en train de se jouer entre ces quatre murs la rendait littéralement folle. Mateo éludait ses questions avec un détachement quasi insultant, se bornant à des commentaires évasifs quand il ne se barricadait pas purement et simplement dans le silence. Leurs soirées se passaient à regarder des films ou à jouer au backgammon. Valentine en sortait anéantie.

À sa décharge, Mateo se méfiait des mots. Des siens d'abord et de l'effet qu'ils pourraient produire sur Valentine : comment la jeune fille réagirait-elle en apprenant que des pensées suicidaires lui traversaient parfois l'esprit ? Il craignait surtout que Valentine n'essaie de l'influencer. Il connaissait ou devinait le point de vue de ses proches et les savait animés des meilleures intentions. Il était toutefois farouchement jaloux de son indépendance. Sa vie lui appartenait et il ne laisserait personne en décider à sa place, pas même sa mère, pas même Valentine.

Une décision finirait par s'imposer à lui, il en était convaincu.

Un soir, Françoise força tout de même son fils à l'écouter. Elle s'inquiétait de le voir ruminer dans sa chambre. Les choses étaient beaucoup plus simples qu'il n'y paraissait : que Mateo fasse ce dont il avait envie. Dans tous les cas, elle le soutiendrait. Il ne devait rien à personne, ni à Valentine, ni à Fischer, ni à son père, ni à elle. Mateo demanda à sa mère si elle lui en voudrait de plaquer le FCV. Françoise sourit et, pour toute réponse, l'embrassa dans les cheveux.

plaçants alors qu'on a touché des supernouveaux cette année. Lucas tient la baraque comme un chef. Guillaume a plus de talent dans le petit doigt que Lionel n'en a dans tout le corps et Maxime a déjà fait oublier Thomas. On a l'effectif, bon Dieu ! Ce n'est pas parce que je me suis esquinté qu'il faut baisser pavillon.

— C'est quoi ton problème, Lemoine ? Tu cherches les compliments ? Tu as besoin que je te rappelle que tu as planté la moitié des buts du club la saison dernière ?

— Mais non, je veux juste que vous arrêtiez de vous chercher des excuses. Quand ce ne sont pas les joueurs, c'est la fac. Ou la fédé. Ou le calendrier. Arrêtez de pleurnicher et retroussez-vous les manches.

Fischer devint tout rouge. Dans ces moments, son accent allemand revenait au galop.

— Tis tout de suite que j'ai un poil dans la main !

Mateo comprit qu'il était allé trop loin.

— Mais non, j'essaie juste de vous expliquer que nous avons tout pour être champions, à commencer par vous. Vous êtes un excellent coach, Olivier, le meilleur que j'aie rencontré, mais vous n'avez pas la foi. Si vous, vous ne croyez pas dans le FCV, qui va y croire ?

— D'accord, petit, je suis moins ambitieux que toi, je n'ai pas honte de le dire. Moi, ce qui me bottait, tu vois, c'était de jouer la coupe d'Europe et, sans cette foutue guibolle, peut-être bien que j'y serais parvenu.

— Et disputer la Ligue des champions en tant qu'entraîneur, ça ne vous exciterait pas un peu ? Cruyff l'a bien fait avec Barcelone.

— Faut que tu te fourres dans le ciboulot que je n'ai jamais voulu devenir entraîneur...

— Et moi, je crois au contraire que vous êtes fait pour ce métier. Vous vous rappelez l'article du *Messager* ?

— Lequel ?

— Celui qui dit que vous avez plus d'avenir en tant qu'entraîneur que vous n'en aviez en tant que joueur. Il faut regarder la réalité en face, Olivier : vous ne faisiez pas le poids à l'arrière, sinon mon père ne vous aurait jamais laissé sur le banc. Ça ne l'empêchait pas d'apprécier votre sens tactique et votre éthique de travail. Et s'il avait eu raison ? Et si vous étiez né pour entraîner ? Qui vous dit que cet accident n'est pas la meilleure chose qui vous soit arrivée ?

— Tu ne crois pas que tu pousses un peu ?

— À peine. Vous vivez dans le passé. Personne ne sait ce que vous seriez devenu si le car était parti sans vous et, à la limite, on s'en contrefout. Ce qui compte, c'est ici et maintenant. Faites de votre mieux et, comme disait mon père, les résultats suivront.

Mateo se tut. Il n'avait pas préparé son discours, les mots étaient sortis tout seuls. Tant pis s'il avait contrarié Fischer. Il devait savoir s'il pouvait compter sur l'Alsacien.

Fischer garda le silence pendant un long moment. Il s'était renversé en arrière dans son fauteuil, les mains sur la tête, et contemplait distraitement le plafond.

— Tu as raison, dit-il finalement. Je vais te raconter une histoire. En 79, le Racing Club de Strasbourg a survolé le championnat de France. On suivait les matches à la radio avec mon dabe. Ah *gottverdammt*, ça c'était une équipe ! Dropsy dans les cages, Specht et Novi en défense centrale, Wagner et Gemmrich devant. Tous nés et formés au pays, ou presque. L'entraîneur aussi était de chez nous. Un certain Gilbert Gress. Ça te dit quelque chose ?

— Non, avoua Mateo.

— Un ancien joueur. On le surnommait l'Ange de la Meinau. Il était passé par Strasbourg, l'Allemagne et la Suisse avant de devenir entraîneur. Encore un qui s'était converti au football total. Ses gars faisaient tourner la balle pendant des heures ; à la première ouverture, crac, Gemmrich s'infiltrait et finissait le travail. Avec mes potes, on avait collé la photo de notre joueur préféré dans notre cahier de texte. Moi, j'en pinçais pour Specht, le stoppeur. Le seul dont on ne parlait jamais, c'était Gress. Et pourtant, le vrai cador c'était lui ! La preuve, l'année d'après, il s'est crêpé le chignon avec les actionnaires et il a mis les voiles direction Neuchâtel, où il a été deux fois champion de Suisse. Pendant ce temps, le Racing prenait le toboggan. En 86, on est même tombés en deuxième division. Quelle misère !

Fischer secoua la tête comme si le souvenir de cette déchéance le hantait encore aujourd'hui.

— Tout ça pour dire qu'on n'a jamais vu une bonne équipe sans un bon entraîneur. Si j'osais, je dirais même que...

— L'entraîneur est l'élément le plus important du football moderne, compléta Mateo en souriant. Je sais, je l'ai souvent pensé.

Fischer se redressa dans son fauteuil, comme si on venait de lui enlever un poids immense des épaules. Il avait rajeuni de dix ans.

— Pon, alors comment on s'y prend pour ton titre ?

— Notre titre, corrigea Mateo. J'y ai un peu réfléchi. C'est râpé pour cette année, mais la bonne nouvelle c'est que nous sommes déjà presque assurés du maintien.

— Je refaisais les calculs ce matin. Il nous faut encore trois points, cinq pour être à l'aise.

— On les aura. Ça veut dire que la saison prochaine commence aujourd'hui. On va tout miser sur les joueurs qui seront encore là à la rentrée, en donnant la priorité à ceux qui ont une âme de combattant.

Ils passèrent l'effectif en revue afin de composer l'ossature de la future équipe. Lionel et Saïd, qui achèveraient leurs études en juin, n'en faisaient pas partie. Le cas de Quentin donna lieu à une discussion animée. Fischer doutait que l'étudiant en médecine revînt un jour à son niveau d'avant l'accident. Mais Mateo se montra intraitable : Quentin jouerait aussi souvent qu'il le souhaitait, dût-il leur coûter un point de temps à autre.

Fischer craignait aussi que les séances supplémentaires que réclamait son cadet ne conduisent les joueurs à négliger leurs études. Mateo répondit qu'il n'en était pas question. C'est tout le reste qui allait trinquer : la glandouille, les sorties, les soirées devant la télé. Ils décidèrent d'organiser un camp d'entraînement pendant la seconde quinzaine d'août afin de prendre de l'avance sur les autres équipes. Les futures recrues seraient identifiées dès le mois de juillet, sans attendre la rentrée.

Mateo sortit de chez Fischer gonflé à bloc. Il avait l'impression d'avoir repris son destin en main.

Le soir même, il dînait chez Valentine. Il arriva vers 8 heures, tout sourire et un bouquet à la main.

— J'ai vu Monnat ce matin, lança-t-il en entrant. Il m'opère le mois prochain.

— Vraiment ? s'écria Valentine. Quand as-tu pris ta décision ?

— Cette nuit. La voie à suivre m'est apparue clairement. J'ai réglé tous les détails dans la journée.

Il lui décrivit sa matinée par le menu, en terminant par sa conversation avec Fischer. Tout à son récit, il ne remarquait pas que le visage de Valentine se décomposait à chaque nouvelle révélation. Quand il eut fini, elle hocha la tête, incrédule :

— Tu as fait tout ça sans m'en parler ?

— Mais oui, dit Mateo, croyant que Valentine le félicitait pour sa promptitude.

— Quelle mouche t'a piqué ? Tu ne pouvais pas attendre après ton opération ?

— Attendre quoi ? Tu sais bien que je ne quitterai pas Vernet avant d'avoir gagné le championnat.

Maintenant que Fischer connaît mes intentions, il peut commencer à préparer la saison prochaine.

Valentine se mordit la lèvre pour ne pas éclater.

— Primo, j'aurais apprécié d'être prévenue avant ton entraîneur. Et secundo, non, je ne savais pas que nous étions cloués à Vernet tant que vous n'aurez pas remporté le titre.

Mateo écarquilla les yeux. C'était à son tour de ne pas comprendre.

— Mais enfin, Valentine, c'est le but que je me suis fixé avant de passer mon bac. Tu étais d'accord, non ? Je ne vais pas changer d'objectif en cours de route, sous prétexte que je n'arrive pas à l'atteindre.

— Je n'étais pas d'accord, je te soutenais, cela n'a rien à voir. D'ailleurs, qui te dit que vous serez champions l'an prochain ?

Mateo énuméra les mesures qu'il avait décidées avec Fischer. En apprenant qu'il avait hypothéqué son mois d'août, Valentine explosa :

— Et nos vacances, on les prend quand ? Je serai en stage à l'hôpital jusqu'au 10 août.

— On pourra peut-être partir quelques jours début septembre, hasarda Mateo.

— Tu sais bien que je serai chez mes parents à ce moment-là.

— J'avais oublié.

— Je n'arrive pas à croire que tu aies disposé de ton mois d'août sans m'en parler.

— Écoute, Valentine, c'est la seule façon d'être compétitifs dès la rentrée. Paris le fait, Bordeaux le fait, Mulhouse s'y est mis cette année...

— Ce n'est pas la question, Mateo, tu comprends ? Qu'est-ce que tu dirais si je m'inscrivais du jour au lendemain en doctorat à Toronto ?

— Je ne sais pas, moi. Je dirais que tu donnes la priorité à tes études. On se débrouillerait, je viendrais te voir.

— Mais je ne veux pas donner la priorité à mes études, je veux être avec toi.

— Alors tout va bien, dit Mateo en caressant tendrement la joue de Valentine. Je suis là.

La jeune femme détourna la tête.

— Non, tu n'es pas là. Ton corps est là mais tes pensées sont ailleurs. Il n'y en a que pour ton genou, pour tes matches, pour ta carrière...

— C'est vous qui me parlez de ma carrière. Moi, je n'y pense jamais.

— Tu penses à ton titre, c'est pareil !

— Que me reproches-tu au juste ? D'avoir envie de gagner le championnat ? Je n'ai jamais caché que, pour moi, ça passait avant tout.

— Même avant nous ? s'écria Valentine, au bord des larmes.

Mateo chercha une bonne réponse, n'en trouva pas. Il ne savait pas mentir.

— Va-t'en Mateo, dit Valentine sans le regarder. Nous n'avons plus rien à nous dire.

Le jeune homme se leva, contourna la table et passa ses bras autour des épaules de Valentine.

— Enfin, mon amour, tu sais bien que je...

— Va-t'en.

Il tira la porte derrière lui.

11

Mateo rappela Valentine le lendemain, puis le jour d'après. Elle ne voulait plus lui parler. C'était fini.

Il tournait et retournait les derniers événements dans sa tête à la recherche d'un début d'explication. Il ne comprenait toujours pas ce dont Valentine l'accusait. De lui préférer sa carrière ? C'était ridicule. Pourquoi devrait-il établir une hiérarchie entre son épanouissement professionnel et sa vie amoureuse ? Depuis qu'il avait rencontré Valentine, il lui consacrait tout son temps libre. Pas une fois il n'avait envisagé l'avenir sans elle. La jeune femme avait manifestement l'impression de se sacrifier pour lui. De tous les reproches qui pouvaient lui être adressés, c'était celui qui blessait le plus Mateo. Il n'avait jamais rien demandé, et surtout pas à ses proches de faire passer son bonheur avant le leur.

Il n'en souffrait pas moins comme un damné. Il n'avait pas eu la force de décrocher les photos de Valentine qui décoraient les murs de sa chambre et fondait parfois en larmes rien qu'en croisant son regard espiègle. Il dormait avec son sac de sport, en respirant l'odeur du cuir.

Même au pire de la détresse, Mateo n'alla jamais chercher chez Françoise un réconfort qu'elle eût pourtant été trop heureuse de lui prodiguer. Excessivement pudique, il détestait étaler ses émotions et préférait garder son chagrin pour lui.

Il s'abrutit dans le travail en se fixant des objectifs monstrueux grâce au journal qu'il avait tenu lors de sa première opération. Il faisait trois heures de vélo là où naguère une lui suffisait et doublait les charges qu'il soulevait avec ses jambes, au point que Nestor, qui craignait de le voir caner sur une de ses machines, l'obligea à lui signer une décharge.

Il revit, stylo à la main, tous les matches du FCV depuis son arrivée. Sur les conseils de l'Alsacien, il commença à visionner des enregistrements des grandes équipes de l'Histoire : le Brésil de Pelé, l'Ajax de Cruyff, le Real de Di Stefano. De nouvelles dimensions du football s'ouvraient à lui : l'évolution du jeu sur la très longue période, les révolutions tactiques, l'importance du coaching. Il était frappé par la transformation physique des joueurs au fil des ans. Platini faisait figure de gringalet à côté de Zidane, lui-même bien moins musclé que Cristiano Ronaldo. Les attaquants d'antan couraient moins vite, sautaient moins haut, frappaient moins fort qu'aujourd'hui. Certaines actions paraissaient tournées au ralenti. Les défenseurs pouvaient garder la balle trois ou quatre secondes et lever tranquillement la tête sans qu'un adversaire leur bondisse aussitôt sur le râble. Les temps morts abondaient. Une balle dégagée dans les tribunes pouvait se traduire par une minute entière d'arrêt de jeu.

Fischer se révélait un mentor incomparable. Il avait vu des milliers de matches et pouvait retrouver sans effort un geste ou une phase de jeu pour les montrer à Mateo. La moindre question du jeune homme donnait lieu à une conférence improvisée. À grand renfort d'exemples et de statistiques, Fischer se lamentait sur la mort des ailiers ou rapprochait le tandem mancunien Beckham-Van Nistlerooy de celui que constituaient vingt ans plus tôt les Hambourgeois Kaltz et Hrubesch. Il débordait d'anecdotes sur les grands entraîneurs, depuis le coup de gueule de Michel Hidalgo quand un cheikh koweïtien était descendu sur la pelouse pendant la coupe du monde 82 pour faire annuler un but de l'équipe de France jusqu'à ce vieux renard de Guy Roux qui avait préféré investir les gains de la première finale en coupe de l'AJ Auxerre dans la construction d'un centre de formation plutôt que dans le recrutement d'un avant-centre. Estimant qu'il y a toujours quelque chose à apprendre des grandes équipes, Fischer ne jugeait nullement ridicule de calquer les entraînements du FCV sur ceux du Bayern Munich.

Il rejoignait Mateo dans sa conviction que le progrès repose sur une foule d'améliorations infinitésimales. Les deux hommes avaient ainsi des discussions extraordinairement sérieuses sur les sujets les plus ténus, tels que l'alimentation à la mi-temps ou la longueur idéale des crampons par temps lourd. La question de savoir qui devait botter les corners côté gauche les occupa une soirée entière. Quand une décision était prise, ils l'imposaient au reste de l'équipe.

La première d'entre elles ne fut pas du goût de tout le monde. Saïd et Lionel apprécièrent peu d'être écartés du groupe au seul motif qu'ils seraient diplômés en juin. Lionel agita la menace d'un procès en discrimination. Avec l'accord de Fischer, Mateo lui balança ses quatre vérités. Son seul talent consistait à être né gaucher. Droitier, il n'aurait même pas été digne de couper les citrons. Pour avoir vécu sur son don comme sur une rente, sans le cultiver, il était seul responsable de ce qui lui arrivait.

Saïd, lui, n'avait pas démérité. Il avait même accompli des progrès considérables au cours des dix-huit derniers mois. Il ne dribblait plus à tort et à travers, cadrait les trois quarts de ses frappes et protégeait très honorablement son ballon. Seule sa condition physique laissait encore à désirer : il peinait à aligner trois courses d'affilée et sortait presque systématiquement à l'heure du jeu. Bien sûr, il aurait pu s'entraîner davantage, mais à quoi bon ? De son proprc avis, ses heures étaient mieux investies à bûcher le droit qu'à boucler des tours de piste. Il avait déjà sacrifié au FCV bien plus qu'il n'avait cru possible. Il avait failli remporter le championnat, demain il serait avocat ; il ne regrettait rien.

Florian arrivait lui aussi en fin de parcours. Il était déjà inscrit dans une école d'interprétariat qui ouvrait ses portes à Paris au mois de septembre. Il ne s'en montrait pas moins extraordinairement concerné par l'avenir du FCV et proposa de former Kofi, que Mateo et Fischer avaient choisi pour lui succéder.

Les deux hommes profitèrent de cette fin de saison pour se livrer à des expériences qui se heurtèrent parfois à l'incompréhension du public. Ils imposèrent par exemple Hugo au poste d'ailier droit anciennement tenu par Saïd. Le jeune garçon – il avait à peine dix-sept ans – signa une première sortie calamiteuse, foirant toutes ses passes et trébuchant à plusieurs reprises sur le ballon. Au bout d'une demi-heure, les supporters réclamaient sa sortie. Il était dit que le malheureux boirait le calice jusqu'à la lie : en seconde mi-temps, l'arbitre déclara non valide une de ses remises en jeu. La note de 1 sur 10 que lui attribua Jacques Noguera était la plus basse jamais donnée par *Le Messager*. Il en eût fallu davantage pour décourager Fischer. Décelant chez Hugo la promesse d'un grand centreur, il demanda à Guillaume de lui apprendre à effectuer une touche dans les règles de l'art.

Pendant quelques semaines, le FCV encaissa défaite sur défaite, au point de faire resurgir le spectre de la relégation. Les recettes de la billetterie se tarirent, réduisant d'autant le budget de fonctionnement du club et exposant les conseillers municipaux qui avaient voté en faveur de l'agrandissement du stade à la vindicte de l'opposition. Un jour que les coéquipiers de Mateo venaient d'encaisser un cinglant 3-0 à domicile, le président Aguettaz débarqua dans les vestiaires comme il avait vu maints grands dirigeants le faire à la télévision. Il gratifia les joueurs de ses analyses à 2,50 francs et mit Fischer en garde contre « une nouvelle contre-performance qui forcerait l'Université à prendre des mesures radicales ». Le samedi suivant, l'Alsacien rappela Saïd et Florian pour une pige. Le FCV alla battre Mulhouse par deux buts à zéro, glanant au passage les trois points qui garantissaient son maintien au sein de l'élite. La menace écartée, les expérimentations reprirent de plus belle. Pas moins de vingt et un joueurs arborèrent le maillot cobalt ce printemps-là, à des postes souvent inattendus. Guillaume joua ainsi deux matches entiers sur le flanc droit. Jérémy et René échangeaient parfois leurs positions à la mi-temps. Kevin, intronisé gardien remplaçant, avait droit à quinze ou vingt minutes de jeu tous les week-ends, quel que soit le score.

Fischer et Mateo tiraient froidement les leçons de chaque revers. Certaines évidences se dessinaient peu à peu. Maxime, qui avait pris beaucoup d'assurance ces derniers mois, avait rejoint le groupe des indiscutables. Guillaume n'était jamais meilleur sur l'aile gauche qu'associé à Willy. Quentin continuait de céder du terrain face à Nathan et Jérémy.

Pendant toute cette période, Mateo s'étonnait d'être si serein. Car enfin il ne jouait pas et son équipe s'inclinait lourdement tous les samedis. Il restait concentré sur l'objectif, éprouvant une certaine ivresse à le savoir si éloigné. Quand il souffrait mille morts entre les mains de Nestor, il songeait avec délectation aux nouveaux exploits que lui permettrait bientôt son genou tout neuf. Il accueillait de même les boulettes de ses coéquipiers avec une indulgence à laquelle se mêlait une forme de gourmandise. Il était pressé d'identifier leurs lacunes afin de mieux pouvoir y remédier. Chaque balle rendue à l'adversaire, chaque passe malencontreuse devenait une aubaine, en ce sens qu'elle fournissait à Fischer l'occasion d'une leçon qui les rapprochait du titre.

Les journées de l'Élu étaient d'une monotonie à pleurer. Il passait trois heures chaque matin chez Nestor entre 5 et 8 et s'infligeait une deuxième séance de musculation à l'heure du déjeuner. Après les cours, il assistait à l'entraînement ou préparait la rencontre du samedi avec Fischer. Il dînait en compagnie de Françoise, essuyait la vaisselle et montait dans sa chambre visionner un match de Platini ou de Beckenbauer juché sur son vélo d'appartement. Jamais il n'avait eu autant l'impression d'accomplir son destin qu'en poussant les pédales de sa bicyclette. Vu de l'extérieur, cette saison resterait marquée par sa double blessure. Pour lui, elle serait celle où il avait jeté les bases de ses succès futurs.

Valentine lui manquait. Mateo se rendait compte à présent que la jeune femme avait raison, que son obsession du titre avait peu à peu gangrené leur relation. La dernière année, il n'avait accordé à Valentine ni le temps ni l'attention qu'elle méritait. Peut-être rencontrerait-il un jour quel-qu'un qui compterait encore plus à ses yeux que le foot. Il n'était même pas certain de le souhaiter.

12

Vernet termina le championnat à la onzième place sur quatorze. Lors du dernier match de la saison, Fischer se mit d'accord avec l'entraîneur adverse pour procéder à six remplacements au lieu des trois réglementaires. Il put ainsi aligner Saïd, Lionel, Kevin ou Arthur, qui avaient beaucoup ciré le banc depuis quelque temps. En seconde période, Lionel, reprenant un tir relâché par le gardien, poussa le ballon dans le but vide. Il se roula au sol comme s'il avait inscrit le but décisif en finale de la Coupe du monde et oublia avec son élégance habituelle de remercier Enrique, qui avait décoché la frappe au départ de l'action.

Le lendemain, Mateo trottina pour la première fois depuis son accident. Il ne s'était jamais senti aussi fort.

13

Cet été-là, Françoise se laissa persuader de prendre deux semaines de congés. La mère et le fils s'installèrent dans une modeste pension de famille à Cagnes-sur-Mer où le comité d'entreprise de Disco avait négocié des tarifs préférentiels.

Françoise, qui n'avait pas quitté Vernet depuis des lustres, s'extasiait pour un rien. L'architecture médiévale, le petit port de pêche, les jardins d'oliviers lui tiraient des cris de ravissement qui amusaient Mateo. Elle se désintoxiquait de la grande distribution en déambulant dans les allées du marché, farfouillant dans les étals de paréos et goûtant tous les échantillons que lui tendaient les commerçants, sans se départir pour autant de sa frugalité légendaire. En quinze jours, ses emplettes se limitèrent à un sac d'abricots et une paire d'espadrilles.

L'après-midi, ils allaient à la plage. Françoise feuilletait des magazines en surveillant ses affaires car la gérante de l'hôtel l'avait mise en garde contre les pickpockets. Caché derrière de grosses lunettes de soleil, Mateo regardait les gamins jouer au foot sur le sable. Il mourait d'envie de les rejoindre, bien que Monnat le lui eût formellement déconseillé. Quand la tentation se faisait trop pressante, il allait nager ou courir dans la pinède en bordure du camping.

Ils prenaient leurs repas à la table commune de la pension. Ils sympathisèrent un soir avec un couple d'enseignants de Clermont-Ferrand qui venaient d'acheter un moulin dans la région en vue de leur retraite et tentèrent de convaincre Françoise d'en faire autant.

De retour dans leur chambre, Mateo vit sa mère jeter des chiffres sur une feuille. Sans être un expert, il devinait qu'un mas provençal coûtait plus cher qu'un pavillon à Vernet. Il savait aussi que Françoise avait mis de côté un joli petit pécule et que Disco lui verserait une somme rondelette à sa retraite. Pour la première fois de sa vie, il aspira à gagner son pain.

Il décida le lendemain de rentrer à Vernet. L'inactivité lui pesait trop. Il était impatient de reprendre le collier, de gagner le championnat et de signer dans un club pour ne plus être à la charge de sa mère. Après s'être assuré qu'il pourrait échanger son billet, il prétexta que Fischer le réclamait bien que le camp ne commençât pas avant une semaine. Françoise, habituée aux décisions soudaines de son fils, le laissa partir à regret. L'après-midi même, elle poussa la porte d'une agence immobilière.

14

Mateo reprit ses habitudes chez Nestor. Fischer, en villégiature dans les Vosges, avait laissé au gardien de l'université la clé de son bureau. Mateo s'y enfermait souvent pour regarder des matches. Après le déjeuner, il se dirigeait vers le terrain municipal où, avec Lucas et Djamal, ils défiaient les jeunes du centre aéré. Quentin se joignait à l'occasion à eux. Il avait été collé à la session de juin et bûchait dur pour retenter sa chance en septembre, ne s'arrachant à ses livres que pour taper dans la balle avec ses copains. En fin d'après-midi, Mateo allait traîner du côté de l'hôpital, où Valentine effectuait un stage. Il espérait croiser la jeune femme, sans bien savoir ce qu'il lui dirait. Le hasard voulut qu'ils ne se rencontrent pas.

Le temps passait trop lentement au goût de Mateo. Il se sentait aussi prêt qu'on peut l'être. Et puis, la compétition lui manquait. Il n'avait disputé que cinq matches au cours des douze derniers mois.

Fischer rentra enfin de vacances, reposé et rajeuni de dix ans, son accent un peu plus prononcé comme chaque fois qu'il revenait du pays. Il débordait d'idées sur la façon d'intégrer les nouveaux éléments qu'ils avaient présélection-nées en juillet. Plusieurs d'entre eux avaient l'étoffe de titulaires, dont un qui pourrait jouer dans l'axe derrière Mateo.

Fischer avait apporté un soin méticuleux à l'élaboration du programme du camp. Il s'était inspiré du stage de préparation des Bleus avant la Coupe du monde de 1998, qu'il avait agrémenté de pratiques venues d'Allemagne, d'Espagne et même de Russie. Le résultat était un curieux mélange de travail foncier, d'exercices techniques et de jeux conçus pour stimuler l'entraide et la camaraderie. C'est d'ailleurs sur ce dernier axe que Fischer choisit d'insister pendant son mot d'accueil. Selon lui, la plupart des mauvaises décisions sur le terrain provenaient de l'opinion erronée que chacun avait de ses capacités et de celles de ses partenaires. Le libéro ne passait pas à son gardien car il se méfiait de son jeu au pied. L'ailier s'embarquait dans un dribble compliqué plutôt que de centrer en retrait. Or il fallait du courage pour dire à son voisin qu'il ne savait pas tacler ou qu'il expédiait toutes ses reprises de volée dans les nuages. Fischer exhorta ses ouailles à la franchise, une franchise fondée sur le respect, la bienveillance et le désir de progresser. Il montra l'exemple en reprochant à Mateo de jouer trop souvent du même côté du terrain : quand il partait du rond central, il développait l'offensive deux fois plus souvent par la droite que par la gauche. C'était un travers classique, imputable au fait que l'œil dominant jouit d'une meilleure vision périphérique. Mateo était conscient de ce biais mais n'avait jamais soupçonné son ampleur. Il comprit à l'air approbateur de Guillaume que Fischer avait mis dans le mille et se promit d'y remédier.

Ils disputèrent d'entrée un petit match, qui permit à Mateo de se rendre compte que l'enthousiasme de Fischer à l'égard de Bastien était pleinement justifié. L'étudiant en chimie avait une vision du jeu remarquable, supérieure à celles d'Enrique et Guillaume réunies. Sachant d'instinct où se trouvaient tous ses partenaires, il distillait passes aveugles et talonnades qui arrivaient miraculeusement toutes à destination. Doté d'une bonne frappe, agile balle au pied, il aurait pu jouer à n'importe quel poste. Associé à Mateo en milieu de terrain, il allait faire un malheur.

Deux autres nouveaux montraient des promesses. Rolf, un ingénieur allemand qui commençait un doctorat à Vernet, avait été formé au Borussia Dortmund où les dirigeants lui prédisaient une belle carrière professionnelle en défense centrale. Passionné d'aéronautique depuis son plus jeune âge, il avait cependant choisi de donner la priorité à ses études. Puissant, rapide, il mesurait presque 2 mètres et sautait si haut que ses crampons caressaient couramment les côtes de ses vis-à-vis. Kofi, qui guignait le poste de libéro laissé vacant par Florian, avait du souci à se faire.

Dans un autre registre, un farfadet blond du nom de Raphaël risquait de donner du fil à retordre à la concurrence. Haut comme un nain à genoux, il remontait le terrain à toute berzingue en slalomant entre les défenseurs comme entre des quilles. En bout de course, il trouvait la lucidité de centrer au point de penalty quand il ne s'en allait pas battre le gardien tout seul. Lui dégotter une place au sein de l'attaque ne serait pas chose facile. Enrique donnait entière satisfaction au poste d'avant-centre, tandis que les ailes semblaient promises à Guillaume et Hugo. Pourtant, aux regards gourmands dont Fischer enveloppait sa recrue, il était évident qu'il l'insérerait d'une façon ou d'une autre dans son dispositif.

Trois autres bleus prénommés Jean-Pascal, Mathieu et Grégoire complétaient la cuvée. Moins doués que leurs camarades, ils n'en possédaient pas moins une qualité essentielle : l'enthousiasme. Ils ne se plaignirent pas d'avoir dû écourter leurs vacances et accueillirent le discours de Fischer leur promettant du sang, de la sueur et des larmes avec un zèle de convertis. Rolf mis à part, ils n'avaient pas encore commencé leurs études et ne réalisaient pas que le programme dément concocté par l'Alsacien ne leur laisserait quasiment aucun temps libre.

La fraîcheur des bizuths devait être contagieuse car les anciens ne rechignèrent pas davantage à l'annonce du planning d'entraînement. Guillaume, Hugo, Maxime, Willy, Jérémy, Kevin, Arthur, René, Quentin, Djamal, Nathan, Kofi et Lucas avaient répondu à l'appel. Ben et Romain avaient jeté l'éponge, le premier en invoquant sa moyenne, le second en râlant qu'il ne jouait pas assez. Enrique rempilait mais s'était fait excuser : il passait l'été au Pérou.

Le niveau d'exigence que les compères réussirent à maintenir pendant deux semaines n'avait pas grand-chose à envier à celui d'un club professionnel. Ils démarraient à 9 heures par une course en forêt, chaque jour un peu plus longue et un peu plus rapide que la veille. Puis ils s'étiraient pendant une demi-heure. Mateo, fort de ce qu'il avait appris en cours l'année précédente, avait convaincu Fischer de personnaliser l'échauffement en arguant que chacun avait ses bobos et ses petites douleurs récurrentes et connaissait mieux que quiconque la façon de les tenir à distance. Le reste de la matinée était consacré à un thème bien précis, tel que la circulation du ballon, le centre ou le une-deux. Ils alternaient exercices et matches courts, aux règles conçues pour les encourager à mettre en pratique les gestes qu'ils venaient de répéter. Si la leçon du jour portait sur la frappe de balle, chaque tir cadré rapportait deux points, plus un point supplémentaire si le tireur utilisait son mauvais pied ou s'il shootait depuis l'extérieur de la surface de réparation. Certains pigeaient plus vite que d'autres. L'équipe de Mateo gagnait presque toujours.

Fischer avait insisté pour qu'ils déjeunent ensemble, et pas uniquement afin de surveiller ce que ses gars mettaient sur leur plateau. C'était le moment où les langues se déliaient. Fischer raconta avec sa verve inimitable comment, à leur âge, il prenait ses burnes pour des lanternes magiques et pourquoi il avait fallu qu'il fasse la cabriole en autocar pour redescendre sur terre. Il discourait tout aussi volontiers sur le 4-3-3, la plus belle invention depuis le pain en tranches. Djamal, qui avait des lettres, trouva des accents épiques pour faire revivre la finale contre Paris. Quand il arriva au corner fatidique, Quentin détourna pudiquement les yeux. Aucun des nouveaux ne voulut croire qu'il était resté quatre jours dans le coma. Mateo était très entouré. Chacun voulait connaître l'histoire de ses débuts ou son opinion sur les récents déboires de l'équipe de France. Il se prêtait de bon cœur aux questions, en veillant toutefois à en apprendre autant sur ses futurs coéquipiers qu'ils en savaient déjà sur lui.

Comme Fischer ne plaisantait pas avec la digestion, une activité récréative – promenade, jeu de piste et même une fois radio-crochet – suivait invariablement le repas. C'était l'occasion d'approfondir les liens tissés pendant le déjeuner. Les personnalités se révélaient. À la grande surprise de Mateo, la plupart de ses camarades ignoraient ce qu'ils voulaient faire de leur existence. Pire, ils semblaient contents de livrer leur sort aux circonstances. Grégoire s'était inscrit en psycho « parce que c'était cool ». Jean-Pascal aspirait à devenir juge pour enfants « après avoir vu un reportage à la télévision ». Kevin et Maxime passeraient les concours de la Fonction publique, moins par altruisme que pour la sécurité de l'emploi. Quant à Hugo, il voulait devenir trader « pour s'en mettre plein les fouilles ».

Mateo se sentait plus d'affinités avec ceux qui obéissaient à une vocation ou n'avaient pas honte d'avouer qu'ils ne l'avaient pas encore découverte. Il suffisait par exemple de lancer Rolf sur le thème de l'avion du futur pour comprendre pourquoi il avait renoncé à une lucrative carrière en club. Soudain ses yeux s'allumaient et les arguments se pressaient dans sa bouche comme les gagnants à un guichet du PMU. Il jugeait scandaleux que les appareils actuels ne volent pas plus vite qu'il y a quarante ans quand, dans le même temps, le train à grande vitesse avait révolutionné le transport ferroviaire. Il incriminait pêle-mêle la hausse du prix du kérosène, l'empilage de taxes gouvernementales, la frilosité commerciale des compagnies aériennes et le manque de vision stratégique des constructeurs. Mais tous ces peigne-culs n'avaient qu'à bien se tenir car Rolf, son doctorat en poche, allait donner un sérieux coup de pied dans leur fourmilière. Il avait déjà deux ou trois idées pour améliorer le rendement des turboréacteurs sur lesquelles General Electric serait prêt à payer des millions pour mettre la main. Tout à son exposé, sérieux comme un pape, l'Allemand ne remarquait pas les sourires de ses interlocuteurs. Il n'était pas le seul à tracer sa route. Lucas, féru d'archéologie, avait passé le mois de juillet en Syrie à épousseter et étiqueter des poteries. Raphaël étudiait la chimie pour intégrer l'entreprise familiale. Et, bien sûr, Quentin rêvait d'être médecin. Ces quatre-là avaient en commun une mentalité de croisé et une détermination inaltérable. Même englués dans le quotidien, ils ne perdaient jamais de vue leur objectif. Mateo ne pouvait s'empêcher de remarquer que les meilleurs joueurs de l'équipe appartenaient presque tous à cette catégorie, comme s'ils appliquaient la même intensité à leurs études qu'à leurs loisirs.

Après un nouvel échauffement, ils enchaînaient quelques exercices d'agilité. Fischer récusait l'opinion communément admise selon laquelle, au-delà d'un certain âge, un joueur cesse de progresser techniquement. Il n'était jamais trop tard selon lui pour maîtriser l'art de la louche ou mieux contrôler son ballon. La supériorité évidente de Mateo ne l'empêchait pas de tirer profit de ces séances. Il ne cherchait rien de moins que la perfection et, quand il la trouvait, essayait de la reproduire encore et encore.

Ils terminaient la journée par une partie de quatre-vingt-dix minutes, pendant laquelle Fischer testait toutes sortes d'hypothèses. Il pouvait ainsi permuter deux joueurs en cours de match ou demander à une des équipes de jouer systématiquement le hors-jeu. Le score importait peu. Ils s'arbitraient eux-mêmes.

Mateo jouait à 80 % de ses moyens pour ménager son genou. Sa pointe de vitesse était intacte et sa puissance revenait peu à peu. Il sautait en revanche 5 à 10 centimètres moins haut qu'avant les opérations. Sur les corners face à Rolf, cela ne pardonnait pas. Il avait beau sautiller à la corde comme un boxeur, il doutait de retrouver un jour sa détente d'antan.

La remarque de Fischer le premier jour du stage lui avait donné l'idée d'une expérience. Il jouait les matches borgne, l'œil droit couvert d'un cache en feutrine. Son champ de vision s'en trouvant considérablement réduit, il développa en peu de temps de nouveaux automatismes à gauche avec Willy et Guillaume. Il regretta de ne pas y avoir pensé plus tôt.

Fischer sifflait la fin du camp vers 17 heures. Vu l'intensité du programme, il avait embauché les services du même kiné qui avait donné un coup de main à l'équipe avant la finale contre Paris. Mateo, qui aimait confronter à chaud ses impressions du match avec celles de Fischer, était toujours le dernier à se faire masser.

L'équipe type commençait à se dessiner. Avec Lucas et Kevin, le FCV tenait une paire de gardiens comme il n'en avait pas eu depuis une génération. Certes Kevin, encore un peu vert, était parfois sujet à des passages à vide que son équipe payait cash mais il apprenait vite et pouvait prétendre à du temps de jeu.

En défense centrale, Rolf, Kofi et Quentin étaient trois pour deux places, bien qu'objectivement l'étudiant en médecine ne fît plus tout à fait le poids. Mateo refusait pourtant de se rendre à l'évidence et continuait à prophétiser le retour imminent du grand Quentin. Fischer n'osait pas le contredire. René devait désormais compter avec la concurrence de Mathieu. Les deux hommes avaient chacun des arguments à faire valoir. René aurait pu jouer avec son jumeau les yeux bandés. Mathieu était plus grand et plus puissant, deux qualités que la présence de Rolf rendait un peu moins indispensables. Djamal semblait assuré de conserver son poste côté droit pendant un moment, tant Arthur se trouait encore facilement.

La situation était plus ouverte au milieu. Le tandem axial Mateo-Bastien fonctionnait au-delà de toute espérance, rendant la tâche de Jérémy et Jean-Pascal doublement délicate. Non seulement ils passeraient l'essentiel de la saison sur le banc mais ils devraient soutenir une comparaison écrasante chaque fois qu'ils entreraient en jeu. À gauche, Willy n'avait que son ancienneté et sa relation symbiotique avec René à opposer à Grégoire. On s'acheminait vers un compromis : Fischer alignerait tantôt les jumeaux, tantôt la paire Mathieu-Grégoire. Maxime conservait la préférence de Mateo sur le flanc droit. Toutefois, Fischer n'arrivait pas à se résigner à laisser son nouveau chouchou sur la touche. Avec ses dribbles déroutants et ses passes aveugles, Raphaël semait en effet la panique dans les défenses et pouvait faire basculer une rencontre sur un exploit individuel, une qualité pas si fréquente. Bien que reconnaissant volontiers les mérites de Raphaël, Mateo était partisan de le faire entrer à l'heure de jeu, quand ses trajectoires déroutantes porteraient le coup de grâce à des adversaires au bord de l'épuisement. Fischer promit d'y réfléchir.

C'est en attaque qu'ils y voyaient le plus clair. Aucun bizuth ne menaçait la supériorité d'Enrique au poste d'avant-centre. Guillaume était tout aussi indiscutable sur l'aile gauche. Seul Hugo peinait à s'imposer. Il avait exprimé le potentiel de centreur pressenti par Fischer mais affichait encore des lacunes préoccupantes dans son placement. Lui aussi avait à craindre d'éventuelles prouesses de Raphaël.

Ils bouclèrent le stage autour d'une choucroute dans une brasserie alsacienne. L'humeur était au beau fixe. En quinze jours, ils n'avaient déploré aucune engueulade et seulement deux blessures sans conséquences.

Personne ne parlait du titre mais ils y pensaient tous.

15

Pour le premier match de la saison, Vernet alla battre Amiens 4 à 0, grâce à des réalisations signées Enrique, Mateo, Guillaume et Raphaël. Dominés de la tête et des épaules, les Picards coururent après le ballon pendant toute la rencontre et ne se procurèrent pas le moindre corner. Ils attaquaient par vagues brusques et désordonnées, laissant des trous béants en défense, comme s'ils jouaient ensemble pour la première fois. On dirait nous l'année dernière, pensa Mateo en serrant la main du capitaine amiénois à la fin du match.

Fidèle à ses habitudes, il aurait eu beaucoup à dire sur la performance de ses partenaires. La communication entre les lignes n'avait pas bien fonctionné. Djamal avait plusieurs fois déserté son poste. Quant à Hugo, il appelait beaucoup le ballon mais démarrait trop tard. Cependant, au bout du compte, ils avaient livré une prestation solide, digne d'un prétendant au titre. Comprenant l'importance symbolique de cette première victoire, Mateo choisit de garder ses commentaires pour lui.

Force lui était toutefois de constater que Quentin avait enfoncé un nouveau plancher. Physiquement, l'étudiant en médecine en imposait toujours autant. Dans tous les autres domaines, en revanche, c'était la catastrophe. Il dégageait dans l'axe au mépris des règles les plus élémentaires et laissait son attaquant lui passer devant sur les corners. Mateo n'avait pourtant pas le cœur à accabler son ami. Quentin avait échoué à la session de septembre et redoublait sa cinquième année. Il n'avait plus le temps de sortir et sa petite amie l'avait plaqué. Le foot constituait son unique dérivatif.

Les matches suivants confirmèrent ces premières tendances. Le FCV s'imposa à trois reprises, inscrivant onze buts et n'en concédant que deux. Après quatre journées, il était leader du classement à égalité avec le club parisien, lui aussi invaincu.

Régnait désormais au sein de l'équipe une discipline militaire. Jean-Philippe, de passage un soir après le boulot, n'en crut pas ses yeux. Les séances d'entraînement étaient à la fois plus longues et plus studieuses. On n'y discutait plus des programmes télé de la veille ou du dernier jeu vidéo. Fischer ne tolérait pas les absences, sauf circonstances exceptionnelles. À la deuxième incartade, c'était le banc assuré.

L'Alsacien laissait par ailleurs libre cours à son goût immodéré pour la procédure. Des règles claires et précises, expliquait-il, libéraient l'esprit et lui permettaient de se concentrer sur les problèmes inédits. Les interjections qu'employaient les joueurs dans le feu de l'action pour appeler le ballon ou signaler un danger prêtaient par exemple notoirement à confusion. Selon l'auteur, une exclamation aussi banale que « À gauche ! » pouvait être interprétée comme une recommandation à pivoter sur la gauche ou à l'inverse comme une mise en garde contre l'assaut d'un adversaire. Fischer, Mateo et Lucas refondirent entièrement le glossaire employé sur le terrain, en s'interdisant les termes phonétiquement équivoques. « Gardien ! » invitait ainsi le porteur du ballon à passer au goal, « Ligne ! » à dégager le long de la touche, « Frappe ! » à tirer au but. Ils se penchèrent également sur des questions qui revenaient à chaque match. Il fut décidé une bonne fois pour toutes que Mateo tirerait les penalties, que Willy botterait les corners côté gauche et qu'Hugo en ferait autant côté droit. Sur les coups de pied de but, Lucas s'appuierait en priorité sur Rolf, Bastien, Djamal ou René ; la personne devant effectuer une remise en touche dépendait du score et de la position sur le terrain, et ainsi de suite. Les joueurs accueillirent favorablement ces réformes.

Pour son vingt et unième anniversaire, Mateo reçut le plus beau cadeau dont il eût pu rêver. Françoise avait retrouvé les carnets d'entraînement de son mari au fond d'une malle où elle les avait rangés vingt ans plus tôt avec le reste de ses affaires personnelles. Il y en avait sept, un pour chaque saison de la carrière de Michel.

Mateo se passionna pour ces journaux. Il y revenait sans cesse, fasciné par leur contenu hétéroclite et par ce qu'ils révélaient de son père. Des listes d'exercices voisinaient avec des notes sur les joueurs, des diagrammes tactiques ou des recettes de grand-mère. L'ensemble dégageait une impression d'extrême professionnalisme au service d'une passion sans limite pour le jeu. Étonnamment, les pages débordaient d'expressions ou d'aphorismes que Mateo avait jusque-là crus inventés par Fischer. Pour inciter ses joueurs à tirer de loin, l'Alsacien avait ainsi coutume de dire qu'un certain Ric Ochet avait marqué plus de buts que Pelé, Messi et Ronaldo réunis. Le même adage figurait noir sur blanc dans le troisième carnet, la contribution de Fischer se limitant à avoir actualisé le nom des buteurs. D'autres détails établissaient encore plus nettement la parenté entre les deux hommes, de la façon de nouer les lacets à celle de couper le bout des chaussettes pour accroître les sensations en passant par le barème des sanctions à appliquer en cas d'absences répétées à l'entraînement.

Le septième carnet était pratiquement vide, et pour cause : la dernière entrée datait de la veille de l'accident de car. Il contenait cependant un croquis qui laissa Mateo perplexe. On y voyait un joueur exécuter une reprise de volée du pied gauche depuis le coin de la surface de réparation sur un corner venu de la droite.

Mateo présenta le carnet à Fischer, qui le feuilleta en affectant l'indifférence.

— Pourquoi tu me montres ce crobard ?

— Vous avez déjà vu cette combinaison ?

— Tu parles si je l'ai vue ! Ton dabe s'était mis dans le caillou de la réussir en match. Je ne sais pas combien de fois on l'a répétée.

— Elle n'est pas un peu gonflée ?

— Non, tu crois ? Sur le papier, c'est du billard. Le gus chargé de la reprise se poste en embuscade à 25 mètres des buts, l'air de pas y toucher. Dès que le corner est donné, il bondit en avant, coupe la trajectoire du ballon et catapulte un caramel dans la lucarne droite.

— Pourquoi la droite ?

— Pour que le gardien qui campe au deuxième poteau n'ait pas le temps de revenir. C'est sûr que quand ça rigole, ça n'en jette pas qu'un chouïa.

— Vous l'avez essayée en match ?

— Il aurait déjà fallu y arriver à l'entraînement. C'est Poulidor qui la tentait. Il en a bien rentré quelques-unes mais jamais deux d'affilée.

— De toute façon, dit Mateo en réfléchissant, un coup comme ça ne marche qu'une fois. Quel pourcentage de corners aboutissent à un but ?

— Je ne sais pas, moi. Trois, quatre pour cent. Cinq maxi.

— Et vous dites que si le tireur trouve la lucarne, il marque à tous les coups ?

— Ma tête sur le billot.

— Imaginez que je réussisse cette reprise dans un quart des cas. L'air de rien, ça nous donne cinq fois plus de chances de marquer que sur un corner normal.

— Sauf qu'à mon avis, railla Fischer, t'auras plus vite fait d'apprendre à jouer du basson.

Cette combinaison tourna bientôt à l'obsession chez Mateo. Savoir qu'elle avait germé dans le cerveau de Michel décuplait son désir d'être le premier à la réussir en match. Un soir, après l'entraînement, il demanda à Enrique de lui servir quelques ballons.

Fischer n'avait pas menti. Pour tromper l'équipe adverse, l'exercice exigeait un timing impeccable. En admettant que le tireur du corner s'acquitte à la perfection de sa tâche – ce qui était loin d'être le cas d'Enrique –, la fenêtre dont disposait Mateo ne durait qu'une fraction de seconde. Qu'il s'élance trop tôt et il s'exposait à la charge d'un défenseur, trop tard et la balle lui filait sous le nez. Après une vingtaine de tentatives, il cadra sa première frappe, sous la barre transversale mais du mauvais côté du but.

Enrique s'impatientait. Mateo lui proposa de remettre ça le lendemain. À raison d'une demi-heure par jour, argua-t-il, il se faisait fort de maîtriser la reprise en moins d'un mois. Enrique déclina la proposition en sous-entendant qu'il avait mieux à faire que de jouer les utilités.

Mateo se tourna alors vers Hugo, qui releva le défi, séduit par sa dimension probabiliste. Chaque soir, les deux hommes frappaient une centaine de ballons sous l'œil narquois de Fischer. Quand Mateo trouva pour la première fois le chemin de la lucarne, il comprit l'excitation qu'avait dû ressentir son père vingt ans plus tôt en imaginant cette action. Du centre millimétré d'Hugo jusqu'au tremblement des filets, il s'était écoulé moins de trois secondes. Le gardien n'aurait pas le temps de comprendre ce qui lui arrivait.

Mateo prit conscience au fil des séances que la

mission d'Hugo était à peine moins ardue que la sienne. Ses centres devaient remplir une série de conditions d'effet, de hauteur et de direction. Contrairement à Mateo qui ajustait son geste en fonction des informations qui lui remontaient, Hugo procédait à l'aveuglette, sans savoir quelle part de l'échec d'une reprise était imputable à la mauvaise qualité de son corner. Ils demandèrent à Wilfried, trop heureux de rendre service, de filmer leurs séances.

L'un dans l'autre, la réussite couronnait de plus en plus souvent leurs tentatives. Ils suspendirent leurs séances le jour où ils atteignirent un taux de succès de 25 %. Investir davantage dans un geste qu'ils ne tenteraient peut-être qu'une demi-douzaine de fois dans leur vie eût relevé de la sottise.

16

Ils n'arrêtaient plus de gagner. Le travail fourni depuis deux ans portait enfin ses fruits. Peu de choses les séparaient d'une équipe professionnelle – et sûrement pas la quantité de travail fournie. Paris, qui avait concédé deux nuls coup sur coup, accusait quatre points de retard.

Mateo continuait à faire du Lemoine. Bien qu'il passât des heures à étudier le calendrier, il tançait quiconque évoquait le titre. Les victoires de son équipe le contentaient rarement. Il savait trop ce que certaines devaient au hasard. Quand le FCV menait 2-0 à la mi-temps et que Fischer leur demandait de lever le pied, il faisait remarquer qu'ils avaient eu de la chance et que le score pourrait être inversé. De retour sur le terrain, il attaquait de plus belle pour porter l'estocade et se mettre à l'abri d'un éventuel coup du sort.

Ses partenaires l'estimaient infiniment, le craignaient un peu et ne l'aimaient guère. À leur décharge, Mateo ne faisait pas grand-chose pour se rendre populaire. Les reproches lui venaient toujours plus naturellement que les compliments. Il pouvait l'emporter par quatre buts d'écart et pester qu'ils avaient joué comme des nazes. Surtout, il oubliait – ou feignait d'oublier – que ses coéquipiers avaient une vie en dehors du football. Quand l'un d'entre eux cherchait son souffle après une course de 30 mètres, il lui prescrivait une séance de jogging à 6 heures du matin.

Après huit victoires de rang, ils enregistrèrent leur première défaite de la saison à Mulhouse. Portés par un public fanatique, les Alsaciens entamèrent la rencontre pied au plancher et ne desserrèrent jamais l'étau. Profitant d'un jour sans de Quentin, ils pénétraient dans l'axe comme dans du beurre et chauffaient les gants de Lucas. Sans céder à la panique, Mateo et Bastien reculèrent d'un cran pour prêter main-forte à la défense le temps que Fischer se décide à remplacer Quentin. Les niveaux s'équilibrèrent suite à l'entrée de Kofi. Retrouvant une certaine liberté, Mateo combinait adroitement avec Guillaume et Hugo. Deux tirs d'Enrique frôlèrent le cadre d'un cheveu.

Le niveau de jeu atteignit des sommets en seconde période. Les deux équipes, admirablement organisées, dominaient tour à tour sans réussir à prendre l'avantage. Elles quadrillaient le terrain avec une rigueur militaire et perdaient fort peu de ballons. Plusieurs gestes inouïs de part et d'autre – roulettes, retournés acrobatiques, parades spectaculaires – plongèrent les spectateurs dans l'extase. L'arbitre ne sifflait pratiquement aucune faute, les débats étant, selon l'expression consacrée, virils mais corrects.

La rencontre bascula dans les dernières minutes. Enrique, idéalement servi par Maxime, décocha une frappe limpide que le portier alsacien détourna in extremis sur le poteau. Sur l'action suivante, le numéro 9 mulhousien se jeta comme un mort de faim sur un centre en retrait. Sa reprise toucha l'intérieur du montant de Lucas et termina au fond des filets.

Mateo regagna les vestiaires dans un état proche de l'euphorie. Quentin mis à part, ils avaient livré une presta-tion magnifique, exempte des mille petits travers qui lui gâchaient d'habitude son plaisir. Aucun joueur n'était sorti du lot – ou plutôt, tous méritaient une mention particulière. Ils avaient appliqué les consignes, défendu comme des lions, donné le meilleur d'eux-mêmes et, au bout du compte, exprimé leur véritable potentiel pour la première fois cette saison. Perdre dans ces conditions relevait de l'anecdote : l'issue du match s'était décidée sur un coup de dés, le poteau sortant d'Enrique contre le poteau rentrant des Mulhousiens. Serviette autour de la taille, Mateo fit le tour des vestiaires pour féliciter ses coéquipiers un par un. Ceux qui le connaissaient mal crurent qu'il se payait leur tête.

17

Ils remportèrent deux nouvelles victoires contre Besan-çon et Toulouse. Ils comptaient désormais trois points d'avance sur Paris et Mulhouse.

Enrique causait du tracas à Mateo. Méprisant l'échauffement, il s'arrangeait souvent pour arriver en retard à l'entraînement. Pire, il s'arrogeait le droit de se dispenser des exercices qu'il jugeait superflus ou indignes de son talent. Le soir, il était toujours le premier à remballer ses affaires quand les autres auraient volontiers débordé de quelques minutes. Il refusait d'arrêter de fumer malgré les demandes répétées de Fischer, rappelant d'un air goguenard que le grand Cruyff en personne ne dédaignait pas d'allumer une cigarette à la mi-temps.

Sur sa seule valeur, Enrique méritait sans conteste sa place dans l'équipe. Son compteur affichait déjà neuf buts en onze matches. Qui plus est, il se montrait souvent décisif. Jacques Noguera le surnommait « l'ouvre-boîte » pour sa capacité à débloquer les situations inextricables.

Mateo s'inquiétait moins des performances de

son avant-centre que de l'exemple déplorable qu'il donnait à ses partenaires. Il aborda le sujet un midi à la cafétéria.

— De quoi tu me parles ? s'emporta Enrique. Je plante un but tous les week-ends.

— Là n'est pas la question. Tu as le niveau mais tu ne progresses plus.

— C'est toi qui le dis. Et puis d'abord, il me semble que j'ai de la marge. Je suis un des trois ou quatre meilleurs de l'équipe.

— Pour combien de temps ? Guillaume et Bastien t'ont déjà dépassé. Rolf et Raphaël se défoncent à l'entraînement. Même Hugo fait des heures sup'.

— Tu ne vas pas me comparer à des gamins qui ont encore la morve au nez ? J'ai mes expériences au labo, moi, plus un mémoire à torcher avant les vacances. Au cas où tu ne serais pas au courant, j'essaie de boucler mon doctorat en trois ans pour me tirer aux États-Unis.

— Pas la peine de t'énerver. Je comprends très bien. Tu as tes priorités. En tant que capitaine, j'ai aussi les miennes. Je ne garderai pas longtemps sur le terrain quelqu'un qui ne donne pas le meilleur de lui-même.

— Attends, tu me menaces, là ? C'est comme ça que tu me remercies de ce que j'ai fait pour toi ?

— Qu'est-ce que tu veux dire ?

— Oh, ne fais pas le malin ! Tu oublies que je t'ai cédé mon poste quand tu cirais le banc ?

Mateo ne pouvait laisser passer ça.

— Je ne t'ai jamais demandé de faveur. Tout ce

que j'ai aujourd'hui, c'est par mon travail que je l'ai obtenu.

Enrique allait riposter, mais il se ravisa et se leva avec son plateau.

— Tu fais chier, Lemoine. Tu fais vraiment chier, lâcha-t-il en s'éloignant.

Une heure avant le coup d'envoi du match suivant, Fischer annonça à Enrique qu'il ne serait pas titulaire. Le Péruvien fit un esclandre, accusant Mateo de trahison et appelant ses fidèles soutiens à la rescousse. Personne ne prit sa défense. Fischer, une fois n'est pas coutume, essaya d'arrondir les angles en promettant à Enrique qu'il retrouverait vite sa place pour peu qu'il se remette au travail. Enrique quitta le vestiaire en claquant la porte.

Son absence se fit cruellement sentir. Jean-Pascal, qui débuta la rencontre au poste d'avant-centre, vendangea un nombre impressionnant d'occasions. Perdant peu à peu confiance en lui, Guillaume et Hugo tentèrent en vain de prendre le match à leur compte, jetant par-dessus bord les bonnes habitudes que Fischer avait mis des mois à leur inculquer. Pour finir, Vernet concéda le nul à une équipe lyonnaise largement à sa portée. Les supporters reprochèrent à Fischer d'avoir laissé Enrique sur la touche et se déchaînèrent contre le malheureux Jean-Pascal.

Cependant, les joueurs firent bloc autour de leur entraîneur, admettant implicitement que les deux points qu'ils avaient laissés sur le terrain constituaient le prix à payer pour construire une équipe plus soudée et plus méritocratique. Fischer en fut émù. Dans une sorte d'épiphanie, il reconnut dans la morgue imbécile d'Enrique sa propre attitude vingt ans plus tôt à l'égard du père de Mateo. Il comprit pourquoi Michel n'avait d'autre choix que de l'exclure et surtout pourquoi, à l'époque, aucun de ses coéquipiers n'avait contesté la décision du coach.

Peu à peu, l'Alsacien se réconciliait avec son passé.

18

Dès le lendemain, Fischer et Mateo s'attelèrent à préparer le match suivant contre Paris. Placés en embuscade à un point du FCV, les Parisiens avaient besoin d'une victoire pour s'emparer du titre honorifique de champion d'automne.

Fischer ressortit ses fiches sur le club de la capitale. Toute la semaine, il passa des coups de fil pour les compléter et les mettre à jour. Il avait entendu dire que le stoppeur s'était blessé : qui le remplaçait ? L'avant-centre tirait-il toujours les penalties sur la gauche ? Dans quel état était la pelouse ?

Ils décidèrent exceptionnellement de voyager le vendredi soir pour se présenter plus frais sur le terrain. Ils logèrent dans un hôtel à bas prix au bord du boulevard périphérique et, le matin, remontèrent la Seine en bateau-mouche. Enrique était resté à Vernet.

Dès le coup d'envoi, il fut évident que l'équipe parisienne n'avait rien à envier au groupe qui avait remporté le championnat deux ans plus tôt. Mateo reconnut le gardien, l'avant-centre et Da Costa, le numéro 7 qui les avait crucifiés. Presque tous les autres postes avaient été renouvelés.

La partie n'aurait pu mieux commencer pour les cobalts. À la cinquième minute, Jean-Pascal profita d'une incompréhension entre deux défenseurs pour chiper la balle et battre le goal à bout portant. Les Parisiens, vexés comme des poux, haussèrent leur niveau de jeu. Ils égalisèrent juste avant la mi-temps.

Mateo guettait le moment opportun pour tenter la combinaison de Michel. Il savait qu'il n'aurait droit qu'à une chance. Il laissa passer un premier corner, puis un deuxième, au risque qu'il n'y en ait pas de troisième. Une nouvelle occasion se présenta à un quart d'heure de la fin, alors que les équipes étaient toujours à égalité un but partout. Mateo adressa un signe discret à Hugo, qui sourit en se dirigeant vers le point de corner.

Guillaume, Jean-Pascal, Maxime, Bastien, Rolf et Willy se massèrent dans la surface de réparation. Mateo s'installa dans l'axe juste devant la ligne médiane, les mains sur les hanches, comme s'il se souciait davantage de bloquer une éventuelle contre-attaque parisienne que de se mêler à l'action. Si loin du but, il ne présentait en apparence aucun danger.

Cependant, insensiblement, il commença à avancer vers la zone fatidique. Il marchait lentement, le nez au vent, comme s'il se fichait d'où le menaient ses pas. Le temps qu'Hugo ait posé son ballon, rajusté son maillot et pris quelques pas d'élan, Mateo se trouvait en position. Personne n'avait remarqué son manège.

Hugo botta un corner parfait : tendu, puissant, à mi-hauteur. Mateo, qui avait bondi à l'instant exact où le pied d'Hugo entrait en contact avec la balle, se coucha presque à l'horizontale et catapulta une reprise qui alla nettoyer les toiles d'araignée de la lucarne droite. Le gardien parisien n'avait pas esquissé un geste. Le FCV était champion d'automne, pour la première fois de son histoire.

19

Les propositions recommencèrent à affluer. Les clubs appelaient Patrick qui était, de par la réglementation française, forcé de les informer qu'il ne représentait plus Mateo. Quand la nouvelle se répandit que l'Élu avait congédié son agent, tous les maquignons d'Europe se placèrent sur les rangs. Flairant l'opportunité de traiter sans intermédiaire, Manchester et le Bayern dépêchèrent des émissaires à Vernet. Ceux-ci invitèrent Françoise et Mateo au restaurant et leur firent miroiter des contrats encore plus juteux que la première fois.

Mateo voyait bien que sa mère était sensible aux attentions des recruteurs. Un tour en limousine, un compliment bien troussé ou une boîte de chocolats l'impressionnaient davantage qu'un million de plus ou de moins. Si cela n'avait tenu qu'à elle, il aurait choisi son futur club en fonction de la courtoisie des dirigeants.

Patrick fit lui aussi le pèlerinage de Vernet. Son appât du gain et la tendresse qu'il vouait à son filleul l'avaient emporté sur son amour-propre. Il avait un besoin urgent de se renflouer. Son meilleur client l'avait quitté, il avait essuyé des pertes importantes sur les marchés et Marlène parlait de déménager. Françoise l'accueillit à bras ouverts et le convia à dîner. Elle n'avait pas apprécié la façon dont Mateo avait éconduit son parrain et voulait croire qu'une réconciliation était encore possible.

Mateo ne fit aucune allusion à leur algarade. Tout au plus leva-t-il les yeux au ciel quand Patrick rappela qu'il l'avait mis en garde contre les risques d'une blessure. L'agent n'avait rien de plus à offrir que par le passé. Il congratula Mateo pour son but contre Paris, « peut-être le plus beau jamais marqué par un joueur non professionnel » selon *Le Messa-ger*, et révéla que ses contacts au sein de l'équipe de France lui avaient laissé entendre qu'une place attendait le jeune homme du jour où il signerait avec un grand club. Mateo enregistra toutes ces informations mais refusa de s'engager dans un sens ou dans un autre. Il était entièrement tendu vers les matches retour et n'étudierait aucune proposition, d'où qu'elle émanât, tant qu'il ne serait pas assuré du titre.

Après le départ de Patrick, Françoise tenta d'en savoir plus. Elle s'inquiétait pour son fils et craignait qu'il ne repousse encore d'une année la décision la plus importante de sa carrière. Mateo piqua une colère contre « tous ceux qui se croyaient des droits sur lui ». Il fit promettre à Françoise de ne plus aborder le sujet d'ici à la fin du championnat.

Les matches reprirent. La victoire de Vernet à Paris avait marqué les esprits. La plupart des adversaires du FCV, s'attendant à encaisser une raclée, jouaient regroupés en défense et n'osaient plus se dégarnir. Mateo et Guillaume s'adaptèrent à cette nouvelle donne en frappant chaque fois qu'ils en avaient l'occasion. Ric Ochet marquait plus de buts que jamais.

Mateo passait toujours plus de temps avec Fischer. L'épisode de la combinaison lui avait ouvert les yeux sur les vertus d'une approche statistique du jeu. Il avait écrit pendant la trêve à une société anglaise qui disséquait des milliers de matches par an et vendait à prix d'or le résultat de ses analyses aux plus grands clubs du monde. Le président de la société avait suivi dans la presse les tribulations de l'Élu. Il invita Mateo à lui rendre visite dans ses bureaux de Londres, où il lui fit une démonstration des fonctionnalités de son logiciel. Quel pourcentage des buts étaient marqués pendant les arrêts de jeu, combien de cartons jaunes un avant-centre recevait en moyenne dans sa carrière, quelle proportion des buts de leur équipe inscrivaient les remplaçants : la machine avait réponse à toutes les questions. Mateo fixait l'écran avec la gourmandise d'un gastronome dans les cuisines d'un grand restaurant. Il n'osait penser au profit que tirerait Fischer de l'accès à une telle mine d'informations.

L'Anglais avait dû lire dans les pensées de Mateo car, en le raccompagnant, il avait remis au jeune homme un bout de papier contenant des codes de connexion à la base de données. Fischer passait depuis une partie de ses nuits en ligne, à éplucher des statistiques et à confirmer la véracité de théories dont il avait l'intuition. Le style du FCV en fut subtilement transformé. Jean-Pascal traînait désormais au premier poteau, où davantage de buts sont marqués qu'au second. Guillaume et Hugo centraient plus souvent à ras de terre dans l'espoir qu'un défenseur adverse trompe son propre gardien. Ces changements n'échappèrent pas aux observateurs. Jacques Noguera fit remarquer que les poulains de Fischer offraient moins de spectacle qu'en début de saison mais qu'ils faisaient preuve d'un plus grand réalisme.

À cinq journées de la fin, le FCV comptait six points d'avance sur Paris et huit sur Mulhouse. Mateo savait à présent qu'il allait remporter le championnat. Et après ? Il avait l'impression de se trouver seul face à une feuille blanche. Tant qu'il perdait, son avenir était tout tracé ; la défaite lui dictait sa conduite. Il allait maintenant devoir se fixer de nouveaux objectifs, toujours plus élevés, toujours plus ardus. À cette pensée, une immense lassitude l'envahissait.

Il se remémorait la saison passée avec nostalgie. Ces mois où il avait soigné son genou et rebâti l'équipe avec Fischer lui apparaissaient rétrospectivement comme les plus heureux de sa vie. Il ne faisait aujourd'hui que moissonner ce qu'ils avaient semé. Il aurait dû jouir du moment mais il n'y arrivait pas. Il avait digéré le succès avant même de l'avoir éprouvé. La victoire était déjà dans son rétroviseur sans qu'il se souvienne l'avoir dépassée. La prophétie de Valentine selon laquelle il ne serait jamais heureux lui revenait sans cesse.

Françoise incitait Mateo à un peu plus d'indulgence avec lui-même. Sa difficulté à savourer l'instant présent était la rançon de sa capacité à se projeter dans l'avenir. C'est elle qui l'avait mené si loin, quand tant d'autres seraient encore en train de se repaître de leurs premiers exploits. En même temps, continuait Françoise, parce que Mateo s'assignait des buts plus exigeants que le commun des mortels, il pouvait prétendre à une qualité de bonheur supérieure. Elle exhortait son fils à se retourner et à mesurer le chemin parcouru. Repensant au premier entraînement, au niveau pitoyable de ses coéquipiers et au défaitisme de Fischer, Mateo souriait.

Il n'avait toujours pas fait son deuil de Valentine. Il avait aperçu plusieurs fois la jeune femme dans les tribunes de Léo-Lagrange. Elle était accompagnée d'un grand échalas, un étudiant en psycho qui se consumait d'amour pour elle depuis des années. Le soir, dans le noir, il arrivait à Mateo de se demander si ce qu'il s'apprêtait à gagner compen-sait ce qu'il avait perdu. Il était partagé. Certes, Valentine l'avait aimé et l'aimait probablement encore, mais elle ne le comprenait pas. Une part de l'âme de Mateo, la part responsable de son intensité, lui demeurerait à tout jamais mystérieuse. Le jeune homme confia un jour à sa mère qu'il avait peur de ne pas trouver quelqu'un qui le comprendrait et l'aimerait à la fois pour ses qualités et ses défauts. Françoise le rassura : la communion entre deux êtres existait. Elle en avait fait l'expérience.

20

Le FCV manqua l'occasion de tuer le championnat en concédant le nul à domicile contre Paris. La partie avait pourtant bien commencé, Mateo piquant la balle d'une pichenette au-dessus du gardien sur sa première action. À cet instant, Vernet comptait virtuellement neuf points d'avance sur son rival. Le titre était quasiment dans la poche.

Hélas, un attaquant parisien ramena les deux équipes à égalité dans les arrêts de jeu après avoir intercepté une imprudente passe en retrait de Quentin pour Lucas. Même si le nul faisait les affaires du FCV en préservant son avance au classement, les supporters vernetois sifflèrent copieusement leur équipe.

De retour dans les vestiaires, Quentin annonça à Mateo qu'il renonçait à sa place de titulaire.

— Je sais que tu es plus indulgent pour mes erreurs que pour celles des autres mais je ne veux pas être un poids à la charge de l'équipe.

— Allons, tu n'es pas sérieux, le titre ne peut plus nous échapper, répondit Mateo sans essayer de minimiser la boulette commise par Quentin.

— Justement, je préfère raccrocher avant de vous coûter trop cher. Je ne me pardonnerais jamais de gâcher votre saison après tout le travail que vous avez fourni. Crois-moi, j'y ai beaucoup réfléchi. C'est mieux ainsi.

Mateo opina gravement.

— On te verra encore à l'entraînement ?

— Mais oui ! J'aime toujours autant le foot. Je ne supporte juste plus l'idée de plomber l'équipe pendant que Kofi fait banquette. Ce n'est juste ni pour lui ni pour vous.

— La vie n'a pas été juste avec toi non plus.

Quentin esquissa un geste vague. Personne ne l'avait jamais entendu se plaindre de son sort.

— Je voulais te dire autre chose. Je renonce à terminer mes études de médecine. Je n'arrive plus à suivre. C'est trop dur.

— Je comprends, dit Mateo en se mordant les lèvres pour ne pas crier. Qu'est-ce que tu vas faire ?

— Je ne sais pas encore. M'inscrire en kiné ou en dentaire si j'en suis capable.

— Bien sûr que tu en es capable !

— On verra. À chaque jour suffit sa peine.

Ce soir-là, Mateo mit longtemps à trouver le sommeil.

21

Sans Quentin, Mateo et ses partenaires remportèrent les trois matches suivants. Ils ne pouvaient plus être rejoints en tête du classement. Le club était champion pour la première fois de son histoire.

Par un heureux hasard, le FCV disputa son dernier match à domicile contre Lyon. Avant le coup d'envoi, Mateo installa Boubourg dans la tribune d'honneur aux côtés de sa mère. Françoise, qui ne connaissait le vieux surveillant que de vue, tomba aussitôt sous son charme discret et courtois et lui commenta toute la partie avec une verve impayable qui fit les délices des rangs alentour.

Pour ce match sans enjeu, Fischer avait aligné presque tous les remplaçants, dont Quentin qui, n'ayant plus à se soucier des conséquences de ses erreurs, n'en commit aucune et livra une prestation digne de ses plus grandes heures. Kevin gardait les buts. Enrique avait décliné l'invitation en des termes impossibles à imprimer.

Vernet l'emporta par trois buts à deux. De manière surprenante, Mateo manqua un but tout fait à la dernière minute, une frappe excentrée aux 6 mètres qu'il expédia dans le petit filet.

Au coup de sifflet final, les sociétaires du FCV levèrent les bras au ciel. Ils firent un tour d'honneur, portant Fischer puis Mateo en triomphe. Jacques Noguera, le correspon-dant du *Messager*, félicita les deux hommes, les larmes aux yeux. Il demanda à Mateo quelles étaient ses intentions pour la saison prochaine. « Plus tard » fut la réponse de l'Élu.

Lucas, qui avait été chargé d'organiser les réjouissances de la troisième mi-temps, donna rendez-vous à tout le monde en début de soirée dans une rhumerie antillaise où le patron avait promis de leur sortir le grand jeu.

Ils quittèrent les vestiaires en ordre dispersé. Fischer, qui assistait rituellement aux matches en survêtement, rentra chez lui pour se changer. En attendant l'heure du dîner, Mateo retourna sur la pelouse s'exercer à la frappe excentrée qu'il avait manquée pendant le match.

ÉPILOGUE

Son doctorat en poche, Enrique est parti pour les États-Unis. L'université de Cornell où il enseigne présente à ses yeux un double avantage : le département de Physique est l'un des plus réputés au monde et l'entraîneur de l'équipe de foot lui fiche une paix royale.

Quentin, qui n'a jamais retrouvé le plein usage de ses facultés, est devenu kiné spécialisé dans le traitement des footballeurs. C'est le seul membre de l'équipe à être resté en contact avec Mateo.

Lucas est archéologue et vit au Mexique.

Rolf conçoit avec quelques autres l'avion du futur.

Hugo est devenu trader. Il s'en est mis comme prévu plein les fouilles jusqu'au jour où il a ruiné sa banque.

Jacques Noguera jouit paisiblement de sa retraite tandis que *Le Messager* lutte pour sa survie.

Wilfried prend des cours de tournage.

Valentine a épousé l'échalas et a ouvert son cabinet. Elle conseille quelques sportifs de haut niveau mais n'arrive pas à accrocher un très grand champion à son tableau de chasse.

Patrick habite toujours Montpellier avec Marlène. Son humeur oscille au gré des fluctuations de la Bourse. Il a pris sous son aile un jeune attaquant ivoirien qui est le neveu de sa femme de ménage et qui, il en est convaincu, va faire sa fortune.

Six mois après avoir fait sa connaissance, Françoise a épousé Boubourg, pardon, M. Hambourg. En réunissant leurs économies, les jeunes mariés ont pu acheter une maison à Cagnes-sur-Mer où ils passent tous les étés.

Après son deuxième titre à la tête du FCV, Fischer a reçu de nombreuses propositions de clubs professionnels. Il a choisi celle du Racing Club de Strasbourg, qui n'était pourtant pas la plus généreuse. Il entraîne l'équipe-réserve, qu'il a convertie au 4-3-3. Comme tant d'autres Alsaciens, il ne désespère pas de voir le Racing remonter un jour en première division.

Mateo est resté une saison de plus à Vernet, en se donnant pour objectif de remporter tous ses matches. Il y est parvenu. Il a ensuite signé au Real Madrid. Il n'a pas encore gagné la Coupe du monde.

DU MÊME AUTEUR

Aux Éditions Gallimard

LES FUNAMBULES, 1996 (Folio n° 4980, dont GO, GANYMÈDE ! repris en Folio 2€ n° 5165).

Voir aussi Collectif, RECLUS in *La Nouvelle Revue française*, n° 518, mars 1996.

ÉLOGE DE LA PIÈCE MANQUANTE, 1998, coll. « La Noire » (Folio n° 4769).

LES FALSIFICATEURS, 2007 (Folio n° 4727, et en coffret avec *Les éclaireurs*, édition limitée).

LES ÉCLAIREURS, 2009 (Folio n° 5106 et en coffret avec *Les falsificateurs*, édition limitée).

ENQUÊTE SUR LA DISPARITION D'ÉMILIE BRUNET, 2010.

MATEO, 2013 (Folio n° 5744).

Chez d'autres éditeurs

MANIKIN 100, *Éditions Le Monde / La Découverte*, 1993.

EN FUITE, *Nouvelles Nuits*, n° 7, 1994.

ONZE, « L'ACTUALITÉ », nouvelle, *Grasset*, 1999.

COLLECTION FOLIO

Dernières parutions

5586. Sylvain Tesson	*Dans les forêts de Sibérie*
5587. Mario Vargas Llosa	*Le rêve du Celte*
5588. Martin Amis	*La veuve enceinte*
5589. Saint Augustin	*L'Aventure de l'esprit*
5590. Anonyme	*Le brahmane et le pot de farine*
5591. Simone Weil	*Pensées sans ordre concernant l'amour de Dieu*
5592. Xun zi	*Traité sur le Ciel*
5593. Philippe Bordas	*Forcenés*
5594. Dermot Bolger	*Une seconde vie*
5595. Chochana Boukhobza	*Fureur*
5596. Chico Buarque	*Quand je sortirai d'ici*
5597. Patrick Chamoiseau	*Le papillon et la lumière*
5598. Régis Debray	*Éloge des frontières*
5599. Alexandre Duval-Stalla	*Claude Monet - Georges Clemenceau : une histoire, deux caractères*
5600. Nicolas Fargues	*La ligne de courtoisie*
5601. Paul Fournel	*La liseuse*
5602. Vénus Khoury-Ghata	*Le facteur des Abruzzes*
5603. Tuomas Kyrö	*Les tribulations d'un lapin en Laponie*
5605. Philippe Sollers	*L'Éclaircie*
5606. Collectif	*Un oui pour la vie ?*
5607. Éric Fottorino	*Petit éloge du Tour de France*
5608. E.T.A. Hoffmann	*Ignace Denner*
5608. Frédéric Martinez	*Petit éloge des vacances*
5610. Sylvia Plath	*Dimanche chez les Minton et autres nouvelles*
5611. Lucien	*« Sur des aventures que je n'ai pas eues ». Histoire véritable*

5612. Julian Barnes	*Une histoire du monde en dix chapitres ½*
5613. Raphaël Confiant	*Le gouverneur des dés*
5614. Gisèle Pineau	*Cent vies et des poussières*
5615. Nerval	*Sylvie*
5616. Salim Bachi	*Le chien d'Ulysse*
5617. Albert Camus	*Carnets I*
5618. Albert Camus	*Carnets II*
5619. Albert Camus	*Carnets III*
5620. Albert Camus	*Journaux de voyage*
5621. Paula Fox	*L'hiver le plus froid*
5622. Jérôme Garcin	*Galops*
5623. François Garde	*Ce qu'il advint du sauvage blanc*
5624. Franz-Olivier Giesbert	*Dieu, ma mère et moi*
5625. Emmanuelle Guattari	*La petite Borde*
5626. Nathalie Léger	*Supplément à la vie de Barbara Loden*
5627. Herta Müller	*Animal du cœur*
5628. J.-B. Pontalis	*Avant*
5629. Bernhard Schlink	*Mensonges d'été*
5630. William Styron	*À tombeau ouvert*
5631. Boccace	*Le Décaméron. Première journée*
5632. Isaac Babel	*Une soirée chez l'impératrice*
5633. Saul Bellow	*Un futur père*
5634. Belinda Cannone	*Petit éloge du désir*
5635. Collectif	*Faites vos jeux !*
5636. Collectif	*Jouons encore avec les mots*
5637. Denis Diderot	*Sur les femmes*
5638. Elsa Marpeau	*Petit éloge des brunes*
5639. Edgar Allan Poe	*Le sphinx*
5640. Virginia Woolf	*Le quatuor à cordes*
5641. James Joyce	*Ulysse*
5642. Stefan Zweig	*Nouvelle du jeu d'échecs*
5643. Stefan Zweig	*Amok*
5644. Patrick Chamoiseau	*L'empreinte à Crusoé*
5645. Jonathan Coe	*Désaccords imparfaits*
5646. Didier Daeninckx	*Le Banquet des Affamés*

5647. Marc Dugain — *Avenue des Géants*
5649. Sempé-Goscinny — *Le Petit Nicolas, c'est Noël !*
5650. Joseph Kessel — *Avec les Alcooliques Anonymes*
5651. Nathalie Kuperman — *Les raisons de mon crime*
5652. Cesare Pavese — *Le métier de vivre*
5653. Jean Rouaud — *Une façon de chanter*
5654. Salman Rushdie — *Joseph Anton*
5655. Lee Seug-U — *Ici comme ailleurs*
5656. Tahar Ben Jelloun — *Lettre à Matisse*
5657. Violette Leduc — *Thérèse et Isabelle*
5658. Stefan Zweig — *Angoisses*
5659. Raphaël Confiant — *Rue des Syriens*
5660. Henri Barbusse — *Le feu*
5661. Stefan Zweig — *Vingt-quatre heures de la vie d'une femme*
5662. M. Abouet/C. Oubrerie — *Aya de Yopougon, 1*
5663. M. Abouet/C. Oubrerie — *Aya de Yopougon, 2*
5664. Baru — *Fais péter les basses, Bruno !*
5665. William S. Burroughs/Jack Kerouac — *Et les hippopotames ont bouilli vifs dans leurs piscines*
5666. Italo Calvino — *Cosmicomics, récits anciens et nouveaux*
5667. Italo Calvino — *Le château des destins croisés*
5668. Italo Calvino — *La journée d'un scrutateur*
5669. Italo Calvino — *La spéculation immobilière*
5670. Arthur Dreyfus — *Belle Famille*
5671. Erri De Luca — *Et il dit*
5672. Robert M. Edsel — *Monuments Men*
5673. Dave Eggers — *Zeitoun*
5674. Jean Giono — *Écrits pacifistes*
5675. Philippe Le Guillou — *Le pont des anges*
5676. Francesca Melandri — *Eva dort*
5677. Jean-Noël Pancrazi — *La montagne*
5678. Pascal Quignard — *Les solidarités mystérieuses*
5679. Leïb Rochman — *À pas aveugles de par le monde*
5680. Anne Wiazemsky — *Une année studieuse*

Composition Cmb Graphic
Impression Maury Imprimeur
45330 Malesherbes
le 24 mars 2014.
Dépôt légal : mars 2014.
Numéro d'imprimeur : 188431.

ISBN 978-2-07-045673-4. / Imprimé en France.

261061